은채의 고군분투 성장소설

빙어가코

김채형 장편소설

국학자료원

차례

아버지의 여자

1

여섯 살 나는 어머니에게 손목을 잡힌 채 동네 어귀로 난 신작로를 걷고 있었다. 외가 동네에서 외지로 나가거나 들어오는 유일한 길이었다. 설이 며칠 앞으로 다가오고 있었다. 절기가 봄의 문턱에 들어섰다고 해도 바람결은 아직 한겨울 칼바람 못지않았다. 세찬 바람이 회오리치듯 불어올 적마다 어머니가 새로 만들어 입혀준 분홍 치마 저고리와 겹으로 껴입은 빨간색 내복 속으로 한기가 스며들었다. 내머리에는 예쁜 수가 놓인 까만색 조바위가 씌워져 있었다. 등에는 어머니가 학교에 들어가면 쓰라고 사준 책가방을 짊어지고 가방 속에는 책 대신 새 운동화가 들어 있었다.

어머니가 들고 있는 보자기 속에는 내가 입던 옷가지들과 외할머니가 찔러 넣어 준 내 수저가 있었다. 곧잘 까다로움을 피웠던 나는 다른 사람이 먹던 수저로는 밥을 먹지 않았다.

"엄마가 보고 싶으면 거울을 봐."

어머니가 멀리 허공을 응시하며 말했다. 그 말은 어머니의 눈길만큼이나 공허한 여운을 남겼다. 나는 아무 대답도 하지 않고 침을 한 번 꿀꺽 삼켰다. 사람들은 나를 보고 어머니의 얼굴을 쏙 빼닮았다고 했다. 하지만 나는 거울 속에 비치는 내 모습을 보고 어머니를 본 것으로 위안 삼을 수 없다는 걸 잘 알고 있었다.

"아버지한테 가면 그 여자한테 엄마라고 하고 말도 잘 듣고 심부름도 잘해야 하는 거여. 그래야 느이 아버지가 너를 높은 학교까지 보내줄 테니께. 느이 아버지하고 그 여자 눈 밖에 나면 너만 힘들어지는 겨. 그리고 학교에 들어가면 공부 열심히 해야 높은 학교에 갈수 있어. 알았지?"

어머니는 마음이 놓이지 않는지 걸음을 잠깐 멈추더니 고개를 숙이고 내 얼굴을 들여다보면서 며칠 전부터 당부한 말을 또다시 되풀이했다. 나는 전처럼 싫다고 소리치지 않았다. 어머니와 함께 걷는 이 길 끝에 기약 없는 이별이 나를 기다리고 있다는 것을 알기 때문이었다.

어머니가 높은 학교에 가야 한다고 할 때마다 내 머릿속에는 언덕 위에 하얗고 웅장한 건물이 그려졌다. 언젠가 시골에 영화가 들어왔을 적에 화면에서 본 멋진 건물이었다.

나는 하도 여러 번 들어서 아예 외워버린 어머니의 말에는 더이상 신경 쓰지 않았다. 언제나 '방아코야!' 하고 부르며 고샅길을 달려 내려오던 소꿉친구 홍이를 생각했다.

외가에 머무르는 동안 내 친구는 오직 윗집에 사는 나와 동갑내기 남자아이 홍이뿐이었다. 봄이면 진달래꽃으로 물든 뒷산에서 술래잡기하고 여름이면 집 앞으로 흐르는 개울에서 물장구를 쳤다. 겨울에는 빙판으로 나가 홍이가 타는 썰매를 함께 탔으며 연을 날리고 팽이치기를 했다. 날마다 돌담 아래에서 살림을 차리고 소꿉놀이도 했다.

"홍아, 너 작은 여자 얻을래?"

"아니. 너도 우리 엄마처럼 죽으면 안 돼!"

홍이는 고개를 내저으면서 내게 다짐을 주었다.

"응! 죽지 않을게."

나도 확신을 시키듯 힘주어 말했다.

"정말이여?"

"응, 정말여."

돌담 아래 좁은 뜰은 언제나 햇볕이 따사로웠다.

나는 홍이와 한 약속을 떠올렸다. 그리고 내가 아버지에게 가면 홍이와 한 약속을 지키지 못하게 될까 봐 발걸음이 무거웠다.

외할머니는 오래도록 대문간에 서서 눈물을 흘리며 멀어져 가는 나를 향해 손을 흔들었다. 온갖 변덕과 떼를 다 받아 주고 종일 끈질기게 울어대던 울음까지도 참아 준 분이었다. 그런 외할머니에게 미안한 마음이 들었다.

동네 사람들은 김은채라는 멀쩡한 이름을 놔두고 나를 '방아코'라고 불렀다. 방아코라고 부르면 남동생을 보게 된다고 했다. 빨리 남동생을 보아야 아버지가 어머니와 나를 데리러 올 거라고 했다.

한때는 나도 어머니와 아버지, 그리고 언니까지 가족이 모두 함께 살고 싶어서 방아코라는 이상한 이름으로 불리더라도 남동생 보기를 원했었다. 하지만 어머니는 '하늘을 봐야 별을 따지.'라고 말했다. 나는 그 말이 어머니는 절대로 남동생을 낳지 못한다는 말로 들렸다.

어머니와 헤어지지 않으려고 생떼를 쓰고 울며 통사정도 해 보았다. 아픈 것처럼 밥도 안 먹고 누운 채 오줌을 싼 적도 있었다. 어린 아이가 할 수 있는 일은 모두 해 본 셈이었다. 하지만 아무 소용이 없다는 걸 알고 자포자기했다. 결국, 어머니와 헤어져 아버지에게 가야 하는 운명을 맞게 되었다.

나는 어머니를 따라 산모롱이를 돌아 이웃 동네 초입에 있는 정거장에서 버스를 탔다. 아버지의 집까지는 아주 먼 거리는 아니었지만, 그렇다고 매서운 추위 속을 걸어가기에는 무리일 만큼 가깝지도 않은 거리였다.

버스는 덜컹거리며 자갈길을 달려갔다. 나무와 초가집들이 뒤로 휙 휙 지나갔다. 개울물도 거꾸로 흐르는 것처럼 뒤로 달아났다. 개울가에 물오른 버들개지의 보송한 솜털이 보였다. 버들개지를 보며 언젠가 어머니와 함께 버들피리를 만들어 불었던 기억이 났다.

햇볕이 따사롭던 봄날이었다. 어머니를 따라 아버지를 만나러 가는 길이었다. 어머니는 오늘처럼 신작로를 따라 걷다가 버스를 타지 않고 내 손을 잡고 개울가를 따라 이리저리 한참을 걸었다. 가끔 아버지에게 가는 길이 그다지 마음 내키지 않을 때 어머니는 하염없이 걷곤 했다. 고개 너머 바닷가로 나가 나와 함께 종일 백사장을 걷다가 그대로 집으로 돌아온 적도 있었다.

아버지에게 가는 길이 왜 즐겁지 않은지 나는 그 이유를 어렴풋이 짐작할 수 있었다. 첩으로 들어온 아버지의 새 여자 때문이라고 생각되었다.

어머니의 답답한 마음과는 달리 그 길엔 화사한 봄볕이 눈부시게 쏟아졌다. 그때 봄눈이 녹아 흐르는 개울가에 눈이 튼 버들강아지의 하얗고 보송한 솜털이 보였다. 걷기가 싫었던가, 나는 괜스레 다리가 아프다고 칭얼댔다.

"버들피리 만들어 줄까?"

어머니는 금세 버들가지를 잘라 피리를 만들어 주었다. 나는 언제 칭얼댔던가 싶게 금방 기분이 좋아져서 화들짝 웃었다. 크기가 다른 서너 개의 피리를 어머니와 나는 삐리리 삐리리 함께 불며 걸었다. 하지만 피리를 불며 기대를 품고 가던 길과는 달리 아버지 집에서 외가로 돌아올 적에는 절망으로 무너진 가슴을 안고 힘없이 터벅터벅 돌아와야 했다.

한참을 덜컹거리던 버스가 어느 순간 조용해졌다 싶더니 동네 한가운데에 있는 구멍가게 앞에 멈춰 섰다. 차장이 승객들을 향해 내리라고 소리쳤다. 사람들이 문으로 앞다투어 나갔다. 우리도 버스에서 내렸다.

"엄마가 한 말 잊지 않았지? 그리고 언니와 너는 세상에서 오직 너희 둘뿐이라는 걸 잊으면 안 되어. 서로 위해주고 의지하고 살아야 되는 겨."

나는 대답 대신 고개를 끄덕였다.

"엄마가 보고 싶으면 거울을 보라니까."

내가 금방 울음을 터뜨릴 듯 시무룩한 표정을 짓자 어머니가 다
시 말했다. 나는 어머니의 손아귀에 잡혀있던 손을 신경질적으로
빼냈다. 어머니는 내 얼굴을 힐끗 보더니 고개를 돌려 앞을 응시하
고 말없이 걸었다. 얼핏 본 어머니의 얼굴에 슬픔이 가득 차 보였
다. 하지만 눈물이 흐르지는 않았다. 어머니는 잠시 걸음을 멈추고
주먹으로 가슴을 한 번 쳤을 뿐이었다.

길 건너에 유리문이 달린 아버지의 집이 보였다. 내가 그 집에서
태어났고, 외가에 간 이후로 여러 번 어머니와 함께 다녀갔던 집이
었다. 어머니와 나는 신작로를 가로질러 한의원 간판이 붙은 아버
지의 집 현관 앞으로 갔다. 어머니는 문 앞에서 손잡이에 손을 얹은
채 잠시 머뭇거렸다. 이윽고 손잡이를 잡은 손에 힘을 주자 드르륵
소리와 함께 문이 열렸다.

문소리를 듣고 아버지가 진찰실이라고 쓰인 방에서 나왔다. 갸름
한 얼굴에 오목하니 튀어나온 듯 보이는 양쪽 귀가 내 눈에 먼저 들
어왔다. 키가 훤칠하고 시골에서는 보기 드물게 피부색이 하얀 미
남형이었다. 아버지는 감색 양복바지에 흰색 와이셔츠를 입고 넥
타이를 매지 않고 위에 자주색 카디건을 덧입고 있었다.

나는 아버지가 낯설게 보여서 말없이 쳐다보고 서 있었다. 아버
지와 어머니 사이에 흐르는 어색한 침묵이 어린 내 마음에까지 닿

았던 때문이었다. 그 침묵 속에는 미묘한 감정이 함께 흐르고 있었다. 원망과 슬픔. 아무리 숨기려 해도 거짓으로 꾸밀 수 없는 아버지의 얼굴에 스치던 연민의 감정을 나는 금세 느낄 수 있었다.

"은채 데려왔어유."

어머니가 감정을 억제하느라 떨리는 목소리로 말했다. 그러고 나서 재빨리 얼굴을 반대쪽으로 돌렸다. 그때 나는 어머니의 눈에서 후두둑 떨어지던 굵은 눈물방울을 보았다. 순간 어머니는 흠칫 놀라는 시늉으로 재빨리 눈물을 훔쳤다. 자존심 때문이라는 걸 알 수 있었다.

아버지는 머뭇거리다가 고개를 끄덕였다. 어머니의 얼굴을 똑바로 볼 수 없는지 고개를 살짝 돌리고 섰다. 어색함을 감추려는 듯 손을 뻗어 말없이 내 머리를 한 번 쓰다듬어 주었다. 나는 아버지와 어머니의 얼굴을 번갈아 바라보았다.

어머니의 눈에서 다시 눈물이 흘러내렸다. 이윽고 내 가슴속에도 슬픔이 밀려들었고, 울지 않으려고 애를 써도 눈에서 눈물이 흘러넘쳤다.

아버지는 괴로운 듯 무겁게 진찰실 문을 밀고 안으로 사라졌다. 어머니도 나를 그대로 남겨둔 채 현관문을 열고 도망치듯 달려나갔다. 나는 어머니를 불렀지만, 목에 걸려서 소리 되어 나오지 않았다. 어머니와 아버지는 얼마 전에 이혼한 사이라는 걸 상기했다. 그래서 어머니가 이 집에서 살 수 없다는 걸 당연한 사실로 받아들여야 했다.

어머니는 열 아홉에 동갑내기 삼대독자인 아버지에게 시집와 딸만 낳았다는 이유로 할머니에게 쫓겨났다. 그 과정은 부당한 할머니를 상대로 한 어머니의 몇 년에 걸친 긴 싸움으로 점철되었다. 그것은 곧 아버지하고의 싸움이기도 했다.

아버지는 어머니와 헤어지고 싶지 않았지만, 남아선호 사고에 절어 대를 이을 아들을 낳아야 한다고 밀어붙이는 할머니를 막지 못했다. 할머니는 말끝마다 손자 타령만 하면서 사사건건 어머니에게 트집을 잡았다. 고모와 함께 볏섬을 가난한 친정으로 빼돌렸다고 모함하기도 했다. 아버지의 형제는 위로 누나가 한 분 있었는데, 그 고모도 할머니와 협력해 어머니를 내쫓는 일에 일조했다는 얘기였다.

고모는 결혼해서 남매를 두었는데 6·25 때 남편을 잃고 스물여섯에 청상과부가 되었다. 인민군들이 북으로 퇴각하면서 군에서 젊고 쓸만한 남자들 삼백 명을 잡아다 창고에 가두고 불을 질렀다. 고모부도 면사무소에서 부면장으로 일하다가 그때 함께 변을 당했다.

고모네 집이 바로 몇 집 건너 이웃에 있었다. 사람들은 할머니와 고모가 틈만 나면 붙어 앉아 어머니를 내쫓을 궁리만 하더라고 했다.

가족들이 동원되고 동네 사람들까지 합세하여 난장판이 된 고부간의 싸움을 어찌 말로 다 표현하겠는가. 어떡하든 내쫓으려는 할머니의 악다구니와 나가지 않으려는 어머니의 저항으로 집안이 하루도 조용한 날이 없었으니 온 동네가 다 들썩거렸다.

어머니와 아버지의 이혼은 그저 한 집안의 싸움만이 아니었다. 아들을 선호하는 사고에 맞서 여자의 권리를 주장하는 일이었다. 대부분의 동네 사람들, 특히 여인네들은 억울한 어머니의 입장이 되어 줄다리기에 응원하는 모양새였다. 당시에 아무리 남아선호 사고가 만연해 있었다 해도 할머니의 처사는 너무나 부당했기 때문이었다.

그럼에도 어머니는 효자 아들을 앞세운 할머니의 기세를 꺾지 못했다. 할머니의 말이라면 죽는시늉까지 하는 아버지는 툭하면 조상님들 볼 낯이 없다는 넋두리와 함께 식음을 전폐하고 드러눕는 할머니를 당해낼 재간이 없었다. 아버지는 중간에서 이러지도 저러지도 못하고 우유부단한 태도로 일관하다가 무력하게 무너졌다.

결국은 어머니가 질 수밖에 없는 싸움이었다. 어쩔 수 없이 두 사람 중 한 사람을 택해야 하는 상황에서 아버지는 할머니의 손을 잡았다. 아내와 어머니가 물살에 떠내려가자 어머니만을 구해내고 아내는 떠내려갔다는 옛 얘기 같았다.

긴 싸움에 지친 아버지는 급기야 어머니에게 할머니의 불같은 성정이 가라앉을 때까지 잠시 친정에 가 있으라고 했다. 그때 할머니는 나를 어머니에게 딸려 보냈다. 그리고 곧바로 매파를 사서 스무 살짜리 처녀를 첩으로 들였다.

첩으로 들어온 아버지의 새 여자는 할머니의 바람대로 곧바로 아들을 낳았다. 그러니 할머니의 기세는 하늘을 찌를 듯 더욱 등등해졌다. 아버지의 새 여자는 여세를 몰아 본처인 어머니와 이혼하고 자신을 호적에 올리라고 밀어붙였다. 이미 친정으로 쫓겨난 어머니는 자신의 자리로 되돌아올 수 없었다.

마지막 날, 어머니는 군인으로 있는 사촌오빠와 함께 아버지의 집으로 갔다. 사촌오빠를 내세워 코너로 몰리는 싸움을 역전시키고 싶었다. 2년이 넘게 친정살이를 해온 어머니를 어떻게 할지 담판을 짓자는 거였다. 어머니를 데려가겠다는 아버지의 확답이 듣고 싶었던 것이다. 그러나 긴 침묵 끝에 나온 아버지의 대답은 미안하다는 한마디였다. 그 말이 떨어지자마자 어머니의 사촌오빠는 격투기로 아버지를 날려 버렸다. 아버지는 저항 한 번 하지 못하고 할머니 앞에서 주먹질과 발길질을 고스란히 당했다. 어머니는 결국 지난한 싸움에 종지부를 찍고 만 셈이었다. 어머니와 아버지의 결혼은 파탄이 났고, 우리 가족은 모두 만신창이滿身瘡痍가 되었다. 어머니와 아버지는 세차게 쏟아지는 빗속을 걸어 면사무소로 갔다. 스물여덟의 나이였다.

이 모든 과정을 목격한 나는 연일 충격과 불안에 시달렸다. 어른들은 내게 불행의 극치를 보여주었고, 내 마음은 이루 말할 수 없이 참담하게 무너져 내렸다. 나는 오랜 시간 정신적으로 혼란을 겪었으며 어른들이 싫었다. 그런 게 어른의 모습이라면 영원히 어른이 되고 싶지 않았다.

2

나는 어머니와 아버지가 사라진 현관에 혼자 남아 생각했다. 나는 뭘까? 감정이 있는 사람이 아니라 쉽게 주고받는 물건이 된 것 같았다. 내 의사와는 무관하게 어머니와 헤어져 아버지에게 오는 일이 내게는 홀로서기를 하는 것만큼이나 힘들었다는 걸 아버지는 짐작이나 할 수 있었을까?

내가 마치 아버지에게도 어머니에게도 대수롭지 않은 물건이 된 것 같아 비참한 심정이었다. 나는 심란한 마음으로 찬바람에 빨개진 두 볼을 녹이지도 못하고 현관에 덩그러니 혼자 서 있었다.

얼마나 지났을까, 앳된 여자가 돌쟁이 아기를 안고 나와 내게 방으로 들어가자고 했다. 바로 아버지의 새 여자였다. 정확하게 말하면 호적에도 오를 수 없는 첩의 신분이었다가 본처인 어머니를 밀어내고 호적에 오른 여자였다.

나는 말 없이 여자를 따라 걸었다. 여자의 어깨 위로 솟아오른 아기의 얼굴 생김이 사뭇 생소하게 느껴졌다. 나와는 다른 이미지였다.

아주 잠깐 내가 남동생을 보기는 했구나, 그동안 사람들이 나를 방아코라고 부르며 남동생 보기를 학수고대했던 일이 아주 헛되지는 않았다는 생뚱맞은 생각을 했다. 그런데 어머니가 낳아야 할 남동생을 엉뚱한 사람이 낳았다는 사실이 참으로 안타까웠다. 그 아기가 바로 어머니와 내 운명을 꼬이게 만들어 비극을 안겨준 존재라는 생각을 하자 이번에는 한숨이 나왔다.

아기를 안고 가는 여자의 얼굴에 보송하게 피어난 솜털이 내 눈에 들어왔다. 어머니와는 영 다른 분위기의 여자. 여자는 키가 유독 작아 보였다. 여자보다 머리 하나가 올라오고도 남을 만큼 늘씬한 어머니가 여자 옆에 서서 걷는 상상을 했다.

어머니와 아버지가 나란히 서면 선남선녀가 따로 없을 만큼 잘 어울린다는 동네 사람들의 칭송과 함께 세상이 다 환해지는 듯하던 모습이 내 눈앞에 어른거렸다. 그리고 여자를 두고 쑤군거리던 동네 사람들의 말이 떠올랐다.

"차암 이해할 수 없네. 대체 저 여자의 어디가 본처보다 낫다는 것인지. 한눈에 봐도 인물이 본처하고는 비교가 안 되는디. 알 수 없는 것이 사람 일이여."

"자식을 셋씩이나 난 본처를 밀어내고 남의 자리 뺏는 건 인두겁을 쓰고 할 짓이 아니지. 천벌을 받을 것이구먼. 남의 눈에 눈물 내면 자기 눈에서는 피눈물이 나는 뱁이여."

남의 눈에 눈물 내면 자기 눈에서는 피눈물이 난다는 말을 나는 수없이 들었다. 내 머릿속에서 그 말이 항상 떠나지 않았다.

안방에는 할머니가 장죽을 입에 물고 아랫목 한가운데에 앉아 있었다. 일찍부터 속앓이 병을 다스리기 위해 담배를 배웠다고 했다. 그런 이유로 지병인 해소 천식까지 있어 자주 콜록거리고 가래를 뱉어내면서도 담배를 끊지 못했다. 할머니는 몸이 깡마르고 얼굴에 광대뼈가 도드라져 보여서 인상이 강퍅해 보였다.

나는 호적에 올라있는 할머니의 이름을 한 번도 들어본 적이 없었다. 그러니 알지 못하는 건 당연했다. 할머니는 그냥 아버지의 '어머니'일 뿐이었다. 그 이름만으로도 세상살이에 거칠 게 없어 보였다. 두려울 게 없었으니 물러설 일도 없었다. 그래서 내 눈에 비친 할머니는 언제나 당당하다 못해 사나웠다.

"이년! 왜 니 에미하고 살지 않고 온 거냐?"

할머니는 나를 보자마자 장죽을 빨다 말고 호통을 쳤다. 그러잖아도 잔뜩 긴장하고 있던 나는 깜짝 놀라 몸을 꼿꼿이 세웠다. 인자

하고 따뜻했던 외할머니와는 달리 성격이 괴팍해 보이는 친할머니를 이해하기 어려웠다. 내 뇌리에 박힌 친할머니에 대한 부정적인 인식이 되살아났다.

"며느리 쫓아내느라 친정으로 볏섬을 빼돌렸다고 모함했다는 겨."

"손자 보려구 아들한테 첩을 들여줬잖어유."

"은채 엄마가 좀 똑똑혀유? 거기다 인물까지 고우니 시누하구 시어머니가 질투한 거지유."

아무 잘못이 없는 어머니가 할머니한테 억울하게 쫓겨났다는 말을 귀에 못 박히도록 들은 터였다. 또한 나는 동네 사람들의 이바구가 아니라도 할머니가 어머니한테 어떻게 했는지 처음부터 본대로 모두 기억하고 있었다.

나는 선 채로 대통의 담뱃재를 터느라 놋재떨이를 땅땅 두들기는 할머니의 얼굴을 쏘아 보았다. 나와 눈이 마주친 할머니는 다시 호통을 쳤다. 바싹 마른 몸집과는 달리 할머니의 목소리는 카랑카랑했다.

"저년, 저 눈 뜨는 거 봐라. 누굴 빤히 쏘아보는 것이냐? 저게 지 에미를 닮아서 당차고 질기단 말여. 그래서 너는 니 에미하고 살라고 했단 말여. 그런디 왜 온 거여?"

대통이 휙 소리를 내며 내 머리에 날아와 부딪쳤다. 순간 정수리에서 전기 폭발이 일어난 듯한 격렬한 통증이 일었다. 이어 감전된 것처럼 힘이 일시에 쭉 빠졌다. 나는 악 소리도 못 하고 방바닥에 주저앉았다.

겨우 여섯 살에, 처음 당하는 일이라, 내게 무슨 일이 일어났는지 의식할 새도 없이, 무슨 영문인지도 모르고, 불가항력의 상황에서, 속수무책으로 맞을 수밖에 없었다. 쇠로 된 대통을 단 장죽은 연거푸 내 머리와 어깨, 등으로 마구 날아왔다.

"얼른 잘못했다고 빌어! 어서!"

얼굴에 솜털이 보송한 여자가 다급하게 말했다. 대통이 몸에 날아와 부딪칠 때마다 살점을 파내는 듯한 통증으로 숨이 턱 턱 막혔다. 그러나 무슨 영문인지는 모르지만 나를 매질하는 할머니의 행위가 잘못되었음은 알기에 빌고 싶지 않았다. 할머니를 쏘아보는 날카로운 눈길도 거두지 않았다. 울면서도 불을 켠 듯 성난 눈으로 할머니를 더 노려보았다.

잘못한 사람은 할머니인데 내가 뭘 잘못했다고 빌어야 하는지 도무지 이해할 수 없었다. 아무리 할머니라도 죄 없는 어머니를 내쫓은 것도 모자라 이유 없이 나를 때리면서 하지도 않은 잘못을 빌라고 하는 건 따르고 싶지 않았다.

"이것이 이렇게 맞고도 빌지 않는 거 봐라. 어린 게 오도가니 앉아서 눈을 고약하게 치뜨고 쳐다본단 말여. 똑 지 에미여!"

대통이 더 빠르게 휙 휙 날아왔다. 아버지가 내 비명을 듣고 안방으로 달려왔다. 그러나 상황을 목격하고도 몹시 당황스러운 듯 무참한 표정을 지으며 어찌할 바를 몰라 쩔쩔매기만 했다. 감히 할머니 앞에서 자식 역성을 들 수 없어 말리지도 못하고 애만 태우는 모양새가 역력했다.

할머니는 한참 만에 지친 듯 숨을 거칠게 몰아쉬더니 매질을 멈췄다. 숨을 쉬는 대로 목구멍에서 쌕쌕거리는 소리가 들렸다. 그렇게 모질게 매질을 하고도 분이 풀리지 않는지 옆에 있지도 않은 어머니를 향해 욕설을 쏟아냈다. 온통 독기를 부리는 데도 표정은 왠지 싸움에 패배한 사람같이 구겨져 보였다.

아버지는 고개를 숙이고 말없이 돌아갔다. 여자가 흐느끼는 나를 데리고 윗방으로 건너가 옷을 들추고 살펴보았다. 내 작은 몸은 온통 검붉은 피멍으로 얼룩져 있었다.

여자가 약을 가져와 온몸에 생긴 검붉은 상처에 발라 주었다. 머리에 손을 대는 순간, 내 입에서는 저절로 신음 소리가 흘러나왔다. 여자는 다시 내 머리를 헤집고 여기저기 터질 듯 부풀어 오른 혹을 찾아내 약을 발랐다. 나는 한참 동안 고통과 충격에 휩싸여 전율했고 눈물을 멈추지 못했다.

"할머니께서 야단치시면 잘못하지 않았어도 얼른 비는 겨. 고집부리면 매만 더 맞는 거란 말여."

여자는 무슨 이유인지 나처럼 눈물을 흘리고 있었다. 나는 참으로 이상한 일이라고 여겼다. 매를 맞은 건 나인데, 여자는 나를 낳은 어머니도 아니면서 왜 우는지 알 수 없었다. 눈물을 흘리는 여자가 이유 없이 나를 때린 할머니만큼이나 이해가 되지 않았다.

외가에 있을 때 어머니가 쫓겨난 것도 여자 때문이라고 들었다. 아들을 낳은 자신을 호적에 올리라고 친정 부모와 형제들과 함께 아버지를 닦달했다는 거였다. 여자를 호적에 올리려면 어머니와 아버지가 이혼할 수밖에 없다고 했다. 그렇게 어머니를 밀어낸 여자가 내게 호의적일 리가 없고 동정조차 할 리 만무한데 웬일로 내 앞에서 눈물을 흘리는 것인지, 게다가 어머니는 여자를 '엄마'라고 부르라고 하고 말도 잘 들어야 한다고 몇 번이나 당부했었다.

나는 어머니가 한 말과 여자의 행동이 영 이율배반적이어서 눈물이 가득한 두 눈을 껌뻑거렸다. 여자의 호의가 탐탁하지 않았지만 그렇다고 뿌리칠 수도 없어서 머릿속만 혼란스러웠다. 생각하고 또 생각해 보았지만, 도무지 뭐가 뭔지 알 수 없었다. 여자는 코를 훌쩍이면서 약을 발라주고는 방을 나갔다.

그때 언니가 안방에서 장지문을 빼꼼 열고 나를 엿보았다. 나보다 세 살 위인 언니는 밖에서 놀다가 늦게 돌아온 모양인데 하는 행동으로 보아 조금 전에 내게 일어난 일을 알고 있는 것 같았다.

언니는 나와 눈이 마주치자 메~롱 하는 시늉으로 혀를 길게 빼고 약을 올렸다. 나는 다시 한 번 마음이 무너져 내렸다. 내게 하나밖에 없는 친자매인 언니가 하는 짓이 너무 야속했다. 그뿐이 아니었다. 나중에는 가까이 다가오더니 할머니와 똑같은 말로 내 마음을 더 아프게 할퀴었다.

"너는 니 엄마하고 살지 여긴 왜 왔냐?"

그 순간 나는 할머니만큼이나 언니가 미웠다. 어머니는 세상에 하나밖에 없는 친자매니까 서로 의지하고 살라고 당부했지만 아무래도 언니는 내가 의지할 수 있는 혈육이 아닌 거 같았다.

"엄마는 나한테만 엄마가 아니잖아! 언니한테도 엄마잖아!"

나는 화가 치밀어 올라 소리쳤다. 하지만 비명을 지르고 운 탓에 목소리가 탁하게 잠겨 크게 나오지 않았다.

"아냐! 내 엄마 아냐. 나는 엄마가 없어."

언니는 냉정하게 잘라 말했다.

"바보! 바보, 이 바보똥개야!"

나는 답답해서 다시 울음이 터져 나오려고 했지만, 할머니가 또 다시 장죽을 들고 쫓아올까 봐 마음대로 울 수도 없었다. 언니는 같은 어머니에게서 태어난 내 친자매 같지 않았다. 말하는 한 마디 한 마디가 너무나 매몰차서 혈육의 정이 느껴지지 않았다. 분한 마음에 언니의 얼굴을 노려보았다. 하지만 울음을 삼키며 참을 수밖에 없었다. 언니와의 첫 대면은 나를 아주 슬프게 만들었다.

언니는 장지문을 탁 닫고 사라졌다. 나는 그 방에서 혼자 흐느끼다가 지쳐서 잠이 들었다. 얼마나 지났을까, 잠결에 아버지의 목소리가 들려왔다.

"어머니, 은채는 제가 데려오라고 했습니다. 곧 학교에 입학해야 하잖아요. 어린 게 무슨 죄가 있습니까? 불쌍한 거 모질게 대하지 마시고 너그럽게 봐 주십시오."

아버지의 목소리는 아주 공손했다. 정신이 번쩍 든 나는 자리에서 일어나 문틈으로 등잔불이 켜진 안방을 훔쳐보았다. 언니는 할머니의 이부자리 속에서 잠들어 있었고, 할머니는 대통에 잎담배를

쟁이고 있었다. 아버지는 그 앞에 단정하게 무릎을 꿇고 고개까지 수굿하고 앉아 죄인처럼 빌고 있는 자세였다.

내가 기억하는 아버지는 지금처럼 한 번도 할머니 앞에서 큰 소리를 내 본 적이 없었다. 언제나 작은 소리로 조곤조곤 말하고 절대로 거스르는 일이 없었다.

"애초에 저건 지 에미한테 키우라고 했던 거 아녀? 남의 자식 꼴을 둘씩이나 볼라구 하겠남? 민채 에미한테 면목이 없어. 그려서 저것 양육비까지 쳐서 주었잖어?"

할머니는 목소리를 한껏 낮추었지만 말 마디마다 꼬장꼬장 힘이 들어가 있었다.

"어머니, 은채도 제 자식입니다. 제 자식은 제가 거두게 해주십시오."

할머니는 아버지의 말에 말없이 담배에 불을 붙여 빨았다. 두 사람 사이에는 침묵이 흘렀다. 아버지는 한참 동안 그렇게 앉아 있었다.

아버지의 모습을 보고 또 할머니와 나누는 말을 듣고 내 마음은 아주 복잡하고 쓸쓸했다. 현관에 혼자 서 있었을 때처럼 또다시 짐짝이 된 느낌이 들었다. 그나마 아버지가 내 편이 되어 준다는 게 위안이 되었다. 하지만 아버지가 할머니 앞에서 아버지의 주장을 확실하게 하지 못하고 공손하기만 한 태도에 내 가슴은 답답했다. 할머니가 어머니를 쫓아낼 때처럼 안된다고 세게 밀어붙이면 아버지는 그대로 밀릴 것만 같았다.

나는 잠시 생각에 잠겼다. 만약 할머니가 허락하지 않는다면 나는 어떻게 해야 하나? 다시 어머니와 살게 되는 건 내가 바라는 바지만 어머니는 분명 함께 살 수 없다고 말했다. 어머니는 나를 키우고 가르칠 능력이 없다는 거였다. 나는 어디가 진짜 내가 살 집인지 몰라 불안한 마음이 들었다.

"사내가 너무 줏대가 없어서 이렇게 된 거여. 효도만 하면 다여? 처자식 챙길 줄도 알아야지!"

외가에 있을 적에 어른들이 한 말이 다시 뇌리에 떠올랐다. 언제나 아버지의 생각대로 결정하지 못하고 할머니가 원하는 대로 끌려다녀서 가족들에게 불행을 가져오게 되었다고, 아버지의 우유부단한 성격이 문제라고 쑤군거렸다. 모여 앉기만 하면 심심풀이 땅콩이나 오징어 처럼 온통 아버지에 대한 성토로 열을 올리며 씹어댔다.

아버지는 할머니의 말이라면 팥으로 메주를 쑨다고 억지를 부려도 무조건 따랐다. 어머니가 쫓겨날 적에도 바른말 한마디 못 하고 할머니의 눈치만 살폈다. 그러니 묵언으로 동의한 셈이 되었고, 할머니는 기세가 더욱 등등해졌다는 거였다.

어머니는 죽은 동생까지 딸만 셋을 낳았다. 할머니에게 첫 손녀인 언니는 할머니가 손수 애지중지 품에 안아 키웠다. 하지만 틀림없이 아들이라는 점쟁이 말을 믿었던 할머니는 두 번째로 내가 태어나자 실망감이 큰 나머지 혹시나 늦게 얻은 삼대독자 아들에게서 손자를 못 보고 죽게 될까 봐 노심초사였다. 어머니가 세 번째도 딸을 낳자 그 책임을 어머니 탓으로 돌려 노골적으로 미워하게 되었다.

동생이 죽은 것도 따지고 보면 어른들이 생으로 죽인 거나 다름 없었다. 할머니는 손자 볼 궁리만 하느라, 아버지는 할머니한테 휘둘리느라, 어머니는 내쫓길지도 모른다는 불안감으로 넋 놓고 일만 하느라 홍역을 앓는 아기에게는 관심조차 두지 않았다. 열이 펄펄 끓는 아기를 홀로 둔 채 보리타작하는데 새참 내다 주고 와 보니 숨져 있더라고 했다. 아들이었다면 절대로 일어나지 않았을 일, 딸이었기 때문에 생긴 일이었다.

나는 아버지가 할머니 방에서 나와 대청마루를 가로질러 여자와 쓰는 가운뎃방으로 들어가는 발소리를 들으며 다시 자리로 돌아와 누웠다. 불기 없는 윗방에서 달랑 혼자였다. 내가 아버지에게 온 첫날은 이렇게 지나갔다. 여섯 살이 끝나가던 무렵, 많은 경험을 한 긴 하루였다. 그러고 보니 나는 전 인생을 통해서 하게 될 많은 경험을 여섯 살에 한 셈이었다.

3

설이 지나 나는 일곱 살이 되었다. 그리고 말 없는 아이가 되어 어머니를 기다리기 시작했다. 언니는 아침마다 학교에 간다고 나가면 저녁때가 되어야 집으로 돌아왔다. 점심은 먹는 건지 아니면 굶고 다니는 건지 종일 삽살개마냥 온 동네를 헤집고 다니는 거 같았다. 어울려 노는 친구들이 많아 보였다.

가끔 언니가 울고 들어오면 할머니가 쫓아가 언니를 울린 아이를 기어이 찾아내 혼내 주곤 했다. 그래서 아이들은 언니를 쉽게 건드리지 못했다. 할머니는 동네 아이들에게 '호랑이 할머니'로 통했다.

어떤 때는 언니보다 큰 짓궂은 남자애들이 언니에게 가까이 다가와 살짝 건드리는 시늉을 하고는 '저기 영채 할머니 온다! 호랑이 할머니 온다!' 하고는 후다닥 도망치곤 했다.

내가 자는 방 창문 앞으로 큰길이 지나고 있었다. 나는 방에서 종일 창문 쪽으로 귀를 열어 놓고 기다렸다. 그 창문을 통해 동네 머슴애들이 언니를 놀리고 달아나는 장면과 할머니가 아이들에게 소리치며 쫓아가 혼내 주는 장면을 볼 수 있었다. 그리고 멀리 외갓집 쪽에서 버스가 달려오는 소리를 듣고 있다가 재빨리 정류장으로 달려 나갈 수 있는 것도 그 창문 덕이었다. 소리만 듣고도 버스가 오는 소리인지, 트럭이 덜컹거리며 지나가는 소리인지, 또는 군용 지프가 날쌔게 달려가는 소리인지 구분할 수 있었다.

추위 속에서도 나는 끈질기게 버스에서 내리는 손님들을 한 사람 한 사람 살펴보았다. 그러나 어머니는 오지 않았고 버스가 출발하면서 일으키는 매연이 섞인 흙먼지만 옴팡 뒤집어쓴 채 힘없는 발길을 돌리곤 했다.

어른들이 모여앉아 웃는 시간은 여자가 낳은 돌쟁이 남동생인 민채의 재롱을 볼 때였다. 하지만 민채는 웃음을 주기보다는 몸이 약해 어른들의 애간장을 녹이는 일이 더 많았다. 자주 열이 끓거나 설사를 해 온갖 보약을 다 먹여도 살이 붙지 않고 발육이 늦었다. 할머니는 행여 다칠세라 눈을 떼지 못하고 졸졸 따라다녔다.

나는 언제나 소리를 내지 않았다. 소리 내지 않고 말썽을 부리지 않아도 할머니는 공연히 야단치곤 했다. 그럴 때마다 속으로 할머니가 미웠다. 하지만 전처럼 할머니를 정면으로 쏘아보지는 못했다. 그랬다가는 대통으로 또다시 얻어맞을까 봐 돌아서서 할머니가 있는 반대쪽의 벽이나 방문 따위를 눈을 부릅뜨고 노려보았다. 마치 그것이 할머니이기라도 한 것처럼 속으로 항의하면서 빨리 커서 할머니가 이유 없이 야단치거나 때리지 못하게 될 날만을 고대했다.

어느 날 나는 부엌문으로 살금살금 다가가 부엌에서 밥을 짓고 있는 여자를 엿보았다. 키가 자그마하고 몸매도 가냘픈 여자는 보기와는 달리 몸놀림이 야무졌다. 정수리 중앙에서 시작해 넓은 이마 한가운데로 내려온 가르마가 줄을 그은 듯 반듯했다. 긴 머리는 뒤에서 하나로 묶여 단정하게 내려왔다. 남색 치마에 흰 저고리를 입고 한쪽에 꽃 자수가 놓인 앞치마를 두르고 있었다.

여자가 허드렛물을 버리려고 자배기를 들고 나오려다 나와 눈이 마주쳤다. 나는 버릇대로 여자를 말똥거리며 쳐다보았다. 여자는 쪼그려 앉은 나를 피해 부엌 문지방 가장자리를 넘어 마당으로 나가 물을 휙 뿌렸다. 마당에 풀풀 먼지 한 줌이 날아오르다 이내 가라앉았다.

"밥풀 하나도 나가지 않게 해라."

할머니가 늘상 하는 말이 먼지와 함께 떠올랐다. 지독히 알뜰하게 챙기는 살림이었다. 항상 밥그릇을 깨끗하게 긁어먹어야 했고 어쩌다 밥알 한 톨을 떨어뜨리면 곧바로 주워 먹어야 했다. 그러기에 설거지를 해도 밥풀 한 낱은 고사하고 야채 부스러기 하나 없는 뿌연

구정물뿐이었다. 오죽하면 돼지를 키우는 동네 사람이 음식 찌꺼기 꽤나 나올 줄 알고 항아리를 갖다 놓았다가 도로 걷어 갔겠는가.

나는 늦가을 외갓집 대문 앞에 있는 감나무 가지 끝에 몇 개의 빨간 홍시가 매달려 있던 기억이 났다.

"저건 까치밥이란다."

까치를 위해 일부러 몇 개의 홍시를 남겨두던 외할아버지의 마음 씀에서 나는 넉넉함을 느낄 수 있었다.

문지방에 앉아 여자를 관찰하는 중에도 나는 큰길 쪽으로 귀를 활짝 열어 놓고 있었다. 버스 소리가 나면 얼른 달려 나갔다가 다시 그 자리로 돌아오곤 했다.

"저게 지 에미를 기다리는 겨."

할머니도 내 행동을 눈치채고 있었지만, 그걸로 꼬투리 잡지는 않았다.

여자가 무슨 말을 하려는 듯이 잠시 나를 바라보다 말고 자신이 하던 일을 계속했다. 나는 여자의 속마음이 궁금했지만 물을 수 없었다.

부엌을 나와 헛간으로 가는 여자를 쫓아 나도 헛간으로 갔다. 여자는 헛간 옆에 있는 변소로 들어갔다. 나도 변소 앞에 쭈그리고 앉아 기다렸다. 변소에서 나온 여자는 다시 부엌으로 가서 밥상을 차렸다. 나도 다시 문지방에 걸터앉아 밥상을 차리는 여자의 행동을 하나도 놓치지 않고 눈에 담았다.

할머니와 아버지가 겸상하고 언니와 나, 그리고 여자가 함께 먹도록 두 개의 밥상이 차려졌다. 다 차린 밥상을 들고 방으로 가는 여자를 따라가려고 문지방에서 일어서는 나를 보고 여자가 처음으로 피식 웃었다.

저녁을 먹고 설거지까지 끝낸 여자가 할머니 품에 안겨 잠이 든 민채를 받아안고 침실로 쓰는 가운뎃방으로 들어갔다. 아직 초저녁이었다. 아버지는 저녁 식사 후에 다시 진찰실로 가고 없었다. 아버지는 대부분 환자가 있든 없든 진찰실에서 보냈다.

집안에서는 언제나 은은한 한약 냄새가 났다. 향긋하기도 하고 쌉싸름하기도 한 약초 냄새. 그 냄새가 할머니 때문에 움츠러든 내 기분을 조금이나마 풀어 주었다.

나는 문밖에서 아버지와 여자가 자는 그 방을 엿보았다. 여자가 웬일인지 방으로 들어가고 나서도 문을 닫지 않았다. 예전에 아버지와 어머니, 그리고 어머니 품에서 내가 함께 잠들던 방이었다.

어딘가 어머니의 냄새가 배어있을 거 같은데도 주인이 바뀐 그 방은 분위기가 몹시 낯설었다. 방금 설거지를 끝내고 세수까지 하고 들어온 여자는 민채를 아랫목에 눕힌 다음 경대 앞에 앉았다. 얼굴에 크림을 바르고 물기가 묻은 머리를 가지런히 다듬었다.

나는 여자를 관찰하면서 어머니를 떠올렸다. 어머니는 늘씬한 키에 얼굴이 하얗고 갸름했다. 며느리가 미우면 발뒤꿈치가 달걀 같다고 나무란다던가, 트집 잡지 못해 안달이던 할머니는 어머니의 손가락이 길고 가늘어서 게을러터지게 생겼다고 했었다. 여자는 손마디가 짧아 손 모양이 동글고 작았다. 지난 설에는 여자가 그 손으로 만두를 빚었는데, 나는 딱 어울리는 손이라고 생각했다. 그 뒤

은채의 고군분투 성장소설 **방아고**

로 나는 여자의 손을 볼 때마다 만두 빚는 모양을 연상하게 되었다.

"들어오고 싶니?"

여자가 뜻밖의 제안을 했다. 나는 머뭇거리다가 대답 대신 발을 들여놓았다. 민채에게로 가서 얼굴을 들여다보았다. 깊이 잠든 민채의 얼굴은 다시 보아도 역시 아버지보다는 여자를 닮았다는 느낌이 들었다.

근심 걱정 없는 민채의 표정은 참으로 평화로웠다. 나도 이 방에서 잠들었던 시절에는 그랬을 거라고 상상했다. 그러나 불과 이삼 년이 지난 지금은 그리움과 외로움 등, 온갖 상처와 근심으로 마음 편할 날이 없었다. 그 시절에 비하면 지금의 나는 더이상 순진무구한 어린아이가 아니라 온갖 풍상을 다 겪은 애늙은이가 된 것 같았다.

여자는 얼굴 손질을 끝내고 민채 옆으로 가서 비스듬히 누웠다. 나는 소리 없이 그 방에서 나와 건넌방으로 왔다.

내가 자는 건넌방은 불이 켜져 있지 않고 아랫방에서 건너오는 불빛을 받아 희뿌유스름했다. 아랫방에서는 언니의 책 읽는 소리가 한창이었다. 언니의 목소리는 고저가 없고 희로애락의 감정을 담지 않아 맨숭맨숭 무덤덤한데, 무슨 내용인지 고모의 한숨 섞인 탄식이 흘러나왔다.

고모는 곧잘 자기 자식들인 명희 언니와 기훈 오빠는 공부하라고 앉혀 놓고 자신은 소설책을 옆구리에 끼고 우리 집으로 건너와 언니에게 읽게 시키곤 했다. 춘향전과 홍길동전, 그리고 임꺽정 등이었다. 하도 여러 번 읽어서 내용을 줄줄 꿰고 있는데도 고모는 매번 새로운 내용을 듣는 것처럼 안타까운 듯 한숨을 쉬기도 하고 재미있어 손뼉을 치며 웃음보를 터뜨리기도 했다.

한번은 어린아이가 읽어서는 안 될 내용의 연애소설을 읽게 한 적도 있었다. 아마도 동네 노총각이 빌려준 책이 아닌가 싶었다. 고모는 그 노총각과 이러쿵저러쿵 소문이 돌기도 했었다.

소설책 내용을 요약하면, 모녀가 함께 살았는데 딸이 뜻하지 않은 실수로 사생아를 낳아 키우고 있었다. 그러다 진심으로 사랑하는 남자를 만나 프러포즈를 받고 집에 데려오게 되었다. 어머니는 딸의 행복을 위해 아기를 자신의 늦둥이로 속여 딸을 결혼시키려고 했다. 그러나 양심의 가책을 받은 딸은 흐느끼며 도저히 그렇게 하지 못하겠다고 말했다. 사랑을 지키자니 양심이 걸리고 양심을 지키자니 사랑이 울었다. 그 장면에서 고모는 얼마나 울었는지 눈이 퉁퉁 부어 돌아갔었다.

나는 이부자리를 끌어당겨 펴고 장지문을 닫았다. 방안은 곧 컴컴해졌지만, 언니의 책 읽는 소리는 여전히 낭랑하게 들려왔다.

이튿날도 나는 어머니를 기다리면서 여자를 따라다녔다. 걸핏하면 이유 없이 야단을 치고 손버릇처럼 툭툭 장죽을 휘두르는 할머니보다는 차라리 여자를 따라다니는 편이 나았다.

내가 마음을 조금이나마 의지할 수 있는 상대로서 할머니는 무조건 가위표, 아버지는 어려운 존재라서 한계 초과, 민채는 너무 어려서 수준 미달, 언니는 밖으로만 나가니 언제나 내 시계 밖에 있었다. 어쩔 수 없이 내 방점 대상으로 여자가 가장 가까웠다고 해야 맞을 것이다. 정말 어쩔 수 없...이...였다.

내가 주변에서 주워들은 바에 의하면, 여자는 친정아버지가 사고로 한쪽 다리를 잃고 집에 들어앉는 바람에 일찍 삯바느질을 배워 친정어머니와 함께 열이나 되는 식구들의 생계를 챙기며 살았다. 가난한 집안 형편 때문에 본처가 있다는 걸 알면서도, 전실 자식이 있다는 걸 알고도 시집가 아들 낳고 호강하며 살라는 부모의 주장에 떠밀려 아버지에게 왔다고 했다.

"꼭 강아지마냥 내 뒤만 졸졸 따라다니는구만."

여자가 말했다. 귀찮다는 말은 아니라고 여겼다. 여자가 아침 설거지를 끝내고 재봉틀이 있는 안방으로 들어가더니 재봉틀 앞에 앉아 옷을 만들었다. 나도 따라 들어가 여자가 바느질하는 걸 지켜보았다. 재봉틀 바퀴가 돌아가는 대로 드르륵 드르륵 바느질이 되는 게 신기했다.

여자는 민채가 입을 옷을 만드는 모양이었다. 파란색 천으로 몸통과 팔을 붙이고 목 주변에서부터 가슴 중간까지는 주름이 많은 레이스를 만들어 붙였다. 어깨에도 주름을 넣어 볼록하게 만들었다. 남자아기에게 어울리지 않게 예쁜 모양이어서 지켜보던 나는 저렇게 예쁜 옷을 입히면 혹시 고추가 떨어지는 건 아닐까 상상했다.

내 키는 겨우 재봉틀 판에서 머리 하나가 올라갔다. 나는 서서 재봉틀 바늘이 가는 대로 보고 또 보다가 턱을 재봉틀 판에 올려놓은 채 잠이 들었다.

"졸리면 저리 가 누워서 자."

여자의 말에 깜짝 놀라 눈을 뜨지만, 내 고개는 다시 쟁반 위에 얹힌 공처럼 재봉틀 판 위에서 굴렀다. 여자는 자꾸만 저리 가 누워서 자라고 했지만, 나는 여전히 재봉틀 앞에 서서 졸았다. 여자가 말하는 대로 저리 가 눕고 싶지 않았다.

거기는 여자가 낳은 남동생인 민채가 천방지축 뛰놀거나 할머니가 장죽을 입에 문 채 아랫목에 앉아 나처럼 꾸벅꾸벅 졸고 있었다. 어쩌다 나와 눈이 마주치기라도 하면 괜스레 혀 차는 시늉을 하며 흘겨보곤 했다.

그렇게 여자 옆에 서 있다가 자동차 소리가 들리면 재빨리 정거장으로 달려나갔다. 버스는 띄엄띄엄 왔으므로 하루에 네댓 차례 뛰어나가면 그만이었다.

가끔은 할머니가 모르게 안방 벽에 걸린 거울을 들여다보았다. 물론 나는 거울 속에서 어머니 얼굴을 볼 수 있다는 기대를 한 건 아니었다. 다만 내 얼굴 어디가 어머니를 닮았을까 궁금한 생각이 들었다. 눈매인 거 같기도 하고, 입매가 닮은 거 같기도 했다. 목소리가 영락없이 어머니라고 말해 준 사람도 있었다. 하지만 아무리 들여다보아도 오매불망 어머니에 대한 그리움이 조금도 줄어들지 않았다.

겨울의 미련 한 자락이 꽃샘추위로 오락가락하던 어느 날, 언니가 학교에서 돌아오자 할머니는 나와 함께 심부름을 시켰다. 집에서 삼십 분 정도 걸리는 거리를 걸어서 갔다 와야 했다.

언니는 걸음조차 차분히 걷는 법이 없었다. 고무줄놀이나 사방

뛰기를 하듯이 폴짝거렸다. 나와 함께 집을 나서서 폴짝거리며 걷다가 친구를 만났다. 반갑다고 호들갑을 떨더니 나를 그 자리에 남겨둔 채 친구와 함께 사라져 버렸다.

"조금만 기다려. 금방 올게."

그렇게 달아난 언니는 한참을 기다려도 돌아오지 않았다. 심부름 가는 곳이 어디인지도 모르고, 가서 무슨 말을 어떻게 전해야 하는지도 모르는 내가 혼자서 갈 수는 없는 노릇이었다. 길바닥에 쪼그리고 앉아 얼마나 기다렸을까, 해는 서산에 걸려 있는데 마냥 기다릴 수만은 없었다. 심부름은 가지도 못하고 혼자서 터덜터덜 돌아오는 나를 보고 할머니가 소리쳤다.

"이년! 심부름을 시켰더니 어디 갔다가 이제 오는 거냐?"

깜짝 놀란 나는 그만 땅바닥에 나동그라졌다. 할머니가 손에 들고 있던 장죽으로 또다시 후려친 것이다.

"어서 잘못했다고 빌어. 어서! 어서 빌어!"

여자가 다급하게 달려와 첫날보다도 더 간절한 목소리로 말했다. 하지만 나는 이번에도 빌지 않았다. 아무리 생각해도 내 잘못이 아니었다. 도망친 사람은 언니인데 왜 내가 빌어야 하는지 몰랐다. 언니가 왜 안 보이는지는 묻지도 않았을 뿐만 아니라 자초지종을 설명할 틈도 주지 않았다.

나는 그 부당함이 억울해서 항의의 표시로 입을 꼭 다문 채 할머니의 얼굴을 또다시 노려보았다. 마음속으로 할머니는 성깔만 사

납고 옳게 생각할 줄도 사리에 맞게 판단할 줄도 모르는 사람이라고 생각했다. 할머니의 마음속에는 뿔이 여러 개 달린 사람 잡아먹는 도깨비 같은 게 들어있다는 상상도 했다. 그래서 생트집을 잡아 어머니를 내쫓고 나를 괴롭히고 있다고 여겼다. 어린애라고 해서 부당한 대우를 받아도 화를 낼 수 없다는 건 말이 안 된다고 생각했다. 그래서 입을 꾹 다물고 눈을 더 부릅뜨고 할머니를 노려보았다. 날아오는 대통을 피하지도 않았다.

"어머니! 이제 그만 고정하서유. 이러다가 큰일 나겠어유. 제발 고정하서유."

여자가 또다시 울면서 할머니한테 사정했다.

"지 에미 닮아서 독살스럽게 눈 치뜨는 거 봐라. 어린 것이 도망가지두 않잖여? 이 독한 년!"

할머니는 나를 야단치는 게 아니라 마치 어머니를 상대로 드잡이를 벌이려고 달려드는 것 같았다. 어느새 동네 사람들이 모여들어 담 너머로 이 광경을 구경하면서 혀를 찼다. 아버지는 이번에도 달려 나와 매를 맞고 있는 내 옆에서 안타까운 듯 안절부절못하고 발만 굴렀다. 얼마나 매질을 했는지 할머니는 숨을 헐떡거리며 매질을 멈추었다.

언니는 내가 매를 맞고 있을 때 도둑고양이처럼 살금살금 들어왔다. 그때 아버지가 언니를 보고 야단쳤다.

"영채! 넌 동생만 야단맞게 해 놓구선 어디 갔다가 이제야 들어오는 거냐?"

한껏 목소리를 높이는 것 같아도 할머니가 역정을 내는 앞에서 아버지는 길게 나무라지 못했다. 왜 이렇게 되었는지 잘잘못을 따져 바로잡지도 않았다.

여자는 전처럼 나를 데리고 건넌방으로 가 몸을 살피고 약을 발라 주었다.

"왜 빌지 않니? 내가 말했잖어? 그런 땐 무조건 비는 거라고. 그래야 매를 덜 맞는 거라고. 빌기 싫으면 도망이라도 가던가. 니 언니 봐라. 할머니가 눈만 크게 뜨셔도 후다닥 도망쳤다가 나중에 들어오잖니?"

나는 여자의 말에 대답하지 않았다. 내가 이렇게 매를 맞게 된 것이 누구 탓인가, 그런 생각을 했다. 분명 시작은 언니 때문이었고 잘못한 사람을 가려내서 나무라지 않는 할머니가 부당한 건 말할 것도 없는 자명한 사실인데, 그럼에도 모든 게 여자 탓인 것도 같고, 아버지 탓인 것도 같았다. 어머니 얼굴이 눈앞에 어른거렸고, 나를 끔찍이 아껴주고 온갖 떼를 다 받아 주던 외할머니와 외할아버지 생각도 간절했다.

여자가 방을 나가고 내가 흐느끼고 있을 때 언니가 장지문을 살짝 열고 들어오더니 알사탕 하나를 내 손에 쥐여 주고는 후다닥 방을 나갔다. 전혀 예상 밖의 행동이었다. 나는 눈물이 가득한 눈으로 딸꾹질을 하면서도 이게 무슨 뜻인가 싶어 그 알사탕과 언니가 나간 문틈을 번갈아 쳐다보았다.

심부름 가다 말고 혼자 달아나 나만 할머니에게 매 맞게 해 놓고는 웬 알사탕을 주는 것인지, 그 상황에서 알사탕을 받아먹을 기분은 아니었지만, 언니의 마음을 조금은 알 것 같았다. 나는 알사탕을 손에 꼭 쥔 채 오래도록 홀홀 느꼈다.

그날 밤에도 나는 아버지의 목소리를 들었다.

"어머니, 어머니는 왜 잘못하지 않은 사람을 야단치십니까? 잘못한 사람을 야단치셔야지요. 잘못한 애를 나무라십시오."

조심스러운 특유의 음성이 꿈인 듯 생시인 듯 깊은 잠에 빠지지 못하는 내 귓전을 스쳤다.

"나는 은채, 그것이 밉다. 생긴 거 하며 하는 짓거리 하며 꼭 지에밀 닮았어. 그걸 보고 있으면 그것 에미를 보는 거 같아서 속이 뒤집힌단 말여. 우리 재산을 다 뺏어간 년! 어디 얼마나 잘 사는지 두 눈으로 똑똑히 볼겨!"

할머니는 마지막 말에 힘을 주며 이를 갈았다. 어머니를 닮았다는 거, 그것이 나를 모질게 대하는 이유라는 걸 나는 분명히 들었다.

"어린 게 무슨 죄가 있습니까? 다 제 잘못이지요. 제가 잘못한 것입니다."

아버지는 말끝에 한숨을 길게 내쉬었다. 보나 마나 아버지는 이번에도 무릎을 꿇고 있을 것이다. 편견을 갖고 성정만 부리는 할머니와 효孝라는 자식의 도리만을 앞세워 무력한 아버지, 내가 보기에 참으로 답답하기 이를 데 없는 광경이었다.

할머니와 이야기를 끝내고 내가 자는 방을 지나 여자가 있는 방

은채의 고군분투 성장소설 *방아꼬*

으로 가려던 아버지가 발걸음을 멈추고 자는 척 눈을 감고 있는 나를 물끄러미 내려다보았다. 시간이 제법 지났는데도 한기에 웅크린 채 내 울음 끝의 느낌은 꿈결처럼 희미하게 이어지고 있었다.

"은채 넌 베개 가지고 내 방으로 가자. 내 방에서 자거라."

안쓰러운 마음이 일었던가, 아버지가 나를 깨워 일으켰다. 내가 자는 건넌방은 불기가 전혀 없는 냉골이었다. 나는 아버지를 따라 여자가 있는 방으로 갔다. 손에는 언니가 준 알사탕이 녹아 끈적거리는 채 그대로 쥐어져 있었다.

여자는 자신의 등 뒤에 내 잠자리를 만들어 주었다. 이부자리를 따로 깔아준 게 아니고 여자가 민채를 품에 안고 자는 등 뒤 자리를 비집고 자게 했다. 이불자락을 덮으려면 여자의 등 뒤로 바싹 당겨 붙어야만 했다.

그날부터 나는 여자의 등에 혹처럼 붙어 잠을 자게 되었다. 그것은 참으로 묘한 잠자리였다. 내 마음속에 여자에 대해 풀리지 않는 의혹과 어머니에 대한 그리움을 가득 품고 있는 채였다. 이렇게 여자의 등에 바싹 붙어 자면 여자의 마음속에 있는 진심을 알아낼 수 있을 것도 같았다. 그래서 여자의 등에 귀를 붙이고 더 찰싹 달라붙었다.

눈치만 살피던 여자도 어느 날 조심스럽게 할머니에게 물었다. 물음의 진정한 의미는 궁금함이 아니라 잘못을 시정해 달라는 간언의 뜻이 분명했다.

"어머니는 왜 잘못한 사람을 야단치지 않고 잘못하지 않은 사람을 야단치셔유?"

여자의 말에 할머니는 대꾸하지 않았다. 대답 대신 애꿎은 놋재떨이만 땅땅 두들겼다. 그리고 깡마른 몸에 있는 힘을 다 모아 목에 핏줄이 붉어지도록 가래를 긁어 방문 옆에 있는 봉창을 밀고 밖으로 퉤 뱉었다. 자신의 부당함에 동의는 하지만 상대의 말은 못마땅하다는 의미임에 틀림 없어 보였다. 손자를 낳아 준 여자의 말이니 면박은 주지 않지만 앞으로 조심하라는 뜻일 것이다.

할머니의 편애는 계속되었다. 언니는 언제나 말썽을 부리고 달아나 늦게야 들어왔다. 그러면 꾸지람은 고스란히 내 몫이 되었다. 할머니는 잘잘못을 따지지 않고 무조건 나를 야단쳤다. 그런 할머니를 믿고 언니는 맛있는 음식이나 좋은 것은 모두 자기가 우선이라고 여겼다.

할머니에게는 손주라고 다 같은 손주가 아니었고 서열이 있었다. 민채가 태어난 뒤로 순위가 우선이었던 언니는 자리를 빼앗길 수밖에 없었다. 은근히 심통이 나는 모양이었지만 눈치가 빠드름하니 노골적으로 불만을 드러내지는 못했다.

추위가 완전히 물러가고 따뜻한 봄 햇살이 내리쬐었다. 산과 들에는 새싹이 돋아나고 봄꽃이 만발했다. 나는 초등학교에 입학했다. 생일이 너무 늦다는 이유로 학교에서 받지 않으려고 몇 번이나 이름을 지웠지만, 할머니의 억지를 당해낼 사람은 없었다. 할머니는 웬일인지 나를 입학시키는 일에 적극적이었다.

나는 날마다 학교에 갔지만, 마음속에는 온통 어머니만 들어있어서 공부할 수가 없었다. 커다란 어머니의 얼굴이 눈앞에 어른거렸고, 책 속에도 심지어는 선생님의 얼굴에도 어머니 얼굴이 겹쳐 보여서 어머니를 생각하는 거 외에 아무것도 머리에 들어오지 않았다.

학교에서 돌아오면 집 뒤쪽에 있는 언덕으로 올라갔다. 뒷마당에 있는 흙 계단을 따라 언덕으로 올라가면 텃밭이 있었고, 텃밭은 소나무 숲에 둘러싸여 있었다. 날마다 언덕에 있는 소나무 가지에 올라앉아 집 앞으로 지나는 버스를 기다렸다. 기다리면 언젠가 어머니가 내 앞에 짠! 하고 나타날 것만 같았다.

언덕의 나무에서는 먼 동네까지 한눈에 들어왔다. 집 앞을 지나 동네 한복판을 남북으로 가르며 달리는 신작로를 따라 서쪽은 외가로 가는 길이고 학교도 그쪽에 있었다. 동쪽으로는 멀리 굽이굽이 이어지는 금강 줄기가 보였다. 금강 줄기는 손을 뻗으면 잡힐 듯 가까이 보여도 십 여리나 되는 먼 거리였다.

나는 항상 서쪽을 바라보고 있다가 멀리서 버스가 나타나면 곧장 나무에서 내려가 대문 밖 큰길로 달려나갔다.

눈을 크게 뜨고 버스에서 내리는 손님을 아무리 살펴도 어머니는 오지 않았다. 해는 서쪽으로 기우는데, 허탈감으로 어깨는 축 처지고 왈칵 울음이 솟구쳤다. 그런데도 나는 기다림을 멈추지 못했다. 언젠가 어머니도 내가 보고 싶어서 달려오지 않을까 하는 기대감을 버릴 수 없었다.

어머니는 내 기억 속에서 차츰 희미해져 갔다. 이러다가는 어머니 얼굴을 잊어버릴 것만 같았다. 그림을 그리기 시작했다. 어머니 얼굴을 잊지 않으려고 어머니 얼굴만 반복해서 그렸다. 곱슬한 파마머리에 갸름한 얼굴, 하얀 피부에 오뚝한 코, 까맣고 서글서글한 눈매. 나는 으레 목 왼쪽에 까만 크레용으로 점을 찍었다. 어머니의 점이었다.

어머니가 오지 않는다고 생각하자 가슴 가득 외로움이 밀려왔다. 그대로 땅바닥에 주저앉아 엉엉 울고 싶었다. 이럴 줄 알았더라면 절대로 어머니와 떨어지지 않는 건데, 후회하는 마음이 들었다. 하지만 모든 건 이미 늦어 버렸다.

어머니와 떨어지지 않으려고 신작로 한복판에 드러누워 뒹굴며 울던 기억이 났다. 어머니와 헤어지기 전, 어머니는 여러 번 나를 아버지 집에 두고 가려고 데리고 왔다가 도로 데리고 가기를 반복했었다. 눈치 빠른 내가 어머니가 몰래 가려는 걸 알아채고 울며 뒤쫓아 달려나가곤 했기 때문이었다. 그러다 나는 결국 자포자기했고, 어머니와 헤어지게 되었다. 아마도 어른들은 영원히 모를 것이다. 거기까지만 해도 내가 얼마나 울며 불안감에 시달렸는지.

언니는 언제나 학교에서 돌아오면 책가방만 마루에 던져둔 채 밖으로 나가 어둑어둑 땅거미가 져서야 집에 돌아왔다. 나와는 놀아주지 않았다. 선머슴처럼 밖으로 나돈다고 아버지한테 야단을 맞아도 쇠귀에 경 읽기였다.

할머니가 늘 언니를 감싸고 편애했기 때문이었다. 언니는 맛있는 음식도 자기가 많이 먹고, 새 옷도 자기가 입어야 하고, 좋은 물건도 자기가 갖는 게 당연하다고 여겼다.

할머니는 내가 입고 온 빨간색 내복도 빼앗아서 언니에게 입혔다. 대신 내게는 언니가 오랫동안 입어 낡은 내복을 주었다. 어머

니가 학교 갈 때 신으라고 사준 운동화도 언니가 신었다. 오래 아껴

신으라고 넉넉한 치수로 골라준 거였다.

　나는 그래도 불평하지 않았다. 불평했다가는 할머니의 대통이 날

아올 게 뻔했다. 매를 맞을까 봐 무서워서 그러는 것만은 아니었다.

내게는 어머니를 기다리는 일 말고는 소중한 물건도 중요한 일도

없었다.

　어느 날 할머니는 장롱 속에서 예쁜 원피스를 꺼내 언니에게 주

었다. 그리고 또다시 언니가 입던 헌 옷을 내게 주었다.

　"니 에미가 가겟집에 맡겨놓고 간 모양이여. 저것 입히라고 했

　는디 영채 니가 입어라. 은채는 언니 옷 입으면 되니라."

　차라리 아무 말도 하지 않았으면 좋았을 걸, 할머니는 내 속을 질

러주려고 일부러 그러는 듯이 아무렇지도 않게 말했다. 나는 까짓

옷쯤이야 언니에게 주든지 말든지 상관하지 않았다. 어머니가 나를

보지 않고 그냥 돌아갔다는 사실이 서운해서 어찌해야 할지 몰랐다.

다시 가슴이 찢어지는 것처럼 아프고 서러워서 윗방으로 가서 입을

막고 흐느껴 울었다. 한참 울고 난 뒤에 다시 거울 속에 있는 내 얼

굴을 들여다보았다. 거기에는 슬픔에 젖은 내 모습만 있었다. 내 모

습을 보고 있노라니까 어쩌면 나를 보지 못하고 돌아간 어머니도 나

처럼 슬픈 얼굴로 나를 그리워하고 있을지 모른다는 생각이 들었다.

　어머니는 만날 수가 없고 여자의 등은 이상한 마력을 가지고 있

었다. 유년기의 어린아이는 누군가의 따뜻한 보살핌이 없이는 살

수 없는 존재라는 건 자명한 사실이다. 비록 맹목적이기는 해도 언니가 할머니의 사랑을 받아 어머니의 존재를 부정하면서 사는 것처럼, 하다못해 자기 어머니를 밀어내고 자리를 차지한 여자의 등이라도 기대고 온기를 받아야만 살 수 있는 것이다.

나는 차츰 여자에게 마음을 기대게 되었다. 하지만 처음부터 가졌던 의혹과 갈등은 여전히 사라지지 않은 채였다. 내 마음속에 늘 어머니가 들어있는 채로 여자의 등에 몸을 붙이고 웅크릴 적마다 첫날 보았던 여자의 이율배반적인 눈물도 함께 떠오르곤 했다. 어쩌면 여자도 그 눈물 속에 고양이 발톱 같은 걸 숨기고 있는지 모른다는 생각이 들었던 것이다.

어미와 떨어져 새 주인을 만난 강아지처럼 여자를 졸졸 따라다니고 혹처럼 등에 딱 붙어 잠자는 나는 곧 여자를 엄마라고 부르게 되었다. 그때까지 엄마라는 말이 나오지 않아 여자를 부를 땐 옆에 가서 응, 하면서 손가락으로 옆구리를 찔러 말을 하던 언니도 나를 따라 엄마라고 했다. 어머니가 나를 낳았던 나이, 스물두 살이 채 안 되었을 즈음, 우리는 여자의 어머니 흉내를 인정하게 된 것이다.

"저건 넉살이 좋아서 오자마자 엄마라고 하는구먼."

할머니가 내게 말했다. 어른들은 내 속도 모르고 아주 쉬웠던 줄로 생각하는 눈치였다. 어머니처럼 늘씬하지 않고 작달막한 키에 얼굴도 어머니만큼 예쁘지 않았다. 언니와 겨우 열두 살 차이, 나하고는 불과 열다섯 살 차이. 그래서 엄마라기보다는 큰언니 같은 느낌을 주었다.

나는 가끔 생각했다. 열두 살짜리도 아이를 낳을 수 있는 걸까? 어른들이 억지로 꿰맞춘 우리와 여자의 관계는, 깨진 항아리에 시멘트를 발라 놓은 것같이 어설프고, 커다란 우리가 어느 날 갑자기 여자의 뱃속에서 나왔다고 우겨대는 황당무계荒唐無稽한 주장만큼 억지스러웠다.

어쨌든 나는 인생이 다 그런가보다 여겼다. 아무나 우리의 엄마가 될 수도 있나 보다 싶었다. 아무려나 우리는 거부할 권리가 없었다.

절대로 남동생처럼 여자의 품에 안길 수 없는 내 운명. 나는 한 번도 여자의 등에서 품으로 옮겨가길 바란 적이 없었고, 여자도 같은 생각이었는지 나를 품에 안아 준 기억이 없었다. 그래도 나는 그 등이 필요했으니, 내 나이 일곱 살, 그 나이에 나는 눈치 빠른 아이가 되었다.

나는 여전히 언덕에 있는 소나무에 올라앉아 어머니의 얼굴을 그리며 어머니를 기다렸다. 그리고 수없이 어머니를 만나는 상상을 했다. 그런 때면 아무리 참으려고 해도 눈물이 나서 견딜 수가 없었다. 그 소나무 가지 위에서 앞으로는 울지 않겠다고 여러 번 결심했는데도 마음대로 되지 않았다. 그렇게 나무 위에서 어머니를 기다리다 집으로 들어오면 거의 계모 곁을 떠나지 않았다. 계모는 대부분 시간을 두세 가지 일을 하며 보냈다. 아기를 돌보는 시간과 식사 준비를 하는 시간, 그리고 빨래와 청소를 하거나 재봉틀 앞에 앉아 바느질하는 시간이었다.

계모는 친정에서 하던 삯바느질을 계속했다. 돈이 궁하지 않은

데도 그 일을 놓지 못하는 이유는 친정 동네에 사는 사람들이 계모의 솜씨가 아쉬워 멀리까지 찾아오기 때문이었다. 딱 그 사람들이 가져오는 일뿐이었으니까 바느질거리가 그리 많지는 않았고 앉아 놀지 않을 정도였다.

우리 동네 사람들은 계모에게 일을 맡기지 않았다. 어머니가 얼마나 억울하게 쫓겨났는지를 아는 동네 사람들은 계모와는 말도 잘 섞지 않았고 고개를 돌렸다. 그런 눈치를 아는 계모도 물을 긷거나 볼 일이 있을 때 말고는 밖에 나가는 일이 없이 집안에서만 지냈다.

계모가 바느질할 때마다 나는 옷감이 예쁜 치마와 저고리로 만들어지는 과정을 하나도 빼놓지 않고 지켜보았다. 재봉틀이 달달 거릴 적마다 재봉틀 판 위에 턱을 걸쳐놓고 있는 내 고개도 함께 진동했다. 그러다 나는 계모가 무엇이 필요한지를 알게 되었다. 계모가 옷고름을 박아 방바닥으로 던지면 하는 걸 본 대로 기다란 대나무 자를 이용해 뒤집어 바로 펴 놓았다.

"니가 해 놓은 거여?"

계모가 놀랍다는 표정으로 물었다. 나는 대답 대신 고개를 끄덕였다. 그런 때 어떻게 대답해야 할지 적당한 말을 찾아내지 못해서였다. 친척 아주머니에게 하듯이 '네'라고 하자니, 얼굴에 솜털이 보송하고 앳된 게 큰언니뻘로 보였고 '응'이라고 하자니 아기까지 낳은 어른인 건 분명했기 때문에 기준을 두기가 어려웠다.

어쨌든 계모가 놀라는 얼굴로 물었던 거, 그것이 좋았다. 나는 다른 일도 찾아냈다. 계모가 옷을 만드느라 가위질을 하고 남은 천 쪼

가리 중에서 쓸만한 것들을 가려내 차곡차곡 상자에 담았다. 계모가 커다란 천을 가위로 자르려고 하면 자르기 편하게 재빨리 마주 잡아주었다. 완성된 저고리를 구겨지지 않게 접을 줄도 알았다. 계모가 재봉틀 위에 앉아 아래를 두리번거리면 찾는 걸 콕 집어 손에 쥐여 주었다. 때에 따라 필요한 건 여백을 잘라낼 가위이거나 치수를 잴 자, 또는 실이거나 손가락에 낄 골무라는 건 말하지 않아도 눈치로 알아챌 수 있었다. 내가 할 수 있는 건 아주 소소한 것들이었지만 계모는 놀라는 눈으로 바라보았다.

"저건 눈치가 빨라 절에 가 젓국도 얻어 먹것다. 제 언니보다 낫구면. 영채 그건 보통 덜렁이래야 말이지."

어느 날 장죽을 빨며 지켜보던 할머니가 말했다. 내게 야단만 치던 할머니가 그런 말을 한 건 그날이 처음이었다.

나는 또 다른 일도 찾아냈다. 소쿠리를 들고 언덕에 있는 텃밭으로 가 상추나 풋고추를 따다 물에 씻어 부뚜막에 갖다 놓았다. 계모가 좋아했다. 식사 때 상에 올려놓기만 하면 되었다. 음식을 만들 때 장독대에서 고추장이나 된장을 한 숟갈 퍼오는 심부름도 했다.

내가 계모 곁에서 꼼지락꼼지락 돕는 동안 언니는 밖에 나가 뛰어노느라 시간 가는 줄을 몰랐다. 언제나 해가 져서야 돌아왔다.

"너는 어디 갔다가 이제 오느냐?"

한 마디씩 나무라는 사람은 아버지였다. 할머니는 언니가 어떻게 행동하든 야단치지 않았다. 할머니가 야단친다고 들을 언니도 아니었다. 언니가 제멋대로 행동하는 건 할머니가 언제나 오냐오냐

받자 했기 때문이었다.

"옷 입는 걸 봐도 둘은 성격이 아주 달라유. 똑같이 빨아 입혀
도 큰애는 그날로 더럽히는데, 작은 애는 열흘이 지나도록 그대
로여유."

계모는 빨래해 입히느라 힘들다는 걸 언니와 나를 비교해서 에둘
러 표현했다. 언니는 깨끗하게 빨아 입힌 흰 바지를 입고 나가선 곧
바로 흙바닥에서 미끄럼을 타 엉덩이에 빨간 황토를 떡칠해 오기
일쑤였다. 그러나 나는 집안에서만 맴돌면서 곱게 놀기 때문에 옷
이 더러워지지 않았다.

우리의 성격이 서로 정반대인 것은 사실이었다. 언니의 성격이
얼마나 활발한지는 옷이 떨어지는 형태만 봐도 알만했다. 언니의
새 치마는 입은 지 얼마 안 되어 삭을 대로 삭아 못 구멍만 한 구멍
이 치마 전체에 송송 뚫려 있곤 했다.

어른들은 그런 언니를 덜렁이라고 했지만, 친구가 없는 나는 언
니가 부러웠다. 나는 아버지한테 온 뒤로 밖에 나가 뛰어놀아 본 적
이 없었다.

외가에 있을 적에는 나도 언니 못지않은 개구쟁이였다. 추운 겨
울바람에도 아랑곳하지 않고 홍이와 함께 뛰어다니며 남자애들이
하는 놀이를 따라 하고 놀았다. 눈사람 만들기, 썰매 타기, 팽이치
기, 연날리기 등 소꿉친구 홍이가 하는 것이라면 무슨 놀이든 빠지
지 않았다.

아버지에게 온 뒤로 나는 달라졌다. 어울리고 싶은 애들도 재미

있는 것도 없었다. 친구들과 뛰노는 대신에 자연과 이야기했다. 눈에 보이는 것들이 모두 내 친구였다. 하늘과 달과 별, 그리고 텃밭의 푸성귀들과도 이야기를 나눴다. 날아가는 새들과 소나무를 오르내리는 다람쥐와도 이야기했다.

홍이가 옆에 있는 것처럼 상상하면서 함께 그림을 그리기도 했다. 상상인데도 홍이와 노는 건 재미있었다. 상상 속에서는 홍이와 노는 것 뿐이 아니라 어머니와 아버지가 이혼하지 않고 나와 언니와 넷이서 행복할 수 있었기 때문이었다. 상상을 하느라 나는 늘 혼자서 중얼거리며 그림을 그렸다.

날씨가 맑은 어느 날, 처음으로 언니를 따라 저수지에 갔다. 그때까지도 저수지가 지척에 있다는 걸 알지 못했다. 저수지가 얼마나 큰지 끝이 보이지 않았다. 저수지 둑이 멀리까지 뻗어있었고, 산자락과 물이 어우러져 경관이 아름다웠다.

나는 저수지를 보면서 외갓집 동네 고개 너머에 있는 바다를 연상했다. 새삼 엄마와 걸었던 백사장과 멀리서 밀려와 흰 거품을 내며 부서지던 파도가 그리웠다. 저수지는 그런 추억의 바다와는 다르지만, 아버지의 집에 온 뒤로 처음 보는 풍경이었다.

우리는 물가에 있는 너럭바위에 나란히 앉았다. 언니가 내 머리를 감겨준다고 물을 묻힌 다음 비누를 칠해 하얗게 거품을 내고 장난으로 모양을 만들었다. 나는 머리에 하얀 털모자를 쓴 것처럼 되었다.

"은채야, 이렇게 하고 잠깐만 기다려. 저기 끝까지 헤엄쳐서 금방 갔다 올 테니까. 어디 가지 말고 여기서 내가 헤엄치는 걸 보고 있어. 알았지?"

언니는 갑자기 원피스 자락을 거꾸로 뒤집어 올려 홀러덩 벗었
다. 반짝 드러난 젖꼭지가 도도록해 보였다. 하지만 그런 건 전혀
의식하지 못하는 듯 팬티 바람에 물속으로 풍덩 뛰어들더니 저수지
반대편을 향해 빠르게 헤엄쳐 갔다.

나는 머리에 하얀 비누 거품을 뒤집어쓴 채 눈을 휘둥그렇게 뜨
고 언니가 헤엄치는 걸 지켜보았다. 언니는 저렇게 노는구나, 생각
하며 아침에 나가면 저녁에나 들어오는 언니가 친구들과 어울려 노
는 모습을 머릿속에 그려볼 수 있었다.

"어쩜 너희 둘은 같은 형제인데 그렇게 다르니? 니 언니는 외
향적이고 너는 내성적이구먼."

계모가 늘 하던 말이었다. 언니는 한 번도 친구들과 노는 자리에
나를 끼워준 적이 없었다. 언니가 밖에 나가 친구들과 어울려 노는
동안 나는 집 안을 맴돌며 계모를 도와주거나, 언덕에 올라 어머니
얼굴을 그리며 자연과 이야기를 나누는 것 말고는 해 본 게 없었다.
그렇게 언니와 나는 성격이 다르고 행동도 달랐다. 언니는 운동을
잘하고 나는 그림을 잘 그린다는 말을 듣게 된 건 다 이유가 있었다.

언니는 잠깐 사이에 저수지 건너편 가장자리에 올라서서 나를 향
해 손을 흔들며 소리쳤다. 저수지는 크고 넓어서 가장 먼 곳의 끝은
안갯속에 가려 잘 보이지 않았지만 가까운 곳은 오십여 미터나 될
까, 소리치면 들을 수 있을 만한 거리였다.

"은채야, 언니 잘하지?"

언니가 저수지 건너편에서 손을 흔들며 소리쳤다.

"응, 언니 빨리 와!"

나도 손을 흔들며 대답했다.

"그래."

언니는 금세 다시 헤엄쳐 돌아와 내 머리에 엉킨 비누 거품을 저수지 물에 헹구어 주었다. 그리고 자기도 머리를 감았다. 우리는 머리가 다 마를 때까지 너럭바위에 걸터앉아 이야기했다.

언니가 나를 데리고 집 밖을 나선 것도 그때가 처음이었지만 우리가 과연 친자매라는 걸 의식하게 된 것도 그때가 처음이었다. 그렇다고 그때까지 나를 대하던 언니의 태도가 단번에 달라진 건 아니었다. 언니는 변함없이 이기적이고 어머니에 대한 부정적인 생각이 할머니와 별반 다르지 않았다. 할머니 손에 자라면서 세뇌당한 셈이었다.

"언니는 왜 엄마를 항상 니 엄마라고 해?"

나는 그동안 마음에만 담아 두고 묻지 못했던 말을 꺼냈다. 그것은 늘 목에 걸린 가시처럼 답답하고 껄끄럽던 말이었다.

"난 말야, 엄마가 없는 줄 알았어. 어릴 적부터 난 언제나 할머니하고만 있었어. 잠도 할머니하고 자고 어딜 가도 같이 다니고. 그리고 할머니가 우리 엄마라고 안 하고 언제나 은채 에미라고 했거든. 그래서 난 너도 친동생인 줄 몰랐다니까."

언니의 말은 가히 충격적이었다. 할머니가 그런다고 어떻게 자기 어머니도 몰라볼 수 있는 것인지 나는 어이가 없었다.

어머니도 없는 환경에서 언니는 내가 의지할 수 있는 하나밖에 없는 자매라고 했던 어머니와 외갓집 식구들의 말이 틀렸다고 생각했다. 내가 가지고 있던 한 가닥 희망이 무너진 거 같아 실망감이 들었다. 나는 그제야 언니가 나에 대해 애틋한 정을 보이지 않았던 이유를 알 것 같았다.

"난 엄마가 없는 건 아무렇지도 않은데 할머니가 없으면 못 살 거 같아."

언니가 잠시 생각에 잠긴 듯 멀리 시선을 두고 다시 말했다.

"…?"

언니의 말을 나는 이해하기 어려웠다. 나는 어머니 없이 사는 게 때때로 죽을 것같이 힘이 드는데, 언니는 어떻게 어머니가 없는 현실이 아무렇지 않다는 것인지 도무지 상상할 수 없었다. 언니가 바보같이 보였다. 그런 사람을 언니라고 믿을 수 있을 것 같지도 않았다.

"난 할머니가 싫어. 우리 엄마를 내쫓았잖아! 그리고 매일 우리 엄마 욕만 하잖아. 그런 할머니를 어떻게 좋아할 수 있어?"

나는 할머니만 좋아하는 언니가 영 못마땅했다.

"그럼 넌 어떻게 그렇게 새엄마를 금방 좋아할 수 있니?"

언니가 옴팡지게 한 방 먹였다. 나는 가슴을 한 대 세게 얻어맞은 느낌이어서 정신이 얼떨떨했다. 솔직히 좋아하는 것까진 아니었지만 등에 껌딱지처럼 붙어서 잠자고 언제나 그 옆을 맴도는 걸 생각하면 싫어한다고 딱 잘라 말할 수도 없었다. 그렇게 말하는 건 앞뒤가 맞지 않았다. 그 미묘한 심리상태를 어떻게 설명해야 할지 몰랐다.

"할머니만큼 싫지는 않으니까. 난 새엄마 등 뒤에 붙어서 자니까. 모르겠어. 엄마가 그렇게 하라고 했어. 그리고 말도 잘 들으라고 했어."

갑자기 공격적으로 물으니까 나는 말문이 막혔다. 그럼에도 구차하게 이것저것 생각나는 대로 이유를 댔다. 결국, 어머니가 시켰다는 말까지 해 버리고 말았지만, 내가 왜 하필 내 어머니를 밀어내고 그 자리를 차지한 사람에게 마음을 주고 있는지 아무리 생각해도 이유를 몰랐다. 어머니가 시켰다고 정말 그렇게 해도 되는 건지, 그것도 판단이 서지 않았다.

무인도에서 계모와 내가 단둘이 있는 장면을 머릿속에 그려보았다. 그렇다면 서로 의지할 수밖에 없는 거 아닐까, 그만큼 마음 붙일 사람이 없고 외로우니까, 어쩔 수 없이 그러는 거라고 생각되었다.

하지만 그가 어머니와 아버지를 갈라놓고 나를 무인도에 살게 만든 사람이라는 걸 안다면 그럴 수는 없는 게 아닐까, 아무리 외롭고 힘들어도 좋아할 수는 없는 게 아닐까, 나는 혼란스러웠다.

"좋아하는 건 아냐. 그냥 그러는 거야. 할머니처럼 때리진 않잖아?"

그러나 이것도 정답이 아니라는 걸 알고 있었다. 이것도 저것도 맞는 대답이 아니었다. 내가 바보인 거 같았다. 진짜는 바보가 아닌데 어른들이 바보로 만들었다는 생각이 들었다. 그래서 앞으로도 바보로 살아야 할 거 같았다. 내 어머니를 밀어내고 그 자리에 앉은 사람을 엄마라고 따르는 바보. 나는 화가 난 나머지 바보, 바보 하면서 내 손으로 내 머리를 툭 툭 때렸다.

"난 엄마라고 안 해도 할머니가 때리지 않는단 말야. 너만 때리지."

언니의 말에 나는 정신이 든 것처럼 눈을 크게 떴다. 뉘앙스가 꼭 내게 약 올리는 것 같이 들렸다.

"니가 잘못하면 나만 야단맞는데 넌 미안하지도 않니? 지난번에도 니가 잘못하고 나만 맞았잖아!"

나는 갑자기 억울한 마음이 솟구쳐 올라서 소리쳤다.

"이게 오뉴월 하룻볕이 어딘데 어디다 대고 너라고 해!"

언니가 주먹으로 내 머리를 한 대 쥐어박았다. 언니는 평소에 내가 조금이라도 기어오르는 듯하면 오뉴월 하루 볕이 어디냐는 말을 잘 썼다.

나는 앙앙, 큰 소리를 내며 울었다. 할머니한테 대통으로 맞는 거에 비하면 언니가 때린 건 아무것도 아니었지만, 엄청나게 아픈 듯이 울어댔다. 아버지에게 온 첫날처럼 마음이 몹시 아팠다.

언니는 정말 개념이 없는 사람 같았다. 내가 자기 대신 매를 맞아도, 할머니가 내 옷을 빼앗아 자기한테 입혀도 전혀 미안한 마음이 없는 모양이었다. 그러고 보니 둘 다 바보라는 생각이 들었다. 어머니가 없는 우리는 점점 바보가 되어 가고 있는 거 같았다. 나는 골

은채의 고군분투 성장소설 **방아꼬**

이 나서 아무 말도 안 하고 입을 다문 채 뚜벅뚜벅 집까지 걸음을 옮겼다.

"그래서 내가 그날 내 친구가 준 사탕을 너한테 줬잖아?"

집 앞에 다 와서야 언니가 그 말을 했다. '아 참! 그랬지', 나는 그 사탕을 어떻게 했는지 기억이 났다.

그때 언니가 준 사탕을 손에 꼭 쥐고 있다가 그대로 아버지의 방으로 갔다. 그리고 아침까지 잠을 잤다. 아침에 눈을 떠 보니 사탕을 쥐었던 손바닥은 몹시 끈적거렸는데 남아 있어야 할 사탕 덩어리는 보이지 않았다.

그날 저녁에 잠을 자려는데 계모의 등 뒤에 사탕이 붙어 있었다. 살살 계모가 알아채지 못하게 떼어냈다. 하지만 먼지가 묻어 코딱지를 뭉쳐 놓은 것처럼 색깔이 거무스름했고 모양도 찌그러져 있었다. 나는 먹을 수 없게 된 그 사탕을 손을 뻗어 머리맡의 벽에 붙여 놓았다. 그리고 잊어버렸다.

집에 돌아온 나는 아버지의 침실로 들어가 그때까지 벽에 붙어 있던 사탕을 떼어내 자주 가는 언덕의 소나무 가지에 붙여 놓았다. 버리기가 아까웠다. 얼마나 꼭꼭 눌러 붙였는지 신기하게도 바람에 떨어지지 않고 잘 붙어 있었다. 나는 그곳에 갈 때마다 사탕이 열리는 나무가 있다면 얼마나 좋을까 하고 상상했다.

인삼밭

1

그날 이후로 언니와 나는 조금 가까워진 느낌이 들었다. 그렇다고 언니가 특별히 달라진 건 없었고 속마음을 조금 알게 된 것뿐이었다.

여름방학이 되자 할머니는 우리를 데리고 인삼밭으로 풀 뽑으러 갔다. 언덕으로 올라가 산을 넘고 개울을 건너면 우리 인삼밭이 있다고 했다. 나는 인삼밭이 있다는 얘기만 들었지 실제로 가는 건 처음이었다.

"은채야, 인삼밭에 가면 재미가 하나도 없어. 할머니는 풀만 뽑고 나는 함께 놀 친구가 없어서 늘 심심하기만 했어."

언니는 인삼밭에 가는 건 별로 달갑지 않은 눈치였다. 언젠가 일요일에도 할머니가 언니를 데리고 인삼밭에 가려고 했지만, 다람쥐처럼 잽싸게 달아나고 없었다. 할머니는 구시렁거리며 혼자 다녀왔다.

나는 처음 가는 인삼밭 나들이에 대한 기대가 컸다. 언니와는 달리 재미있는 일이 많을 거 같았다. 언니도 나와 함께 가게 되어서인지 흔쾌히 따라나섰다.

나뭇잎이 우거진 산길을 걸으니 기분이 좋았다. 할머니는 넓은 신작로를 놔두고 늘 우리 집 언덕으로 이어지는 오솔길로 다니곤 했다. 그 길이 가장 빠른 지름길이라고 했다. 산길은 들꽃과 나무를 보고 바람을 맞으며 걸을 수 있어서 좋았다. 땀이 흐르다가 바람이 불어오는 시원한 나무 그늘에 들어서면 금세 마르기를 반복했다.

산 정상에 오르자 언덕의 소나무에 앉아 보았던 동쪽 끝의 금강 줄기 너머 먼 읍내까지 아련하게 눈에 들어왔다. 서쪽으로는 학교를 지나 멀리 높은 산봉우리들이 하늘을 받치고 서 있었다.

나는 그림같이 늘어선 산줄기를 한참 바라보았다. 혹시나 외갓집 동네 한 자락이라도 보일까 싶어 고개를 빼고 시선을 보냈지만, 외갓집 동네는 그림자도 비치지 않았다. 행여라도 내 눈에 뜨일까 봐 첩첩산중에 숨어 있는 것 같았다. 나는 높이 솟아오른 아련한 산봉우리를 보며 외갓집 동네의 아미산을 떠올렸을 뿐이다.

산길을 걸으니 평소의 긴장감이 풀리고 여유가 생겼다. 할머니에 대한 경계심도 누그러졌다. 짙푸른 녹음과 하늘 가장자리에 뭉게뭉게 피어오른 구름과 온갖 야생화에 취한 나는 마냥 즐거워졌다. 자연에 대한 호기심이 뭉클뭉클 피어올라서 참을 수 없었다. 오솔길에 핀 하얀 솜털에 싸인 보라색 꽃을 보며 결국 굳게 닫았던 입을 열었다. 나도 아는 꽃이었다.

"언니, 저기 할미꽃 좀 봐!"

고개가 갈고리 모양으로 꼬부라진 게 꼭 내게 이유 없이 트집 잡는 할머니 마음처럼 보였다. 나는 할머니의 얼굴을 힐끗 쳐다보았다. 오늘은 심기가 불편한 거 같지 않았다.

"그건 흔해 빠진 꽃이야."

언니는 별로 신기할 게 없다는 듯 시큰둥했다.

"그럼 저건 무슨 꽃이야?"

이번에는 풀 무더기 속에 노랗게 피어 있는 꽃을 가리키며 물었다.

"나도 몰라."

"그건 애기똥풀꽃이여."

옆에서 걷고 있던 할머니가 알려 주었다.

"애기똥풀꽃? 히히히!"

"애기똥풀요?"

꽃 이름이 우스워서 우리는 서로 얼굴을 마주 보고 한바탕 웃었다.

나는 작은 풀 한 포기도 반가워서 달려가 들여다보고 만져 보았다. 어떻게 이렇게 작은 줄기에 이토록 작은 꽃을 피울 수 있는지, 눈에 보일 듯 말 듯 작은 들꽃이 너무나 신기했다. 아버지에게 온 이후 처음 가져 보는 편안한 마음으로 할머니와 언니와 이야기하며 자연을 즐겼다. 그리고 늘 오늘만 같다면 얼마나 좋을까 생각했다.

산을 넘자 이번에는 개울이 나왔다. 갑자기 시야가 탁 트이고 가슴이 뻥 뚫리는 느낌이 들었다. 개울 오른쪽으로 저수지가 보였다. 바로 언니와 갔었던 그 저수지였다. 그러고 보니 우리는 산길을 따라 저수지를 끼고 에둘러 걸었던 가 보았다.

언니와 나는 개울에 점점이 놓인 징검다리를 팔짝팔짝 뛰어 건넜다. 저수지를 향해 내려온 산자락에 층층이 일군 논밭이 이어졌고 초가집 서너 채가 고즈넉하게 있었다. 우리 인삼밭은 그 집들을 지나쳐 고갯길을 따라 올라가 바로 산 밑에 있었다.

할머니는 허리춤에 찬 열쇠를 잡아당겨 울타리에 걸린 커다란 자물쇠를 연 다음 사립문을 밀고 안으로 들어갔다. 우리도 할머니를 따라 인삼밭으로 뛰어 들어갔다.

와아! 이런 풍경을 처음 본 나는 탄성을 질렀다. 눈앞에 우리 동네에서 본 저수지보다 훨씬 큰 저수지가 손에 잡힐 듯이 가깝게 펼쳐져 있었다. 한 폭의 수채화처럼 점점이 흩어진 동네들이 걷혀가는 물안개에 싸인 채 아련했다.

"처음엔 멋져 보여도 자꾸 보면 무덤덤해지는거."

언니는 별 감흥이 일지 않는다는 표정이었다.

"날마다 보면 정말 좋을 거 같아. 난 여기가 마음에 들어."

나는 저수지가 보이는 정경이 정말 마음에 들어서 그곳에서 산다고 해도 나쁘지 않을 것 같았다.

"그럼 혼자 여기서 살아라. 날마다 보면 아마 지겨워질걸?"

언니는 말하고 나서 뭐가 재미있는지 혼자 킥킥킥 웃었다. 언니
한테는 맞지 않는 곳이었다. 친구들과 어울려 돌아다니기 좋아하
는 언니에게는 시골에서도 더 깊숙한 산골에 파묻혀 산다는 건 분
명 답답해서 견디기 힘들 것이었다.

"이것들아! 풀을 먼저 뽑고 놀거라. 할미가 정해준 밭고랑에 난
풀을 다 뽑아야만 놀 수 있는 겨."

할머니가 밭고랑에서 우리를 향해 손짓했다. 언니와 나는 함께
그쪽으로 달려갔다. 할머니는 우리에게 풀 뽑을 인삼밭 고랑을 배
정해 주었다. 똑같이 네 칸씩이었다. 얼핏 불공평하다는 생각이 내
뇌리를 스쳤다. 나는 언니보다 어리니까 더 적게 배당받아야 옳다
고 여겼다.

할머니의 셈법은 항상 그랬다. 좋은 건 위아래를 따져서 언니에
게 주고 힘들고 나쁜 건 공평의 원칙을 적용해 똑같이 나누었다. 약
간 서운한 마음이 들었지만 내색하지 못하고 그대로 풀을 뽑기 위
해 잡초가 무성한 밭고랑에 쪼그리고 앉았다.

나는 풀을 뽑으려다 말고 고개를 돌려 내가 뽑아야 할 밭고랑 칸
을 돌아다 보았다. 다시 생각해 보니 네 줄이 아니고 한 줄 중에서
네 칸이면 그리 어려운 건 아니었다.

인삼밭은 수없이 많은 기다란 밭이랑이 줄을 맞춰 이어졌다. 밭
이랑 위에는 움막처럼 일정한 간격으로 기둥이 세워져 있었고, 갈
대로 지붕을 만들어 햇볕을 직접 쬐지 않도록 해 놓았다. 앞에도 발
을 쳐 햇빛과 바람과 온도를 조절할 수 있었다. 그날은 발이 모두

올라가 시원하게 열린 채였고, 손가락처럼 다섯 조각의 인삼 이파리들이 함초롬히 자라나 빨간 열매를 달고 있었다. 한 칸은 바로 기둥과 기둥 사이를 뜻했다.

우리는 각기 할머니가 정해 준 밭고랑에서 풀을 뽑기 시작했다. 밭고랑에 쪼그리고 앉은 우리의 몸은 높은 밭이랑에 묻혀 보이지 않았다.

"할머니! 풀이 안 뽑아지는디?"

언니가 몸을 일으켜 세우고 몇 고랑 떨어져 있는 할머니에게 소리쳤다. 할머니가 앉은 채로 풀 뽑는 방법을 역시 큰 소리로 설명했다.

"중두막을 잡고 잡아당기면 풀이 뽑히지 않고 끊어지는 겨. 뿌리 가까이 밑둥을 잡고 잡아당겨야 혀."

"알았어, 할머니!"

대답하고 난 뒤 잠시 조용해졌다. 나는 할머니가 언니한테 가르쳐 주는 걸 듣고 풀을 최대한 뿌리 가까이 잡고 잡아당겼다. 풀이 쏙쏙 잘 뽑혔다. 갓 자란 풀이라 연해서 끊어지는 경우가 있었지만, 다시 밑부분을 잡고 살살 당기면 뿌리가 마저 뽑혀 올라왔다.

"할머니! 다 뽑았는디 인제 놀아도 돼?"

삼십 분이나 지났을까, 언니가 다시 소리쳤다. 내가 생각해도 어떻게 그렇게 빨리 뽑았다는 건지 믿기지 않았다. 몸을 반쯤 일으켜 언니를 찾아보니 정해 준 네 번째 칸 끄트머리쯤에서 머리가 보였다.

"벌써 다 뽑아? 어떻게 뽑았길래 벌써 다 뽑은겨? 할미가 잘했는지 가서 검사할 테니께 가만 있거라."

할머니는 삼베 치마를 무릎까지 끌어올려 허리띠로 질끈 묶어 속곳 가랑이를 드러낸 채 언니가 있는 밭고랑으로 건너갔다.

"으이구, 이것아! 내 이럴 줄 알았다. 풀을 죄다 중두막을 잘라 놨으니…… 쯧쯧! 일을 이렇게 하면 안 한 것만두 못한 겨. 금방 다시 올라온단 말여. 다시 해라."

"아이, 나 안 할 거여. 안 뽑아진단 말여."

언니는 하기 싫어서 징징거리며 우는 소리를 냈다. 할머니는 대꾸도 안 하고 혹시나 하는 마음에 내게로 건너와 내가 뽑은 밭고랑을 살펴보았다.

"그렇지, 이렇게 해야 되는 겨. 깨끗하게 잘 뽑았다. 저건 지 동생만도 못 하구만. 니 동생 하는 걸 보고 배우란 말여."

할머니는 내가 인삼밭 두둑으로 두 칸 정도 뽑은 자리를 보고 칭찬했다. 내가 뽑은 자리는 말끔하게 흙바닥이 드러나 있었다. 할머니는 내게 관대한 사람이 아니라서 칭찬을 듣기는 어려운 일이었다.

"할머니! 내가 밥할게. 풀 뽑기 싫어. 밥할게."

언니는 원래 진득하게 앉아 있는 걸 못했다. 평소 밖으로 나가 말처럼 뛰노는 걸 좋아하는 사람이 쪼그리고 앉아 풀을 뽑는다는 건 성격에 맞지 않았다.

"으이구! 그까짓 거 하날 진득하게 못 하니, 쯔쯔쯧, 저 덜렁이를 어디다 쓴담! 니가 밥이나 할 줄 알간?"

할머니는 혀를 찼다.

"할 줄 안단 말여. 나 밥할 줄 안다니까. 나 밥할게."

언니는 풀을 뽑기 싫으니까 점심밥을 하겠다고 할머니를 졸라댔다.

"그려? 그럼 어디 한번 혀 봐. 쌀하고 보리하고 같이 씻어서 돌 안 들어가게 잘 일어서 밥솥에 넣고, 손을 넣어 봐서 손등까지 올라오게 물을 부어야 되는 겨. 그리고 밥이 부글부글 끓으면 불을 그만 때고 뜸을 들여야 혀. 알았남?"

언니는 할머니 말이 채 끝나기도 전에 이미 창고가 있는 곳으로 내달렸다. 창고 앞에는 음식을 할 수 있는 아궁이에 중간 크기의 양은 솥이 걸려 있었다.

할머니와 나는 계속 풀을 뽑았다. 할머니는 언니가 망쳐놓은 고랑까지 다시 작업하면서 구시렁거렸다. 얼마나 지났을까, 밥 타는 냄새가 진동했다.

"아니, 이거 밥 타는 냄새 아녀? 밥을 다 태우는 가벼."

할머니는 코를 킁킁거리더니 언니가 밥하고 있는 곳으로 달려갔다. 나도 궁금해서 할머니를 따라가 보았다. 내가 할당받은 밭고랑은 이미 풀 한 포기 없이 깨끗하게 정리된 뒤였다.

"이것아, 쌀에다 물을 안 붓고 불을 때면 어떡하냐? 으이구, 너한테 밥을 하라구 한 내가 잘못이지. 나이가 벌써 열 살인디 할

줄 아는 게 하나나 있간디? 지 동생만도 못하니, 쯧쯧쯧!"

솥을 열어 본 할머니는 계속 언니와 나를 비교하면서 혀를 찼다. 그러고는 급하게 아궁이에 때던 불을 끄고 양은 솥을 통째로 떼어 내 들고 도랑으로 갔다. 우리도 따라갔다.

뒷산에서부터 흘러 내려와 인삼밭 옆으로 흐르는 도랑물은 맑고 깨끗했다. 도랑이 깊어서 우리는 계단을 딛고 조심조심 내려갔다. 할머니는 도랑물을 퍼서 솥에 붓고 여러 번 헹구어냈다. 쌀과 보리가 탄 시커먼 물이 나왔다.

도랑 가에는 빨갛게 익은 산딸기가 지천이었다. 언니와 나는 산딸기를 보자 신이 났다. 정신없이 산딸기를 따서 먹었다. 마침 배도 많이 고픈 상태였고 산딸기 맛이 여간 단 게 아니었다. 게다가 그곳은 햇볕도 많이 들지 않아 시원했다.

할머니가 밥을 다시 짓는 동안 우리는 도랑물 속에서 놀았다. 가재와 다슬기를 잡고 송사리와 모래 속을 헤엄쳐 달아나는 모래무지를 쫓아다녔다. 도랑물 속에서 언니와 노는 게 너무나 즐거웠다. 나는 그동안 노는 재미를 모르고 지냈다. 물속에서 놀면서 불쑥 소꿉친구 홍이와 물장구치고 놀던 때가 떠오르기도 했다.

할머니도 그날은 웬일인지 내게 부드럽게 대해 주었다. 할머니가 점심을 먹으라고 불러서 몇 마리 잡은 다슬기와 가재를 물속에 도로 놓아주고 인삼밭으로 올라왔다.

불내 나는 까뭇한 밥과 집에서 싸 온 김치, 그리고 할머니가 인삼밭 귀퉁이에 심어놓은 풋고추와 상치에 쌈장이 전부였지만, 정말 꿀맛이었다.

점심을 먹은 뒤에는 인삼밭 주변을 돌며 할머니와 나물을 캤다. 언니는 짚으로 엮어 만든 망태기를 어깨에 메고 있었다. 인삼밭 울타리 주변에는 여러 종류의 나물이 있었다. 명이나물, 짚신나물, 머위, 비름나물 등을 캐고 돼지감자도 캤다. 우리는 돼지감자를 도랑물에 씻어 생으로 먹기도 했다. 물이 많아 맛이 맹탕에 가까웠지만, 심심풀이 군것질거리로는 새로웠고 무엇보다 캐는 재미가 쏠쏠했다.

그날 저녁때 집에 돌아와 저녁을 먹으며 할머니는 인삼밭에서 있었던 일을 이야기했다. '영채 저 덜렁이가 글쎄 풀 뽑기 싫으니까 밥을 하겠다고 하도 졸라대서 한번 해 보라고 했더니 하긴 뭘 해, 글쎄 밥물도 안 붓고 불을 때서 쌀을 시커멓게 태웠다니께.' 아버지는 '이제 겨우 열 살짜리가 뭘 하겠어요?' 하면서도 재미있다는 듯이 웃었다. 계모와 우리도 따라 웃었다. 그 순간, 우리 집은 다른 집들처럼 아주 평범한 가정이 된 거 같았다. 그리고 할머니와 언니하고 함께 지낸 하루가 내게는 꼭 먼 곳으로 소풍을 다녀온 기분이 들었다. 그곳에서는 할머니의 성격도 바뀌어 다른 사람이 되는 그런 곳으로.

2

방학이 끝나갈 무렵에 어른들은 모여앉아 의논했다. 아버지가 어머니에게 위자료로 땅과 함께 준 집이 팔려서 비워주어야 한다는 거였다.

할머니는 또다시 어머니에 대해 저주와 원망을 퍼부었다. 그리고 끝은 늘 그랬듯이 이를 갈며 하루아침에 폭삭 망하기를 고대하는 말로 마무리했다.

"우리 재산 다 뺏어 갖고 가서 얼마나 잘 사나 내 이 두 눈으로 꼭 지켜 볼 겨!"

나는 그런 소리를 들을 때마다 끔찍해서 몸이 부르르 떨리곤 했다.

"애들이 듣습니다, 어머니. 빼앗아 간 게 아니고 제가 위자료로 준 것입니다."

할머니의 말을 참다못한 아버지가 고개를 숙이고 조심스럽게 한마디 건넸다.

"나는 저것 에미 생각만 하면 오장육부가 다 뒤틀린단 말여."

'저것'이라고 하면서 할머니가 장죽으로 나를 가리켰다.

"어머니, 다 제 잘못입니다. 저를 봐서 용서하세요."

아버지는 또다시 자신이 잘못했다는 말을 덧붙였다. 그 말을 듣고 나는 어른들로부터 귀에 못이 박히도록 들은 아버지가 잘못한 것을 새삼 생각해 보았다.

"따지고 보면 자네 입장도 힘든 줄 아네. 그렇지만 두 사람이 서로 정이 없는 것도 아니고, 딸자식도 자식인데 자네가 울타리가 돼 줘야 하지 않는가?"

외할아버지가 아버지에게 간곡하게 부탁했다. 하지만 외할아버지의 부탁에도 불구하고 아버지는 끝내 울타리가 되어 주지 못했다. 할머니 앞에서 잘못된 걸 잘못되었다고, 아닌 걸 아니라고 바른

말을 하지 못하고, 끝까지 어머니 편에 서서 지켜 주지 않은 잘못이 아버지에게 있었다. 그래서 아버지는 말끝마다 뒤늦게 자신의 잘못을 인정하게 된 거라고 나는 생각했다.

아버지의 말에서는 묘한 뉘앙스가 묻어났다. 반복해서 들으면 느껴지는 뭔가 후회하고 있는 듯한 뉘앙스. 나는 그 속에 아버지의 진심 한 자락이 깔려 있다고 생각했다. 그래서 할머니 앞에서 공손하게 조아리는 효자 아버지는 한없이 미욱해 보였고, 한편으로는 불쌍하게 보이기까지 했다.

"어머니, 이참에 서울로 가겠습니다. 어차피 집을 옮길 바에는 서울로 가서 자리 잡는 것이 좋을 듯합니다."

아버지는 할머니에게 앞으로의 계획을 설명했다.

"싫다! 나는 죽어도 서울로는 안 갈란다. 인삼밭에 가서 저것들 하고 지낼 테니까 느이 세 식구나 서울로 올라가거라."

여러 사정을 감안해서 장고 뒤에 나온 아버지의 의견에 할머니는 일말의 재고도 없이 즉시 반대하고 나섰다. 아버지는 그래도 몇 번이나 설득하려 했지만, 할머니의 완고한 생각에는 바늘 끝 하나 꽂을 틈도 없었다.

아버지는 곧 까치내에 있는 인삼밭에 할머니와 우리가 살 방 두 칸짜리 오두막을 지을 준비를 했다. 나도 아버지와 계모를 따라 인삼밭에 갔다. 천방지축인 민채를 돌보기 위해서였다. 나는 그곳에 가는 것이 좋았다. 얼마 전에 할머니를 따라가 언니와 즐겁게 놀았던 기억이 있었기 때문이었다.

물안개에 싸인 저수지는 여전히 아름다웠고 녹음이 우거진 숲과 새들의 지저귐도 여전했다. 가만히 귀를 기울이면 옆으로 흐르는 도랑물 소리가 돌돌돌 속삭이듯이 들려왔다.

아버지는 먼저 창고 옆에 차양막을 쳐서 그늘을 만들고 그 아래에 돗자리를 깔았다. 민채와 내가 시원한 그늘에서 놀기도 하고 낮잠도 잘 수 있었다.

인근에 사는 인부 두 명이 일찍부터 인삼밭으로 와 집을 지을 자리를 다지고 황토를 지게로 져 날랐다. 집 짓는 일을 많이 해 본 사람들이라고 했다.

아버지는 손수 황토로 벽돌을 만들면서 벽돌이 단단하게 잘 마르려면 계속 날씨가 좋아야 한다고 하늘을 몇 번이나 올려다보았다.

나는 민채 뒤를 따라다니며 다치지 않도록 살폈다. 민채는 눈 깜짝할 사이에 계모가 있는 곳으로 내달리곤 했다. 계모는 인부들과 가족이 먹을 식사와 간식을 준비하고 있었다.

나는 민채가 빨리 잠들기를 기다렸지만 쉽게 잠들지 않아 손을 잡고 인삼밭 안을 돌아다녔다. 새로운 것들을 보면 좋아할 것 같았고, 그러다 피곤해지면 쉽게 잠에 빠질 것이라 여겼다.

울타리 틈새로 철 이른 코스모스가 어쩌다 분홍색 꽃 한 송이를 피우고 있었다. 할머니가 심은 해바라기들도 일제히 해를 향해 노란 꽃을 활짝 피웠고, 주변에는 나팔꽃, 노루오줌꽃, 그리고 빨간 열매를 매달고 있는 까마중이 눈에 띄었다.

나는 외갓집에 살 적에 했던 것처럼 까마중 열매를 따서 먹어 보았다. 예전처럼 달큰한 물이 입안에 고였다. 잠깐 소꿉친구 홍이의 얼굴이 다시 눈앞에 스쳤다. 까마중 열매를 따서 서로 먹여 주던 기억이 떠올랐다. 만날 수 없는 홍이 생각을 하자 기분이 쓸쓸해져서 하늘에 둥실 떠가는 구름을 바라보았다.

내 예상대로 민채는 인삼밭 안을 한 바퀴 돌아오자 낮잠에 빠져들었다. 나는 곧 아버지가 벽돌을 찍고 있는 곳으로 달려갔다. 계모가 바느질하는 모습을 관찰할 때 마냥 아버지가 벽돌 찍는 걸 구경하는 것이 재미있었다.

아버지는 황토에 썰어놓은 볏짚과 물을 넣고 섞어 반죽을 만든 다음, 삽으로 퍼 직사각형의 틀에 담고 그 위에 올라서서 발로 꾹꾹 힘주어 밟아 다졌다. 그리고 나서 흙손으로 밖으로 튀어나온 흙을 상자 모양대로 반듯하게 잘라냈다. 다음엔 바람이 잘 통하는 양지로 들고 가 다식판에서 다식을 빼내듯이 나무틀에서 직사각형의 벽돌을 빼냈다. 완성된 벽돌들은 가지런하게 한 장씩 떼어 놓아 말렸다. 벽돌은 시간이 갈수록 쌓여갔다.

며칠 뒤에 벽돌이 바짝 말라 돌처럼 굳어지자 인부들은 싸리문에서 가까운 자리에 주춧돌을 놓고 벽돌을 쌓기 시작했다. 내가 보기엔 꼭 장난감 블록으로 집을 짓는 것처럼 간단해 보였다.

서리가 내릴 무렵, 마침내 상량식을 했다. 대들보가 올라가고 서까래도 놓았다. 인부들도 여럿으로 늘었고 전문으로 집을 짓는 목수가 합류했다. 대들보가 올라가고 나자 집은 착착 진행되어 모습을 드러냈다. 12월 초쯤 오두막이 완성되었다. 아버지는 세 식구가 살아가는데 필요한 살림살이들을 갖추어 놓았다. 그리고 겨울방학 전에 할머니와 우리는 오두막으로 이사했다.

아버지는 곧바로 서울로 가지 않고 계모의 친정이 있는 동네로 가서 한의원을 차렸다. 까치내에서 약 십여 리 정도 떨어진 곳이었다. 아버지는 일주일에 한 번 정도 우리가 사는 오두막에 들렀는데, 언니와 내가 쓸 연필이나 공책 등을 사 오거나, 소고기나 미역, 가끔은 할머니가 좋아하는 커다란 홍어를 들고 왔다.

할머니는 꽁꽁 언 홍어를 맨손으로 껍질을 벗겨 절반은 그 자리에서 회를 만들어 함께 먹고, 절반은 손질해 빨랫줄에 매달아 꾸들꾸들하게 말려 두었다가 아버지가 다음에 왔을 때 초고추장과 함께 내놓았다. 약간 상한 듯 톡 쏘는 홍어 특유의 맛과 냄새, 그건 아버지가 좋아하는 음식이었다. 내장으로는 탕을 끓였다. 오돌오돌 씹히는 뼈에서 내장까지 무엇 하나 버릴 게 없다고 할머니는 늘 홍어 예찬을 했다.

기름기가 많은 내장으로 끓인 홍어탕을 언니와 나는 먹지 않았다. 뼈에 가죽만 입힌 것 같은 몸집인 할머니 혼자 새 모이 쪼아먹듯 적은 식사량으로 하루 두 끼씩 커다란 양은 냄비에 한가득 끓여 놓은 홍어탕을 붙들고 씨름하곤 했다. 아버지는 버리라고 해도 밥풀 하나 안 내보내는 할머니는 한 달쯤 지나도 반 냄비나 남은 걸 끓이고 또 끓여 보기만 해도 지겨웠다. 결국은 성에로 퍼석하게 솟아오른 나무 아래 흙을 파고 남은 찌꺼기를 묻었다.

지독하게 쥐어짜는 살림을 하는 할머니는 하루 두 끼 식사만 고집했다.

"아, 저것들이 얼마나 먹성이 좋은지 글쎄 동치미 한 항아리를 맨으로 다 꺼내 먹었다니께. 눈 깜짝할 새에 항아리가 텅 비었더라니께."

할머니는 우리가 너무 먹어댄다고 아버지에게 은근히 일러바쳤다.

"한참 크는 애들인데 점심을 안 주시니까 그러지요. 어머니, 애들에게 꼭 점심을 주세요. 제가 생활비를 더 넉넉하게 드리겠습니다."

안 보아도 본 것처럼 훤히 상황을 짐작한 아버지는 특유의 말투로 할머니에게 당부했다.

추위 때문에 밖에 나가 놀 수도 없는 겨울방학 동안 우리는 할 일이 없었다. 게다가 한창 먹을 나이에 군것질은 고사하고 하루에 달랑 두 끼만 먹었으니 언제나 배가 고팠다. 외가에 있을 적에는 흔하게 먹었던 고구마나 홍시도 없었다.

마침 고종사촌인 명희 언니까지 방학이라고 놀러와서 함께 지내고 있었다. 살림살이가 한 눈에 들어오는 오두막에서는 아무리 휘둘러 보아도 보이는 건 부엌 구석에 놓인 커다란 항아리 하나밖에 없었다. 항아리에는 할머니가 인삼밭 귀퉁이에 재배한 달랑무로 담아 놓은 동치미가 국물과 함께 가득 들어있었다.

어느 날, 마침내 우리들은 그 항아리를 열었다. 누가 먼저랄 것도 없이 앞다퉈 무청이 길게 매달린 동치미를 손으로 꺼내 들었다. 알

맞게 익은 동치미는 정말 둘이 아니라 셋이 먹다가 누구 하나 죽어도 모를 만큼 맛이 있었다. 배가 고파서만은 아니었다. 간이 삼삼한데다 그 시원하고 톡 쏘는 맛에 아삭거리며 씹히는 맛까지 그야말로 일품이었다. 할머니의 음식솜씨가 워낙 좋아 한 가지를 만들어도 항상 맛깔났다. 달랑무 동치미뿐이 아니라 배추 동치미는 누구도 흉내 낼 수 없는 할머니만의 독특한 비법이 있을 정도였다.

우리들은 종일 그거 먹는 재미로 시간을 보내곤 했다. 눈 깜짝할 사이에 동치미 한 항아리를 다 비웠다. 국물에 무 몇 가닥이 동동 뜬 걸 보고서야 서로 눈치를 보며 먹는 걸 멈췄다. 할머니에게 야단맞을까 봐 마저 손을 대지 못했다. 할머니는 아버지의 부탁이 있어서였는지 우리를 야단치지는 않았다. 그러나 점심을 거르는 생활은 한동안 계속되었다.

명희 언니가 돌아가고 겨울방학은 아직 열흘 정도 남아 있었다. 할머니는 지병인 해소천식에 독감까지 겹쳐 앓아누웠다.

언니와 내가 할머니 병간호를 해야 했다. 새벽에 일어나 얼음을 깨고 도랑물을 퍼다 아궁이에 불을 지펴 밥을 하고, 아버지가 미리 지어다 놓은 감기약을 달이고, 가래와 대소변을 받아내고 할머니의 팔다리도 주물러 드려야 했다.

밥물과 마시는 물은 고갯길 옆에 있는 옹달샘 물을 사용했다. 물맛이 아주 좋았다. 하루에 두 번씩 커다란 주전자에 물을 담아 나르는 건 내 몫이었다. 바위틈에서 샘솟는 옹달샘 물은 우물처럼 가자마자 금세 주전자에 퍼담아 돌아올 수 있는 게 아니었다. 얼음을 깨고 얼음장 밑으로 졸졸 흘러나오는 물이 고이기를 기다려서 표주박으로 조금씩 주전자에 퍼 담아야 했으니까, 발을 동동 구르고 언 손을 호호 불어가며 추위를 견뎌야 했다.

한 사나흘 할머니를 간호하던 언니는 내가 모르게 아버지한테로 도망쳐 버렸다. 나는 언니가 이런 상황에 아버지한테 갔을 거라고는 생각하지 못했다.

"기어이 느이 애비한테 간 모양이구먼. 간다고 해서 내가 가지 말라고 했는디..."

언니가 보이지 않자 나는 걱정이 되었다. 그러자 할머니가 언질을 주었다. 나는 언니가 오기만 눈이 빠지게 기다렸다. 혼자서 할머니를 간호하는 건 너무 벅찼다. 아픈 할머니가 가르쳐 주는 대로 겨우 흉내 내 밥하고 약을 달였다.

아버지가 언니를 계속 묵도록 허락했을 리가 만무한데, 언니는 용케도 여섯 밤을 아버지 집에서 지냈다. 일주일째 되는 날 계모가 돌아오려고 하지 않는 언니를 데리고 함께 왔다. 그동안 할머니 상태는 많이 호전되었다.

계모는 오두막에 와서 할머니가 편찮으신 걸 알고는 언니가 한 소행이 기가 막힌 지 말없이 고개만 내둘렀다. 그리고 할머니에게 조용히 말했다.

"제가 말씀드렸잖어유? 작은 애가 어머니께 더 효도할 테니 두고 보시라고유."

할머니는 아무 말도 안 하고 생각에 잠긴 듯이 눈을 감고 있었다.

까치내로 이사한 뒤로 나를 대하는 할머니의 태도에 변화가 있었다. 그런데 독감을 앓고 난 이후로 확실하게 달라져서 함부로 야단치거나 때리지 않았다. 할머니가 엄마를 미워하는 마음이 사라진 건 아니었다. 언니를 편애하는 마음도 남아 있었다. 다만 전처럼 어머니를 미워하는 감정을 내게 쏟거나 언니가 잘못하면 대신 내게 대통을 휘두르는 행위는 삼갔다.

저녁이 되면 할머니는 등잔 기름을 아낀다고 일찍 잠자리에 눕게 했다. 나는 쉽게 잠들지 못했다. 할머니 옆에는 언니가 눕고 그 옆에 내가 누웠다.

할머니가 옷을 모두 벗고 자는 버릇이 있다는 걸 나는 그때 알았다. 옷을 입으면 답답해서 잠이 안 온다는 거였다. 그러고는 발이 시리다고 차디찬 발을 언니의 사타구니에 넣어 녹이곤 했다. 얼음장같이 찬 발끝을 허벅지 사이로 밀어 넣을 때마다 언니는 싫다고 앙탈을 부렸다.

"싫어! 차갑단 말야. 그러지 말어, 할머니이!"

"가만 좀 있거라, 이것아!"

거의 우격다짐으로 할머니는 발을 한쪽씩 번갈아 언니의 사타구니로 밀어 넣었다. 언니는 처음엔 싫다고 하다가 나중에는 어쩔 수 없이 포기한 듯 잠잠해지곤 했다. 갓 태어났을 적부터 캥거루가 어미의 배주머니 속에서 자라듯 할머니의 괴춤 속에서 자란 언니는 할머니와는 애틋한 정이 있었고, 한두 번 겪은 일도 아니어서 익숙한 모양이었다.

나는 할머니 옆에서 자는 언니를 부러워하지 않았다. 속으로 할머니가 언 발을 내 사타구니에 밀어 넣는 장면을 상상하면 몸이 저절로 전율했다. 생각만 해도 끔찍했다. 사실 할머니 품에 안겨 본 적이 없었을 뿐만 아니라 가까이 누워 보지도 않았으니, 그런 걸 내게 시킬 리 없다는 생각으로 안심했다.

오두막으로 이사한 후 내 마음은 많이 평온해졌다. 하지만 그곳은 버스도 들어오지 않는 오지라서 불편한 점이 많았다. 소달구지마저 보기 드문 곳이었다. 동네라야 겨우 서너 가구가 전부였는데 아이들이 없어 이웃을 만나기도 쉽지 않았다.

고요가 겹겹이 고여 있는 곳. 고요를 깨는 건 산새와 바람이었다. 얼음장 아래로 도랑물 흐르는 소리와 꽁꽁 얼어붙은 저수지 위로 겨울 안개가 조용히 내렸다가 햇살에 걷히는 소리였다. 그리고 뒷산의 나뭇가지와 마른 억새 풀 위로 하얀 상고대가 내려앉는 소리였다. 가끔 순임이 엄마가 순임이를 부르는 소리가 났다.

우리 오두막보다 더 높은 위치에 오두막이 하나 더 있었다. 그 집에 순임이가 어머니와 단둘이 살고 있었다. 심심한 할머니는 그 집에 자주 놀러 가 순임이 어머니와 화롯불을 가운데 두고 마주 앉아 옛날 우스갯소리를 하곤 했다. 그 오두막은 보기와는 달리 우리 집보다 훨씬 아늑했다.

할머니는 놀다가 그 가난한 집에서 끼니까지 얻어먹고 오기도 했다. 순임이네는 가끔 고구마로 끼니를 때우는 눈치였고, 흰쌀은 고사하고 보리조차 없어 누런 기장에 수수 알갱이를 조금 섞어 지은 밥을 먹었다.

그곳에는 시장은 물론 학교도 없어서 전에 살던 동네에 있는 학교를 한 시간이나 걸어서 다녔다. 구멍가게 하나 없었고 우물도 없었다. 산과 밭, 저수지와 개울과 읍내로 넘어가는 고갯길이 전부였다. 오 일에 한 번씩 읍내 장으로 가는 우마차 두어 대가 짐을 가득 싣고 힘겹게 고개를 넘어가곤 했다.

빤히 보이는 건너편 동네에 예배당이 하나 있었다. 그곳에서 아침저녁으로 부르는 찬송가 소리가 바람에 실려 밭고랑을 타고 넘어와 우리가 사는 오두막까지 당도하곤 했다.

'요단강, 요단강, 요단강 건너가 만나리……'

그 노랫소리는 골짜기와 저수지 위로 겹겹이 쌓이는 고요를 단박에 휘저어 깨곤 했다. 고요가 마치 바람에 먼지가 풀풀 날리듯 흩어지는 것 같았다. 그리고 꿈을 꾸듯 자연 속에 잠겨있는 내 마음도 한 번씩 일깨워 주었다. 그럴 때면 내 가슴 속으로 어머니에 대한 그리움이 잔잔한 호수에 이는 파문처럼 조용히 밀려들곤 했다.

3

봄이 되어 얼어붙었던 대지가 녹아 새싹이 돋고 개구리가 요란스레 울어댔다. 뒷산은 차츰 푸른 기운을 되찾고 봄꽃이 피어날 무렵, 아버지는 혼자 계모의 친정 동네를 떠나 서울로 갔다. 이때부터 아버지의 방황이 시작되었다. 정확하게 말하면 어머니와 헤어진 직후부터라고 해야 맞을 것이다.

서울에 한의원을 연 건 아니었고 남의 한의원에 한의사로 취직한 거였다. 자리를 잡으면 애초에 생각했던 대로 인삼밭에 살고 있는 우리를 포함해 가족을 모두 데려갈 생각이었다.

계모는 두 번째 아기를 가져 배가 부른 채 인삼밭의 오두막집으로 왔다. 크게 달라진 건 없어도 계모가 오고 우리의 생활은 조금 더 여유가 생겼다. 언니와 함께 진달래가 핀 뒷산으로 올라가 뛰놀기도 하고 인삼밭 옆으로 흐르는 도랑에서 송사리 떼와 피라미를 쫓고 자갈돌을 뒤집어 가재를 찾았다.

그럴 때면 어김없이 소꿉친구 홍이가 생각났다. 홍이와 진달래가 핀 뒷산에서 숨바꼭질하고 시냇물에서 물놀이 하던 때가 그리웠다. 홍이는 늘 내 마음속에 있었다. 나는 마음속에 있는 홍이를 불러내 함께 노는 상상을 하곤 했다.

가끔은 뒷집에 사는 순임이도 함께 놀았다. 순임이는 언니와 맞는 성격이 아니라 나처럼 차분하게 노는 걸 좋아해서 집안에서 함께 이야기하거나 그림을 그리며 놀았다.

언니는 학교 공부가 끝나고도 친구들과 노느라 일찍 집으로 돌아오지 않았다. 그래도 노는 게 성이 차지 않는지 일요일에도 먼저 살던 동네로 놀러 다녔다. 놀러 가기엔 먼 길을 혼자서 도망치듯 갔다가 저녁에 돌아오곤 했다. 가만히 보면 예배당이 있는 동네에도 가는 모양이었다. 그 동네에 대해서도 모르는 게 없었다. 그뿐이 아니었다. 내가 눈으로만 바라보는 저수지에 가서 수영했다는 말도 했다.

나는 전처럼 계모와 있는 시간이 많았다. 계모는 배가 부른데도 민채를 등에 업고 지냈다. 민채는 자신을 끔찍하게 여기는 할머니를 잘 따르지 않았다. 아버지는 한 달에 한 번꼴로 우리가 사는 오두막을 다녀갔다.

"저것 좀 봐라! 비가 오는데 해가 났잖어? 비 오면서 해 뜨면 호랑이가 장가가는 날이여."

계모가 손으로 밖을 가리키며 말했다. 과연 밖에는 비가 내리는 중에 해가 환하게 비치고 있었다. 여우비였다. 여우비가 내리는 날 호랑이가 장가간다는 얘기였다.

"어떻게 그걸 알아요?"

"사람들이 그렇게 말하잖어? 잔칫집에서는 국수를 얻어 먹으니까, 우리도 국수를 먹을 수 있어. 나처럼 해 봐."

계모는 문밖으로 손을 내밀고 말했다.

"호랑아, 장가가는 호랑아! 우리도 국수 좀 줄래? 너도 해 봐!"

"호랑아, 장가가는 호랑아! 우리도 국수 좀 줄래?"

나도 계모를 따라서 밖으로 손을 내밀고 말했다. 손바닥 위로 빗방울이 간지럽게 떨어졌다. 묘하게도 솔솔 뿌리는 빗줄기가 바람을 타고 저수지로부터 이쪽으로 다가왔다가 멀어져 갔다.

"이제 먹는 겨. 이렇게."

계모는 국수 가닥을 집어 먹는 것처럼 손가락으로 먹는 시늉을 하며 후루룩 후루룩 소리를 냈다. 나도 계모를 따라 국수 먹는 흉내를 냈다. 후루룩, 후루룩!

"맛있지?"

나는 웃으면서 대답 대신 고개를 끄덕였다. 사실 속으로 믿어지지 않았지만, 계모가 쓸쓸해 보여서 장단을 맞춰 주었다. 아버지를 많이 기다리는가 보다 생각했다.

아버지가 올 때면 나는 문밖을 내다보다가 아버지가 멀리서 걸어오는 모습을 다른 가족보다 먼저 발견하고, 곧바로 삼거리까지 뛰어나가 아버지의 가방을 받아들고 함께 들어오곤 했다. 가끔은 계모가 먼저 알아보기도 하지만 몸이 무거운 탓인지 내게 알려주고 마중을 나가게 했다.

아버지의 가방은 많이 무겁지 않았지만 그렇다고 아주 가벼운 무게는 아니었다. 그 속에는 언제든 환자를 볼 수 있도록 간단한 진찰 도구와 일본 침구鍼灸 상자가 들어있었다. 아버지는 전부터 일본 침을 잘 놓는다는 평판이 나 있었다.

아버지는 오두막에 올 때마다 지병이 있는 할머니에게 건강 상태를 묻고 확인하는 걸 빼놓지 않았다. 물론 소화제나 설사약 등 상비약을 환으로 지어 가방 속에 챙겨 오는 것도 잊지 않았다.

동네 사람들은 아버지가 오기를 기다렸다가 소식을 듣고 오두막으로 오기도 하고 아버지가 직접 이웃집으로 가서 환자를 살펴보기도 했다. 대개는 약 처방만 내주고 읍내에 있는 한약방에 가서 처방 전대로 지어다 먹도록 조치했다. 그럴 바에는 아예 읍내의 한의사한테 직접 진료를 받고 약을 짓는 게 번거롭지 않아 보였는데도 사람들은 아버지를 더 신뢰했다. 한 번 아버지를 만난 환자들은 용하고 자상하다고 칭찬해서 소문은 곧 인근에까지 퍼졌다.

나는 아버지가 돌아갈 적에도 삼거리까지 배웅하고 돌아와 그때까지 마당에 서 있는 계모와 함께 고개를 빼고 아버지가 점점 멀어지고 아주 작은 점이 되어 시야에서 완전히 사라질 때까지 바라보았다. 아버지 특유의 걸음걸이, 키가 큰 아버지는 바람에 휘청이지 않으려는 듯 두 팔을 앞뒤로 크게 내두르며 걷는 모습이었다.

그즈음부터 나는 어머니를 기다리지 않았다. 하지만 계모의 배 속에 아기가 들어있는 것처럼 내 가슴 속에는 그 모습이 어머니 같기도 하고 나 자신 같기도 한 무엇인지 모르는 덩어리 하나가 들어있었다. 그 덩어리가 수시로 내 가슴을 답답하게 짓눌러오곤 했다.

밤하늘에서 별빛이 쏟아지고 소쩍새가 뒷산에서 솥이 적다고 소쩍소쩍 울었다. 그 밤에 계모는 산통이 왔다. 아버지도 없는 집에서, 산파를 부를 수도 없는 산골짜기 오두막에서, 계모는 비스듬히 벽에 기대앉아 통증을 견뎌내느라 진땀을 흘렸다.

나도 언니와 함께 긴장되고 불안한 마음으로 계모가 있는 건넌방을 엿보다가 안방에서 부엌으로, 다시 부엌에서 마당으로 왕복하며 발을 굴렀다. 우리는 계모가 시키는 대로 물에 삶아 소독한 가위와 굵은 실을 쟁반에 담아 계모 옆에 가져다 놓았다.

"은채야, 어떻게 해? 사람들이 그러는데 아기 낳다가 죽기도 한대."

언니는 발을 동동 구르며 부산을 떨었다.

"아버지는 왜 안 오시는 거지? 아버지가 오셔야 하는데."

이때쯤 아버지가 올 때가 되었는데 오지 않았다.

"아버지가 계셔도 소용없는 거야. 원래 남자들은 여자가 아기 낳는 방에 들어가지도 못하고 밖에서 발만 동동 구르고 왔다 갔다만 한단 말야."

쏘다니기 좋아하는 언니가 어디서 주워들었는지 아는 체했다. 그러고는 내 손을 잡아끌었다.

"은채야, 우리도 아기가 나오는 걸 구경할까? 어떻게 나오는지 궁금해서 죽겠는데 우리도 몰래 숨어서 보자."

언니가 내 손을 잡고 안방으로 살금살금 걸어 들어갔다. 궁금하던 참에 못 이기는 척 나도 언니를 따라 방으로 들어갔다. 민채가 안방에서 잠들어 있었다. 안방과 건넌방 사이에 있는 문에는 창호지가 찢어져 구멍이 여러 개 나 있었다. 언니와 나는 그 구멍에 눈을 대고 건넌방의 상황을 엿보았다.

"어서 심을 주거라, 머리가 보인다니께. 어서!"

할머니가 계모의 거기를 들여다보며 힘주어 말했다. 계모가 힘을 주는 게 아니라 할머니가 더 용을 쓰고 있었다. 계모는 얼굴이 빨개지도록 힘을 주다가 지쳐서 벽에 머리를 기대고 늘어졌다.

"한 번 더 힘 쓰거라. 어서 마지막 힘을 줘!"

숨을 헐떡이던 계모가 할머니의 재촉에 고개를 들고 있는 힘을 모두 쥐어 짜내기 시작했다.

"으으으음!"

계모의 입에서 신음소리가 비어져 나왔다. 순간 너무 힘을 준 탓에 무언가 잘못되었다고 생각했다. 몸에서 장기가 쏟아져 나온 거 같았다.

"옳지, 옳......!"

할머니가 갑자기 조용해졌다. 나는 손바닥으로 두 눈을 가렸다. 끔찍했다. 그때 아기 울음소리가 터졌다. 비로소 장기가 아니라 아기가 나왔다는 걸 깨닫고 가슴을 쓸어내렸다. 놀란 가슴이 쿵쾅거렸다.

언니와 나는 재빨리 부엌으로 나왔다. 뒤이어 할머니가 부엌으로 난 문을 열고 얼굴을 내밀었다. 화가 난 듯 몹시 낙담한 얼굴이었다. 그 표정을 보고 계모가 방금 낳은 아기가 딸이라는 걸 대뜸 알아차릴 수 있었다.

"대야에 뜨신물 떠서 갖고 오니라."

할머니는 안방에 앉아 장죽에 잎담배를 꾹꾹 눌러 쟁인 다음 불을 붙여 뻑뻑 빨아댔다. 우리는 할머니의 성정을 거스를까 조심스러워 말없이 시키는 대로 했다. 언니와 내가 놋대야에 더운물을 담아 마주 들고 들어가자 할머니가 건너왔다. 할머니는 심기가 몹시 불편한 얼굴로 말없이 아기를 씻겼다. 아기는 짐작한 대로 도화지에 밑그림을 그린 것 같은 골짜기를 가지고 있었다.

계모는 고개를 반대쪽으로 돌리고 누워있었다. 그때 나는 계모의 눈에서 나온 눈물이 콧잔등을 타고 넘어 방바닥으로 주르르 흘러내리는 걸 보았다. 딸을 낳은 사람의 서러운 눈물이었다.

어머니 생각이 났다. 민채를 낳고 두 번째로 딸을 낳은 계모도 서러워 우는데 딸만 셋이나 낳고 할머니한테 온갖 구박을 받은 어머니는 얼마나 서럽고 원통했을지 어렴풋이 짐작할 수 있었다.

할머니가 다 씻긴 아기를 강보 위에 내려놓았다. 아기의 골짜기가 더 확실하게 드러났다. 할머니는 못 볼 것을 본 듯 얼른 기저귀를 여미고 강보에 싸 계모 옆으로 밀었다.

"내 복에 어찌 손자를 둘씩이나 보겠나, 쯧쯧!"

할머니가 아랫방으로 내려가며 한탄 섞인 말로 자조했다.

"그 늙은 돌팔이 무당년을……"

안방으로 내려온 할머니는 다시 담뱃대를 물고 점쟁이를 원망했다. 할머니는 아마도 점쟁이를 찾아가 아들이라는 말을 듣고 내심 기대했었나 보았다.

내가 태어날 적에도 비슷한 일이 있었다고 들었다. 몇 사람이 똑같이 아들이라고 해서 어머니도 철석같이 점쟁이 말을 믿었다고 했다. 아버지도 은근히 기대감이 있어 진통이 시작되었다는 소식을 듣고 갓난아기에게 먹인다는 고가의 보약을 지어 들고 달려왔더란다. 그런데 두 번째 딸인 내가 태어났다고 했다.

"호미로 딱 긁었더라."

언젠가 고모가 말했다. 엄마 젖은 안 나오는데 먹자고 울어대서 여섯 달 먼저 기훈 오빠를 낳은 고모가 젖을 물리고 살며시 아랫도리를 들쳐 보았다고 했다. 할머니가 사주에 명이 짧다고 하니 오래나 살라면서 고모에게까지 아들이라고 거짓말을 했더란다. 할머니의 실망이 이만저만이 아닌 가운데에도 나를 위해 장수를 빌어 주었다는 말이 믿기지 않았지만, 고모의 말이 거짓은 아닌 거 같았다.

아마도 할머니의 실망감은 두고두고 표출될 것이라고 예상되었다. 그래도 아기한테는 이미 아들을 낳은 계모가 있으니까 나한테 한 것만큼은 아니겠지만, 아들을 선호하는 할머니의 뿌리 깊은 사고는 절대 바뀌지 않을 것이기 때문이었다.

계모가 아기를 낳고 나서도 일주일이나 늦게 온 아버지는 웬일인지 아기의 이름을 지어 주지 않았다. 늦게 온 건 그곳의 사정상 어쩔 수 없었다 해도 아기의 이름을 짓지 않고 마치 관심이 없는 듯이 시간만 보내는 건 무슨 까닭인지 이해할 수 없었다.

"글쎄, 아버지가 곧 지어 주시겠지."

내가 계모에게 그 까닭을 물으니 별거 아니라는 듯이 예사롭게 대답했다. 하지만 언니와 내가 태어났을 때의 실망감은 지금과는 비교도 안 될 만큼 컸을 텐데도 그런 이유로 이름을 늦게 지었다는 말은 듣지 못했다.

언니와 나는 이름이 없는 아기를 '간난이'라고 불렀다. 우리는 '간난이가 오줌 쌌어, 간난이가 똥 쌌어.' 하고 재미 삼아 간난이 이름을 부르기 위해 이바구 거리를 자꾸 만들었다. 간난이는 백일이 지나서야 준희라는 진짜 이름을 갖게 되었다. 우리와는 다른 이름이었다.

여름이 갈 무렵이었다. 그 무렵 인삼을 재배하는 농가에 도둑이 극성이라는 소문이 돌았다. 아버지는 서울에서 뉴스를 듣고 와서 할머니와 계모에게 단속을 잘하라고 당부하고 돌아갔다. 할머니와 계모는 저녁 11시와 새벽 두 시, 하룻밤에 두 차례씩 어김없이 일어나 손전등을 비추며 인삼밭 울타리를 따라 순찰을 돌았다. 울타리 주변에 수상한 흔적이나 낌새는 없는지 자세히 살피며 돌려면 적어도 사 오십 분은 소요되었다. 그날 밤에도 평소대로 인삼밭 주변을 살폈다.

이튿날 아침, 학교에 가려던 나는 무심결에 시선이 간 인삼밭 한 귀퉁이에서 뭔가 이상하다는 느낌을 받았다. 전날과는 확실히 다르다는 생각을 하고 그쪽으로 달려가 보았다. 흙이 온통 엉망으로 파헤쳐져 있었고, 응당 함초롬히 올라와 있어야 할 인삼 줄기와 빨간 열매가 보이지 않았다. 누군가 인삼을 캐간 흔적이 확실했다. 그런 흔적은 앞뒤로 죽 이어졌는데 전체의 삼 분의 일은 족히 되는 거 같았다.

내가 놀라서 소리치자 할머니와 계모가 양말 발로 달려 나왔다. 인삼이 사라진 걸 보고 할머니는 그만 넋을 잃고 풀을 뽑던 밭고랑에 주저앉았다. 그동안의 수고가 모두 허사가 되었다. 얼마나 정성을 들여 가꿨는지 이랑은 물론 고랑에도 금방 뽑은 듯 잡초 하나 없이 말끔했다.

"어이구, 내 자식들! 우리 인삼이 다 어디 간 겨?"

할머니가 땅을 치며 울부짖었다. 우리 가족에게 인삼밭은 전 재산이나 다름없었다. 할머니와 계모가 두 차례 울타리 안을 둘러보았을 적에는 분명 아무 이상이 없었는데 언제 도둑이 와서 인삼을 캐 간 것인지 참으로 귀신이 곡할 노릇이었다. 자세히 보니 인삼을 도둑맞은 밭이랑 근처의 울타리에 개구멍이 뚫려 있었다.

"도둑은 한 번 도둑질해 간 곳에 또 온대."

언니는 어디서 들었는지 해괴한 소리를 해서 나를 더 두려움에 떨게 했다. 그렇잖아도 식구들은 남은 인삼마저 털릴까 전전긍긍하고 있었다. 인삼뿐만이 아니라 힘없는 아녀자들뿐인 식구들까지 해치면 어쩌나 하는 상상으로 가슴이 졸아붙었다.

연락을 받은 아버지는 즉시 인삼밭으로 달려왔다. 아버지는 도둑맞은 사실을 지서에 신고하고 모든 절차를 일사불란하게 처리했다. 우리는 그제야 마음이 좀 놓였다. 어른들은 의논 끝에 인삼을 모두 캐는 쪽으로 결정했다. 한 번 표적이 되었으니 언제 다시 남은 인삼마저 털릴지 알 수 없는 일이었다.

인삼은 육 년근이라야 최고 가격을 받을 수 있는데 우리 인삼은 사 년밖에 안 되었기 때문에 제값을 받을 수 없었다. 아버지는 해지기 전에 신속하게 작업을 마무리하기 위해 인부들을 많이 불러 동이 터오는 새벽부터 일을 서둘렀다.

나도 작업하는 걸 옆에서 잠깐 지켜보았다. 상처가 나면 그나마 상품 가치가 떨어진다고 여간 조심하는 게 아니었다. 한 뿌리 한 뿌리 아기를 다루듯 잔뿌리까지 끊어지지 않게 조심스럽게 캐서 부드러운 솔로 흙을 털어 세기 좋게 줄 맞춰 가지런히 뉘어 놓았다.

언니가 나를 손짓으로 불러내 장독대로 데리고 갔다.

"이거 봐! 이렇게 크고 잘생긴 인삼 봤니?"

언니는 장독 사이에 숨겨놓은 인삼 다섯 뿌리를 꺼내 보여주었다. 많은 사람의 눈을 피해 어떻게 인삼을 가져온 것일까 싶어 나는 놀라움으로 눈을 크게 떴다.

"이거 어떻게 가져온 거야?"

"쉿! 조용히 해. 내가 몰래 가져온 거야."

그 말을 들으니 아버지는 인삼을 도둑맞고 큰 손해를 입었는데 언니까지 도둑처럼 인삼을 훔쳐 온 거라는 생각에 기가 탁 막히는 기분이었다. 하지만 이왕 가져온 거, 우리까지 힘을 합쳐 키운 인삼을 만져 보는 느낌은 싫기만 한 건 아니었다.

나는 인삼을 손에 들고 감상했다. 어른들이 말하는 잘생긴 인삼은 실하면서 뿌리가 적고 사람을 닮은 모양이라고 했다. 물론 병든 흔적이 없이 피부가 연 노란색으로 고와야 한다. 머리와 두 다리가 있고 두 팔을 벌린 듯한 모습이 꼭 사람을 닮은 모양이었다.

"우리 이거 씻어서 먹어 보자."

언니는 인삼 두 뿌리를 가지고 도랑으로 내려가 씻은 다음 한 뿌리를 내게 내밀었다. 언니가 먼저 입에 넣고 와삭와삭 씹었다.

"으음! 증말 맛있다!"

언니는 눈을 스르르 감고 인삼의 향과 맛을 즐겼다. 나도 눈을 감고 인삼 뿌리를 씹었다. 쌉싸름하면서 단 그 향과 맛이 환상적이었다. 눈앞에 우리가 풀을 뽑던 모습이 스쳐 지나갔다. 언니가 밥을 태워 불내 나는 밥을 입에 넣는 장면도 지나갔다. 할머니와 계모가 밤마다 잠도 못 자고 인삼을 지키느라 손전등을 비추며 울타리를 살피던 모습도 지나갔다.

남은 인삼 세 뿌리는 오랫동안 장독 뒤에 숨겨져 있었다. 어느 날 언니는 그 인삼 두 뿌리를 주고 새 필통을 가져왔다. 인삼을 주고 자기가 평소에 갖고 싶던 같은 반 친구의 필통과 바꾸었다고 했다. 그 아이는 인삼 두 뿌리를 가져다 무엇을 하려고 했을까?

나는 인삼을 주고 필통으로 바꾼 언니의 발상에 잠시 어리둥절해졌다. 나머지 한 뿌리는 나도 모르게 언니가 혼자 먹어 버렸다고 했다. 우리의 인삼밭은 그렇게 사라졌다.

우리 가족은 더 이상 그곳에 머무를 이유가 없어졌다. 내가 안정을 찾을 수 있도록 해준 저수지와 뒷산과 도랑물, 그리고 옹달샘과 이별하게 되었다. 고요함과 그 고요함을 깨는 바람과 온갖 자연의 소리와도. 그곳을 나오고 나서 생각해 보니, 앞서 언니와 함께 할머니를 따라 인삼밭에 다녀왔던 때처럼 다시 좀 더 긴 소풍을 다녀온 것 같았다. 혹시 전설 속에 나오는 이상향 같은 곳은 아니었을까 싶기도 했다. 그곳은 괴팍한 할머니의 성격도 바꾸어 놓은 곳이었다.

어두운 그림자

1

그해 겨울이 오기 전에 우리 가족은 까치내를 나와 강변 마을로 이사했다. 내가 전에 살던 집의 언덕에서 바라보던 바로 그 동네로 금강을 사이에 두고 읍내와 면 소재지로 나누어지는 곳이었다.

이곳은 까치내와는 달리 전깃불이 들어와 밤도 대낮처럼 밝았다. 라디오나 유선방송과 연결된 스피커를 통해 세상 돌아가는 소식과 연속극, 유행하는 대중가요 등을 들을 수 있었다.

아버지는 서울에서 내려와 그 동네에 한의원을 차렸다. 처음에는 셋집을 얻어 살다가 새집을 지어 이듬해 봄에 입주했다. 아버지에게는 엄마와 헤어진 그 집을 떠난 뒤로 벌써 네 번째 이사였다.

새집은 한옥과 일식을 합친 구조랄까, 한식과는 완전히 다른 모양새였다. 언젠가 적산가옥에 갔을 때 보았던 구조와 비슷했다. 이중으로 되어 큰길 쪽은 아버지가 한의원으로 쓰고, 복도를 통해 남쪽으로 돌아오면 살림을 하는 안채였다. 도로 쪽에는 환자들이 드나드는 현관이 있고 안채의 마루 끝에는 유리문을 달아 비바람이 들이치지 않고 아늑했다. 부엌 천정에는 마루를 깔아 다락방을 만들었다. 다락방의 출입은 안방에서 벽장문을 열면 나타나는 계단을 통해서 할 수 있었다.

가장 획기적인 공간은 부엌에서 음식을 만들어 넣어 놓는 찬장이었다. 여기에 상을 차려 놓으면 방에서 문을 열고 곧바로 꺼내 놓고 식사를 할 수 있었다. 무거운 밥상을 부엌에서 방까지 힘들게 들고 다닐 필요가 없었다. 그리고 부뚜막에는 연탄 아궁이가 만들어지고 넓은 부엌 한쪽에는 연탄을 쌓아 놓았다.

이 모든 것은 서울 생활을 하고 온 아버지가 직접 설계했다. 우리 가족들은 인삼밭의 실패를 잊고 새 생활을 시작할 수 있었다.

내가 제일 좋아하는 곳은 바로 다락방이었다. 다락방은 숨어 있기에 딱 좋았다. 아무도 모르게 그곳에서 책을 읽거나 어머니 얼굴을 그렸다. 언니와 비밀 얘기를 속닥거리는 곳도 그곳이었다. 언니는 친구나 자신의 얘기가 아닌 주로 집안의 은밀한 얘기를 들려주었다.

나는 새 동네에 있는 학교로 전학했다. 전학할 당시에는 3학년이었다가 곧 4학년이 되었고, 언니는 초등학교를 졸업하고 집 앞에 있는 중학교에 진학했다. 나는 반 친구들과 선생님이 모두 낯설었지만 별로 신경 쓰지 않았다. 그때까지 연거푸 낯선 환경과 부딪쳤고 큰 혼란을 겪었기 때문에 학교가 바뀌는 일 정도로 마음 아파하지 않았다. 혼자 있는 일에 익숙해서 급우들과 가까워지려고 노력하지도 않았다.

그림은 어머니 얼굴만 그렸는데 새 학교에 오자마자 반에서 그림을 제일 잘 그린다는 말을 들었다. 아이들 전원의 일치로 선생님이 미화부에 넣어 주었다. 말만 미화부이지 하는 일이 전혀 없었다.

나는 여전히 공부할 수 없었다. 돌덩이는 내가 심리적인 안정을 찾은 것과는 무관하게 항상 가슴 중앙을 차지하고 있었다. 그 무게를 의식할 때마다 나는 외롭고 쓸쓸했다. 웃으려 해도 밝게 웃어지지 않았다.

새 동네는 면 소재지의 작은 동네였지만 버스와 자동차들이 많이 다니고 제법 사람들이 북적거리는 교통의 요지였다. 강을 사이에 두고 서쪽에서 동쪽의 읍내로 곧바로 진입하려면 반드시 건너서 지나야 하는 곳이기 때문이었다.

동쪽의 읍내를 통과해 도청소재지인 큰 도시나 서울로 가는 모든 버스는 이 동네의 나루터에 와서 멈추었다. 동네의 중심에는 버스 터미널이 있어서 강을 건너서 멀리 갈 버스는 터미널에 일단 멈췄다가 강가에 이르러 큰 배에 오르게 되었다. 큰 배는 곧바로 버스를 싣고 노를 저어 유유히 강을 건넜다.

동네는 작지만 유동 인구가 많은 덕에 상업이 발달해 생활에 필요한 편의시설을 갖추고 있었다.

집 앞에는 우체국, 법률 대서소와 중학교가 있었고, 안채에서 보면 바로 앞에 약초 재배지를 사이에 두고 극장이 건너다보였다. 극장에서는 오후만 되면 확성기를 통해 유행가가 흘러나와 온 동네를 들썩이게 했고, 중간중간 그날 상영하는 영화를 선전하느라 시끄럽게 떠들어댔다. 큰길을 따라 조금 올라간 곳에 양조장과 지서가 있었으며 몇 걸음 걸어 강 쪽으로 내려가면 백화점이라는 간판을 단 큰 가게, 국밥집, 잡화점, 철물점, 약국 등이 줄을 지어 있었고 중국 음식점은 두 군데나 있었다. 웬만한 것들은 읍내로 나갈 필요가 없이 동네에서 거의 해결되었다. 오일장이 열리는 큰 장터도 있었다. 한눈에 보아도 제법 돈이 도는 곳이어서 이곳에 사는 사람들의 생활은 웬만한 도회지 사람 못지않게 풍족했다.

"넌 니 애비 방에 가 자거라."

할머니는 나를 다시 아버지 방으로 보냈다. 계모는 이번에도 등을 내주었다. 계모의 앞에는 첫 돌이 안된 준희가 자고 준희와 아버지 사이에는 네 살이 된 민채가 잤다.

나는 전처럼 눈치 빠르게 행동했다. 계모가 잠을 자다 연탄불을 갈러 부엌에 나가면 품에 안겨 자던 준희는 깨어 울어댔다. 그러면 잠을 자다가도 벌떡 일어나 달래곤 했다. 잠귀가 밝았다. 이런 행동을 계모가 칭찬했다. 나는 전처럼 그때그때 계모에게 필요한 것이 무엇인지 알아서 도왔다.

"그 여자 말을 잘 들어야 해."

"싫어!"

"싫어도 그렇게 해야 니가 귀염 받는 거."

어머니가 당부한 말이 자주 귓전에서 맴돌았다.

나는 자다가 우는 버릇이 있었다. 어머니와 헤어진 직후부터 생긴 버릇이었는데 무슨 연유인지 언제나 꿈속에서 서럽게 울었다. 서럽게 울다 보면 실제로 흐느껴 울게 되고 아버지와 계모는 놀라서 나를 깨우곤 했다.

아마 이쯤이었을 것이다. 아버지가 처음으로 내게 선물을 사다 주었다. 그즈음 아버지는 서울에 자주 다녀오곤 했는데 오면서 손에 들고 온 것이었다.

책 한 권이 안채 마루 끝에 놓여 있었다. 무심코 지나치다 보니 표지에 아버지 필체로 김은채라는 이름이 씌어 있었다. 대번에 내게 주려고 사 온 책이라는 걸 알아차렸다. 제목이 '울보 대장'이라는 만화책이었다. 나는 그 책을 들고 확인하기 위해 조심스럽게 아버지에게 물었다.

"이거 제 책인가요?"

"그래, 네 언니는 말괄량이고 너는 울보대장이잖니?"

아버지는 약간 놀리는 것처럼 대답했다. 그러고 보니 아버지 말대로 어머니와 헤어진 이후로 참 많이도 울었다는 자각이 들었다. 원래도 어머니와 떨어질 거 같은 불안감으로 떼를 쓰고 울곤 했는데 어머니와 헤어진 뒤로는 떼쓰는 버릇은 사라졌지만 우는 일은 더 많아졌다.

'울보대장이잖니?'라는 아버지의 말은 아버지가 겉으로는 냉정한 거 같아도 속으로는 내 입장을 안타깝게 여기고 있었다는 뜻으로 이해되었다. 나로서는 믿기지 않는 놀라운 발견이었다. 할머니에게 억울하게 매를 맞을 적에도 나서서 말려 주지 못하고 모두 잠든 뒤에 아무도 모르게 공손하게 간언하던 아버지였다. 그런 아버지가 할머니의 눈치를 보지 않고 내 선물을 사 온 것 역시 뜻밖의 일이었다.

그 기쁨은 말로 표현하기 어려울 만큼 컸으며 내게는 메마른 땅에 내리는 단비 같은 거였다. 그만큼 나는 어른들의 사랑에 주려 있었다.

그 일은 내가 아버지를 새로운 눈으로 바라보는 계기가 되었다. 짐이 아니라 진짜 자식이라는 당당함을 갖고 의지하고 믿게 되었다고나 할까. 사실 계모가 낳은 남동생 민채에 비하면 내게 주는 아버지의 관심은 계모의 등에서 느끼는 미지근한 온기와 별반 다를 게 없는 거였다. 그럼에도 나는 그 온기에 의지해서 산 셈이었다.

책의 내용은 부모가 없는 어린 남자아이가 있었는데 슬프고 서러워서 날마다 울기만 했다. 그러다 어느 날부터 울음을 멈추고 씩씩하게 살아 훌륭한 사람이 된다는 이야기였다. 그 책을 읽고 나도 책 속의 주인공처럼 울음을 멈추고 훌륭한 사람이 되고 싶다는 막연한 생각을 하게 되었다.

새로 지은 집은 완성되기도 전에 급하게 입주했기 때문에 늘 어수선했다. 입주해 살면서 방문을 만들어 달고 마루 끝에도 유리문을 짜서 달았다. 그리고 집 밖은 가족들이 직접 꾸미느라 바빴다. 마당과 가장자리에 있는 텃밭 사이의 경사지는 흙이 흘러내리지 않도록 잔디를 입히고 화장실로 이어지는 길에는 계단을 만들었다.

집 주변에는 나무를 심었다. 아버지는 제법 큰 나무들을 어디서 구해 오는지 한꺼번에 들여오지 않고 심는 대로 두세 그루씩 구해 왔다. 아버지가 구덩이를 파고 뿌리가 있는 나무 밑동을 넣어 세우면, 언니와 나는 나무가 쓰러지지 않도록 양쪽에서 붙잡고, 아버지는 다시 구덩이에 흙을 넣어 발로 밟아 꾹꾹 다졌다.

큰길 쪽 현관 양옆에는 플라타너스를 각각 두 그루씩 심고 안채의 마당 가에는 벚나무를 심었다. 집과 건너편의 극장 사이에는 택사라는 약초를 재배하는 습지가 있었다. 그 택사 재배지와 텃밭의 경계에는 미루나무를 몇 그루 심고, 장독대 옆에는 앵두나무, 장독대 아래쪽에는 포도나무를 심었다. 경사지 맨 아래에는 딸기를 심었다.

새집이 마무리되자 가족이 다 함께 읍내로 봄나들이 갔다. 벚꽃잎이 하얗게 쏟아지던 날이었다. 그날 나는 뜻밖에도 그토록 기다려도 만날 수 없었던 어머니와 외할머니를 만났다. 나들이에서 돌아오던 길이었다.

종일 읍내에 있는 몇 군데의 명승고적을 둘러보느라 걷고 또 걸었다. 돌아올 적에는 가족들은 거의 파김치가 되어 있었다. 웬일로 배다리를 두고 배를 타고 강을 건넜던 것인지, 배에서 막 내렸을 때 누군가 뒤에서 나를 부르는 소리가 들려왔다. 뒤돌아보니 뜻밖에도 거기에 외할머니와 어머니가 서 있었다.

나는 너무 놀라서 그 자리에 얼어붙은 듯 멈춰 서서 움직이지 못했다. 어떻게 같은 배에 타고 있었으면서 서로를 보지 못한 것일까?

외할머니가 허둥거리며 달려오더니 나를 끌어안고 울기 시작했다. 언니도 그 자리에 있었는데 외할머니는 나만 붙잡고 통곡했다.

가족들은 갑작스러운 상황에 당황해서 가던 길을 중단하고 멈추어 섰다가 정황을 파악하고는 뿔뿔이 흩어져 어디론가 사라져 갔다. 아버지가 먼저 민채 손을 잡고 빠른 걸음으로 앞서갔고 할머니와 언니도 어느새 어디로 가 버렸는지 보이지 않았다.

"아이구, 은채야! 이게 꿈이여 생시여? 어디 보자 내 새끼!"

어머니는 말없이 울부짖는 외할머니 곁에서 나를 물끄러미 바라보고 서 있었다. 참으로 믿을 수 없는 뜻밖의 일이 일어났기 때문에 나는 어찌해야 할지 몰라 나무처럼 그 자리에 굳어버렸다. 엄마도 마찬가지였던지 말을 못 했다. 그때 귀에 익은 낮고 침착한 목소리가 들렸다.

"그만 진정하셔유."

계모가 떠나지 않고 내 곁에 서서 통곡하는 외할머니를 위로하고 있었다. 그러자 외할머니는 계모의 손을 잡고는 바보같이 또 울었다.

계모의 행동은 내게 또 다른 혼돈을 안겨 주었다. 왜 계모는 아버지처럼 자리를 피하지 않는 것인지, 병 주고 약 주는 것 같은 계모의 행동은 대체 무슨 뜻인지, 예전에 내가 할머니한테 심하게 맞았을 때 약을 발라주며 울던 모습처럼 참으로 이율배반적인 행동이었다. 그런 계모나 그 손을 잡고 우는 외할머니나, 그 광경을 말없이 서서 바라보고 있는 어머니나, 내 눈에 비치는 어른들은 정말 이해할 수 없는 대상이었다. 그 순간, 인생은 참으로 뒤죽박죽이구나 생각되었다.

세상의 모든 움직임이 멈춰 버린 듯한 비현실감이 들었다. 나는 아마도 꿈일 것이다, 어머니를 만난 것도, 계모와 외할머니의 이해할 수 없는 행동도 모두 꿈일 거라고 생각했다. 나는 어머니를 만난 것은 기뻤지만 깨고 나면 허망하게 사라질 꿈이었기에 두려워졌다. 몸을 돌려서 도망쳤다. 될 수 있는 한 멀리 도망치려고 있는 힘을 다 쏟았다. 꿈으로부터 도망쳐서 비현실적인 상황에서 벗어나고 싶었다. 등 뒤에서 어머니가 나를 부르는 소리가 들렸다. 그러나 뒤돌아보지 않았다.

집에 돌아온 나는 다락방에 처박혀 나오지 않았다. 방금 내가 무슨 짓을 한 것인가, 그제야 꿈에서 깨어난 듯 어머니와 외할머니의 모습이 눈앞에 어른거렸다. 눈물이 멈추지 않고 흘러내렸다. 꿈속에서처럼 서럽게 울었다.

어머니를 나루터에서 우연히 마주친 뒤 나는 우울한 시간을 보냈다. 하지만 언니는 길에서 우연히 어느 낯선 가족이 해후상봉邂逅相逢하는 장면을 목격한 듯 담담했다. 그건 차라리 얘깃거리라도 되었다. 길을 가다 낯선 사람과 어깨를 한 번 스치고 지나쳤던가 싶을 정도로 무심히 일상생활을 이어갔다.

그해 여름은 유난히 더웠는데도 나는 다락방에 틀어박혀 다시 어머니의 얼굴을 그렸다. 다락방에 누워있으면 조그만 창문으로 하늘이 보이고 구름이 두둥실 떠가고 아버지와 심은 미루나무에서 우는 매미 소리가 요란하게 들려왔다.

밤이 되면 언니와 함께 계모를 따라 강가로 미역을 감으러 갔다. 목욕탕이 없는 강변 마을에서는 여름이면 밤마다 동네 아녀자들이 강가에 모여 앉아 옷을 벗고 몸을 씻었다. 칠흑 같은 어둠 속에서나 할 법한 일이었지만, 아낙네들은 달 밝은 보름이건 그믐밤이건 가리지 않고 옷을 훌렁훌렁 벗곤 했다.

"아따, 장가 못 간 노총각들 눈요기 실컷 하겠네."

"아, 볼테면 보라지. 여차하면 발가벗은 우리들이 떼로 덤빌 테니께."

실제로 밤마다 멀찍이 서서 달빛에 여자들이 목욕하는 장면을 훔쳐보는 남정네들이 있다는 걸 알면서도 아랑곳하지 않았다. 이바구하며 온종일 땀에 절은 몸도 씻고 쌓인 피로도 푸느라 밤이 깊어가는 줄 모르는 여인네들의 낭자한 웃음소리가 강물 위로 윤슬처럼 넘실거렸다.

아이들 역시 강물로 뛰어들어 헤엄을 치거나 엄마가 목욕하는 앞에서 바윗돌을 잡고 물장구를 치며 노느라 장터처럼 시끌벅적했다.

계모는 너럭바위 하나를 차지하고 앉아 몸을 씻었다. 수영을 잘하는 언니는 동네 친구들과 함께 깊은 곳으로 가서 헤엄치며 놀았다. 수영을 못하는 나는 언제나 여자와 함께 너럭바위에 앉아 물을 끼얹어 더위를 식히는 것으로 만족했는데 그날은 왠지 물속으로 들어가고 싶었다. 언니처럼 헤엄을 쳐보고 싶었다. 언니가 헤엄치던 걸 떠올리며 두 팔을 휘젓고 두 발로 물장구를 치자 몸이 조금씩 앞으로 나아갔다.

어둠 속에서 서툰 개헤엄으로 허우적대다 보니 어느새 깊은 곳까지 가고 말았다. 주위를 둘러보니 아무도 없었다. 너무 멀리 왔다는 걸 의식하자 두려움이 몰려왔다. 내 몸이 갑자기 가라앉기 시작했다. 있는 힘을 다해서 떠오르려고 해도 마음대로 되지 않았다. 이제 죽는구나 싶어서 겁이 나 허우적댔다.

"하마터면 큰일 날 뻔했다."

눈을 떴을 때 나는 너럭바위에 누워있었고 어둠 속에서 계모가 벌거벗은 채 나를 내려다보고 있었다. 다행히 조금 떨어진 곳에서 헤엄치던 동네 언니가 나를 구해 주었다고 했다. 나는 살았다는 생각에 안도감이 들었다.

그날 이후로 헤엄치는 걸 포기했다. 너무 놀란 나머지 무서워서 다시는 강물에 들어가고 싶지 않았다. 하지만 그 일로 다행스러운 것은 어머니 때문에 우울했던 기분이 사라졌다는 사실이었다. 내가 살아있다는 것이 무엇보다 소중하다는 걸 깨달은 셈이었다. 언젠가 어머니를 다시 만날 수 있다는 희망도 생겼다.

2

나는 다시 마음을 잡았다. 그리고 여름방학이 돌아왔다. 장마가 예상보다 일찍 끝나고 눈부신 햇살이 아침부터 온 세상을 뜨겁게 달구고 있었다.

할머니가 언제나처럼 장죽을 입에 물고 앉아 안방으로 언니와 나를 불렀다. 그러고는 아주 예사롭게 말했다.

"니 에미가 재가해서 저기 읍내서 산다더라. 가서 니 에미를 만나 어떻게 사는지 보고 오니라. 오늘이 거기 장날이니께 만날 수 있을 거여."

갑작스러운 할머니의 명령에 나는 당황스러웠다. 아닌 밤중에 홍두깨식으로 도대체 이게 무슨 말인지, 이걸 기뻐해야 할지 말아야 할지 분간이 안 갔다. 무슨 속셈인지 몰라 어리둥절한 가운데서도 신경을 바짝 곤두세웠다.

인삼밭에서의 생활 이후 나를 대하는 할머니의 태도가 달라졌지만, 나는 할머니를 완전히 믿지 않았다. 내 기억 속에 박힌 할머니의 부당한 처사가 전적으로 믿지 못하고 언제나 할머니를 경계의 눈초리로 바라보게 만든 것이다.

"니들에게 엄마를 만나게 해주자고 내가 말씀드렸어."

멀뚱거리며 바라만 보고 있는 우리에게 옆에서 다소곳이 앉아 있던 계모가 말했다. 하긴 할머니가 먼저 그런 제안을 했을 리는 없다. 그런데 계모는 또 무슨 꿍꿍이일까, 얼핏 할머니에게 가졌던 경계심이 계모에게로 옮겨갔다. 착한 것 같이 포장된 말과 행동 속에 어떤 속셈이 있을지도 모른다는 의심 한 조각이 빠르게 뇌리를 스쳤다.

엄밀히 말하면 사실 계모도 백 퍼센트 믿지 않았다. 계모에 대한 내 믿음은 항상 이 프로 정도 모자란다고 해야 할까? 아니, 어쩜 그보다 열 배가 많은 이십 프로쯤 될 것이다. 계모가 한 번도 나를 품에 안아 준 적이 없는 것만큼, 딱 그만큼의 부족인 셈이었다. 그것은 영원히 불가능한 거라고 생각되었다. 처음부터 우리는 믿음으로 시작된 관계가 아니었다.

나는 가끔 그런 생각을 했었다. 만약 어머니가 죽고 아버지가 재혼해서 새어머니가 생겼다면 어땠을까? 어쩌면 지금같이 의심의 눈초리로 탐색하는 사이는 아니었을지도 몰랐다. 적어도 내 어머니를 밀어내고 그 자리에 앉은 사람은 아니니 피는 안 섞였을지라도 진짜 모녀 사이처럼 속을 터놓을 수 있었을지 몰랐다.

아버지에게 온 뒤로 그때까지 나는 어머니에 대한 그리움은 고사하고 친어머니를 뜻하는 '엄마'라는 단어조차 입에 올릴 수 없었다. 어른들 앞에서 '엄마'라고 하면 계모를 지칭하는 말이 되었다. 특히 할머니 앞에서 나를 낳아준 어머니는 머릿속에서 아예 지운 것처럼 행동해야 했다. 어머니에 대한 말을 하는 사람은 오직 할머니뿐이었다. 거의 내 심사를 불편하게 만드는 내용의 언사였다.

나는 언니의 눈치를 살폈다. 참으로 이상했다. 눈만 껌뻑일 뿐 평소의 언니답지 않게 조용했다. 전혀 바라지도 않았던 일이 벌어졌다는 표정인 건 분명한데 싫다는 말은 하지 않았다. 언니가 한 번이라도 어머니를 보고 싶었던 적이 있기나 했을까? 나는 한 번도 언니가 어머니를 그리워하는 걸 본 적이 없었다.

"이건 차비다! 만나지 못하면 해지기 전에 돌아오니라. 어서 서둘러 가거라!"

할머니가 치맛자락을 들치고 속곳에 매달린 커다란 주머니에서 천환짜리 지폐 몇 장을 꺼내 우리 앞으로 던졌다. 할머니의 주머니에는 항상 아버지가 맡기는 돈이 들어있었다. 아버지는 환자들에게서 받는 돈을 모두 할머니에게 맡기고 필요한 만큼만 타다 쓰곤 했다.

우리는 어른들의 의도를 몰라 고개를 갸웃거리면서도 가라고 하니 무작정 집을 나와 정류장으로 갔다. 언니는 할머니가 준 차비를 손에 꼭 쥐고 있었다. 어머니가 산다는 동네는 집에서 그리 멀지 않은 H읍이라고 했다. 나는 인삼밭에 살 적에 옆으로 난 고갯길로 올라가는 짐을 실은 마차를 떠올렸다. 그 마차들이 가던 곳이 바로 그 읍내였다. 우리는 곧 그 H읍으로 가는 버스에 몸을 실었다.

내 마음은 참으로 혼란스러웠다. 언제는 절대로 만나서는 안 되는 천하의 몹쓸 사람처럼 험담하더니, 이제는 만나라고 차비를 주면서 등을 떠미는 셈이니, 할머니의 진심을 알 수 없었다. 아무리 읍 정도의 소도시라고 해도 주소도 없이 어머니를 만날 수 있을지 그것도 난감했다.

우리는 둘 다 말없이 좌석에 앉아서 창밖으로 달아나는 가로수와 들판과 산 밑의 초가집들을 바라보았다. 나는 꼭 꿈을 꾸고 있는 거 같은데 신기하게도 버스가 집으로부터 멀어질수록 어머니를 만날 거라는 기대감이 커졌다.

버스는 예전에 우리가 살던 집 앞을 지나갔다. 나는 언덕 위의 소나무에 올라앉아 어머니 얼굴을 그리며 눈물짓던 기억이 났다. 아무리 기다려도 만날 수 없었는데, 길에서 우연히 만나기도 했고, 지금은 내가 어머니를 만나러 가고 있다는 사실이 믿기지 않았다. 살다 보니 이렇게 상황이 바뀌는 수도 있구나 싶었다.

그런데 대체 어디로 가야 어머니를 만날 수 있을까, 나는 어디로 가야 할지 몰라 미로를 헤매는 것처럼 막막했다. 그러함에도 한편으로는 만날 수 있다는 예감이 들었다. 내 마음속에서는 줄곧 불안감과 기대감이 교차했다. 버스는 어느덧 어머니가 산다는 H읍의 터미널에 도착했다.

"은채야, 배고프지? 우리 점심부터 사 먹을까?"

"안 돼! 점심 사 먹으면 이따가 돌아갈 버스비가 없잖아."

나는 머릿속에 어머니를 못 만나고 돌아갈 경우를 염두에 두고 있었다. 그러나 언니는 뒷일은 생각하지 않고 우선 먹고 보자는 투였다. 주머니에서 남은 돈을 꺼내 돌아갈 차비를 떼어놓고 나니 겨우 빵 한 개 정도 사 먹을 여유가 있을 뿐이었다.

우리는 장터 입구에 죽 늘어서 있는 음식점들을 바라보며 서 있었다. 옆을 보니 아주머니가 커다란 솥을 열고 김이 모락모락 나는 먹음직스러운 찐빵을 꺼내 채반에 담고 있었다. 우리는 서로의 얼굴을 쳐다보며 침을 삼켰다. 내가 고개를 끄덕이자 언니가 얼른 찐빵 한 개를 사서 반으로 나누어 내게 내밀었다. 아무리 아껴 먹으려 해도 금세 없어져 버린 반쪽의 찐빵이 그렇게 맛날 수 없었다.

아쉬운 대로 요기도 했으니 이제 어머니를 만나러 가야 할 텐데 우리는 어디로 가야 할지 몰라 방향도 모르고 발이 가는 대로 내맡기고 걸었다.

어머니와 자식은 보이지 않는 끈으로 연결되어 있다고 한다. 그 끈이 당겨지는 대로 서로 끌려가게 되어 있다는 것이다. 우리는 발길 닿는 대로 기웃거리며 걷다가 거짓말같이 어머니를 만났다. 어머니는 마치 우리와 만나기로 약속하고 기다리고 있는 것처럼 옷감

가게 앞에 서 있었다.

"왜 뜬금없이 여기에 오고 싶은가 했더니 니들을 만나려고 그 렸나 보다."

갑작스러운 만남에 말을 잊고 바라보던 어머니가 한 첫말이었다. 그야말로 말 그대로였다. 우리는 우연히 동네 나루터에서 마주쳤 던 것처럼 만났다.

나는 어머니 품으로 달려들려다 말고 발에 브레이크가 걸린 것처 럼 멈추었다. 어머니는 등에 첫돌이 지났을까 싶은 아기를 업고 있 었다. 순간 어머니가 낯설게 보였다. 어머니와 우리 사이를 갈라놓 는 또 하나의 뭔가가 가로놓여 있다는 걸 깨달았다.

"니들 동생이여. 남동생."

어머니는 내가 멈칫거리자 남동생이라는 말에 힘을 주어 말했다.

"남동생?"

나는 작은 소리로 중얼거렸다. 어머니가 아들을 낳았다는 말이 었다. 왠지 어머니의 말투가 뿌듯해하다 못해 자랑하는 것 같이 들렸다.

장독도 쪽박도 다 깨지고 난 뒤에야 태어난 남동생. 더 정확하게 말하면, 어머니가 낳아야 할 남동생을 계모가 낳은 것처럼 이번에 는 아버지의 자식이 아닌 남동생이 무슨 소용이 있는가? 하늘이 원 망스러웠다. 우리와는 별 상관이 없을 것 같은 성씨가 다른 남동생 이 무얼 해줄 수 있을까 싶어 나는 입술을 삐죽 내밀었다.

내가 그토록 어머니를 그리워한 마음속에 이런 상황에 대한 예견은 없었다. 전혀 예상치 않은 일이었다. 그것은 생전 머리카락 한 올조차 보고 들은 적이 없는 낯선 여자가 어느 날 우리의 인생에 불쑥 끼어 들어와 엄마 노릇을 하고 있는 현실과도 같았다. 이것은 내가 아버지의 집으로 왔을 때보다는 가벼웠지만, 또 한 번의 충격이었다.

나는 또 이렇게 생각했다. 우리가 아버지의 여자를 엄마로 받아들였으니 어머니의 남자도 아버지라고 해야 하고 아기도 민채와 똑같은 동생으로 여기는 것이 당연하고 공평한 것이라고. 아버지의 핏줄만 형제는 아니라고. 그럼에도 불구하고 이토록 낯설고 쓸쓸한 것은 왜일까?

마음은 생각과는 달리 이기적이고 편파적이었다. 마치 할머니가 내 안에 들어앉아 있는 거 같았다. 믿는 도끼에 발등 찍힌 거와 같은 심정이랄까, 아기는 내가 어머니에게 버림받았다는 확실한 증거가 되는 것 같았다. 이 복잡하고 미묘한 심정을 어머니는 짐작이나 할까, 나는 울고 싶었다.

"집으로 가자."

어머니는 머쓱한 표정으로 앞서서 걸었다. 우리도 서로 약속이라도 한 듯이 입을 꾹 다물고 어머니를 따라 걸었다.

어머니의 집은 아담하고 깨끗했다. 안방에 들어서자 가구와 물건들이 신혼살림처럼 단출하고도 깔끔하게 정돈되어 있었다.

"배고프겠다, 점심 해줄 테니 조금만 기다려."

어머니는 아기를 언니에게 맡기고 부엌으로 갔다. 언니는 아기를 업고 뒤뜰로 나가고 나는 혼자 남아 방안을 둘러보았다. 벽에는 사진이 들어있는 액자가 걸려 있었다. 어머니의 새 남편인 듯한 아저씨와 아기와 셋이서 찍은 사진이었다. 어머니는 미소를 짓고 있었다. 어머니 옆에 아버지와 내가 아닌 낯선 가족이 있는 것을 보고 나는 고개를 돌렸다. 발가벗은 채 고추를 내놓고 찍은 아기의 백일사진도 있었다. 어머니가 그토록 바라던 아들이었다. 나는 그 사진을 보면서 내가 아들이 아니라는 사실을 새삼 절감해야 했다.

"저것만 아들이었어도 제가 이렇게 되진 않았을 거여유."

"암, 그렸으면 니가 큰소리치면서 살구말구."

외가에 살적에 외할머니와 어머니가 눈물을 훔치며 하던 말이 잊혀지지 않았다. 나는 현실을 외면하려는 듯이 한숨을 지으며 액자에서 눈을 뗐다. 그리고 부엌으로 가 아궁이에 불을 때서 밥을 짓고 있는 어머니 옆에 쪼그려 앉았다.

"느이 엄마가 잘 해주냠?"

어머니가 내 얼굴을 살피며 새엄마를 그냥 엄마라고 지칭하며 물었다. 순간 어머니 입에서 나를 완전히 계모에게 줘버린 듯한 표현이 나왔다는 것이 서운했다. 그리고 어머니가 한 번도 나를 보러 오지 않았다는 사실을 기억해 냈다. 새 남자를 만나 그토록 소원했던 아들을 낳았으니 어머니를 붙잡아 주지 못한 딸자식은 이제 생각할 필요가 없었을 거라고 여겼다.

"네. 아주 잘 해 줘요. 예쁜 옷이랑 신발도 사주고 내가 갖고 싶은 건 무엇이나 다 해줘요."

내 가슴속에서 원망의 감정이 회오리쳐 충동적으로 거짓말을 쏟아냈다. 그러면서도 머릿속으로는 계모의 등에서 느끼던 미지근한 온기를 떠올렸다. 계모는 내게 등을 내주었지만 필요한 말을 필요한 만큼만 하고 내게도 그만큼만 허용하는 사람이었다. 어머니처럼 눈치 보지 않고 편하게 아무 말이나 재잘거릴 수 있는 사람이 아니었다. 기분이 언짢다고, 부당하다고 해서 할 말을 다 뱉어낼 수 있는 상대가 아니었다.

나는 다시 언젠가 아버지 집 대청마루에서 어머니와 돗자리를 덮고 자던 일이 생각났다. 추운 겨울이었다. 할머니는 나를 데리고 아버지에게 간 어머니에게 이부자리를 내주지 않았다. 방에 눕지도 못하게 했다. 어머니는 할 수 없이 대청마루에 잠자리를 만들었다. 요도 없이 맨바닥에 어디서 낡은 왕골 돗자리를 가져다 덮었다. 아버지에게 가서 자라는 어머니의 말에도 나는 기어이 어머니와 자겠다고 고집을 부렸다.

어머니는 나를 품에 꼭 안고 밤을 뜬눈으로 지새웠지만, 나는 추운 줄 모르고 잘 잤다. 어머니의 품은 안방 아랫목보다 너 따뜻했다. 아랫목은 새벽이 되면 차갑게 식지만, 어머니의 품은 식지 않았다.

나는 계모의 품은 어떨까 생각해 보았다. 어머니의 품만큼 따뜻할까? 한 번도 그 품에 안겨본 적이 없는 나는 계모의 등에서 느끼는 온기 그 이상을 가늠하기 어려웠다.

"느이 할머니는 어떠니? 혹시 때리지는 않는거?"

어머니는 잠시 내 얼굴을 바라보다가 다시 물었다.

나는 한참을 망설이다가 고개를 끄덕였다. 예전에 할머니에게 몹시 맞았던 기억이 떠올라 얼굴을 돌려 마당으로 시선을 주었다. 가슴 속 깊은 곳으로부터 먹먹한 기운이 목젖을 향해 올라왔다. 입술을 다물고 침을 삼키는 척 꾹꾹 밀어 넣었다. 그래도 자꾸만 솟구쳐 올라왔다. 얼른 일어나 뒤껻으로 나가 텃밭으로 가서 흐르는 눈물을 치맛자락으로 닦았다.

어머니에게 내가 겪은 일들을 사실대로 말하고 싶지 않았다. 할머니가 어머니에 대해 갖은 험담과 저주에 찬 말을 퍼붓는 게 정말 싫었지만, 만약 할머니가 내게 한 일들을 사실대로 모두 얘기하면 어머니도 할머니처럼 화를 낼 것 같았다. 어쩜 당장 따지고 싸우기 위해 아버지 집으로 달려갈지도 모른다고 여겼다. 그런 상황은 상상만 해도 끔찍했다. 나로 인해 어머니와 할머니가 다시 맞서 싸우고 외가와 친가가 맞붙어 싸우며 또다시 동네 사람들의 입방아에 오르내리는 건 정말 싫었다.

언니가 하늘에 떠가는 구름을 하염없이 바라보며 서 있었다. 어머니가 낳은 남동생을 업은 뒷모습이 한없이 외로워 보였다. 언니는 왜 오랜만에 만난 어머니 곁으로 가지 않는 것일까 생각하니 언니가 몹시 가여웠다.

"언니! 엄마한테 안 가?"

"난 할 말도 없는걸. 너나 실컷 해."

평소에 활발하던 언니의 모습이 아니었다. 어머니를 만났는데도 만나지 않았을 때 보다 더 우울한 거 같았다. 마음 내키지 않는 걸음을 한 때문일까, 어찌 보면 언니가 싫다고 하지 않고 나와 함께 어머니에게 온 것이 별일이었다.

나는 어머니에게 가까이 가지도 못하는 언니를 보면서 어머니와 우리 사이를 엉망으로 갈라놓은 할머니가 또다시 원망스러웠다. 어머니를 닮았다고 할머니한테 매 맞으며 지냈던 나보다도 어머니의 정을 모르는 언니가 더 가엽게 느껴졌다.

어머니가 우리를 위해 차린 밥상은 소박했지만 정성이 담겨 있었다. 내가 좋아하는 열무 솎음으로 끓인 된장국과 갈치조림, 그리고 언니가 좋아하는 애호박에 새우젓을 넣고 볶은 호박볶음이 있었다.

어머니는 김치를 찢어서 어머니랑 살던 때처럼 내 밥숟가락에 올려 주었다. 언니의 숟가락에도 올려 주었다. 갈치도 먹기 쉽게 살을 발라 주었다. 우리는 말 없이 어머니가 주는 반찬을 아기처럼 받아먹었다.

어머니의 집에서 사흘을 머무는 동안 우리는 따뜻한 대접을 받았다. 어머니의 새 남편 되는 아저씨도 좋은 인상을 주었다. 아버지처럼 공부를 낳이 한 것 같지도 않고 키가 훤칠하고 잘생긴 외모는 아니었지만, 성격이 무던해 보였다. 참으로 다행스러운 일이라고 생각되었다. 첫날 아기에게서 느꼈던 불편한 감정도 많이 누그러졌다. 우리는 예쁜 원피스와 신발, 책가방과 문구 등, 어머니가 챙겨 주는 선물을 가지고 집으로 돌아왔다. 아저씨는 몇 번이나 자주 오라는 말을 했다.

우리가 아버지 집으로 돌아오자 할머니는 어머니에 대해 꼬치꼬치 캐물었다. 그러고는 잘 산다는 말에 다시 속이 뒤틀리는지 얼굴을 찡그리고는 공연히 장죽으로 재떨이를 두들겼다.

"아들을 낳았든감?"

할머니는 구겨진 표정과는 달리 궁금증을 못 참겠는지 다시 물었다.

"네."

우리는 그저 묻는 말에만 합창하듯 대답했다.

"그것 닮어서 실허기는 헐 겨."

비로소 할머니가 옳은 말을 한마디 했다. 그리고 뭔지 모를 찜찜한 표정을 지으며 입맛을 다셨다.

사실이 그랬다. 내 눈에도 계모가 낳은 남동생보다 어머니가 낳은 남동생이 이목구비가 또렷하고 팔다리가 기름한 게 더 실하고 잘 생겨 보였다. 계모가 낳은 남동생은 아버지보다는 체격이 왜소한 계모의 친정 쪽을 닮은 편이어서 골격이 잔작했다. 게다가 자주 병치레를 해서 자주 어른들의 애를 태우곤 했다.

3

나는 어머니를 만나고 돌아온 뒤로 아무 일도 없었던 것처럼 지

내려고 노력했다. 그토록 기다렸던 어머니를 만났지만, 막상 만나고 보니 그렇게 속이 후련할 만큼 좋은 게 없었다. 어머니는 이제 나만을 생각하며 기다리고 있지 않다는 걸 마음에 새겨야 했다. 따라서 어머니는 다른 남자의 아내로서, 성이 다른 아기의 엄마로서 살아야 한다는 생각이 들었다.

나는 전보다도 더 쓸쓸하고 허전했다. 전에는 비록 어머니를 만나지 못했어도 손을 뻗으면 닿을 것같이 가까운 거리에서 나를 지켜보고 있는 것 같았다. 그러나 이제 아무리 손을 뻗어도 닿지 않을 만큼 멀게 느껴졌다. 계모가 낳은 남동생 때문에 가족이 찢어진 것처럼 이젠 성이 다른 남동생에게 어머니마저 빼앗긴 심정이 되었다. 그러니 등밖에 내주지 않는 계모와 크게 다를 게 없어 보였다.

내 가슴 속의 돌덩이는 더 커진 거 같이 내 마음을 무겁게 짓눌렀다. 나는 그것이 나와 생을 함께 할 운명체라는 걸 짐작할 수 있었다.

그런 내 마음속 변화를 알 리 없는, 알아도 상관할 리 없는 할머니는 내가 어머니를 만나고 온 지 며칠 지나지 않아 속셈을 드러냈다.

"넌 니 에미한테 당장 가거라! 니 에미가 우리 재산으로 호의호식하며 잘 사니께 너도 가서 니 에미랑 살란 말여! 우리는 니 양육비까지 주었단 말여."

조급해진 할머니는 더는 못 참겠다는 듯 또다시 차비를 내 앞으로 집어 던졌다. 할머니의 전에 없던 친절이 나를 어머니에게 보내려는 계책이었던 셈이다.

계모는 할머니의 역정에도 말없이 재봉틀만 돌리고 있었다. 나는 계모에게 한참 동안 눈길을 주었다. 무슨 말이라도 해서 할머니를 말려 주기를 간절히 바랐던 것이다. 그러나 계모는 간절한 내 마음을 일부러 모르는 체하는 것인지, 아니면 정말 바느질에 몰두하고 있어서 이 상황을 감지하지 못하는 것인지, 그림처럼 앉아만 있었다. 아무리 바느질에 온 신경을 집중한다고 바로 옆에서 일어나고 있는 이 황당한 일을 모를까 싶어 나는 고개를 갸웃했다.

할머니는 원래부터 나를 어머니에게 떼어주고 싶었던 사람이니까 그렇다 쳐도 계모는 무슨 꿍꿍이속인지 도무지 알 수가 없었다. 분명 어머니를 만나게 해주자고 먼저 제안한 사람은 자신이라고 밝혔었다.

나는 계모의 말에 내심 감사하는 마음을 가지고 있었다. 그런데 그 제안을 한 의도가 처음부터 이런 결과를 은근히 염두에 둔 건 아니었나 의구심이 들었다. 그것이 등의 온기가 주는 한계인 것만 같아 나는 적이 실망스러웠다.

"당장 가지 못할까! 그리구 다시는 이곳에 얼씬하지 말란 말여! 니 책가방이랑 옷가지는 챙겨 갖고 가거라."

장죽으로 방바닥을 또다시 탁 내려쳤다. 할머니와 조금 떨어져 죄인처럼 무릎을 꿇고 고개를 숙이고 있던 나는 그만 소스라쳐 놀랐다.

4학년 여름, 겨우 열 살인 나는 정말 죽고 싶었다. 머릿속으로 온 갖 상상을 다 했다. 버스에 뛰어들면 죽을 수 있을까? 아니면 강물에 빠져버릴까?

그 동네에서는 강물에 빠져 죽는 사람이 종종 있었다. 실연의 괴로움을 견디지 못해 자살한 아가씨도 있었고, 수영하다 익사한 학생도 있었다. 실제로 물에서 막 건져 내놓은 시신을 보기도 했었다. 강가에 있는 바윗돌 위에서 장난치다 실족사한 일곱 살짜리 남자아이였다. 잠을 자는 듯한 모습이었는데도 죽음 그 자체로 너무 충격이어서 절대로 물에 빠져 죽으면 안 되겠다는 생각을 했었다.

나는 할머니의 서슬 퍼런 호통이 무서워서 책가방에 교과서와 아버지가 사준 '울보대장'을 넣었다. 그리고 어머니가 지난번에 사준 원피스를 챙겼다.

계모는 끝까지 나를 잡지 않았을 뿐만 아니라 할머니를 말리지도 않았다. 내게 등을 내준 계모의 마음속 진심을 짐작할 수 없었다. 애초에 전적으로 믿고 의지했던 건 아니었지만 표리부동한 사람으로 보여서 뜨악한 심정으로 바라보았다.

인사도 하지 않고 큰길로 나오다 현관 문틈으로 살짝 진찰실을 들여다보았다. 아버지의 모습은 보이지 않았다. 약제실 쪽에도 없었다.

어머니가 사는 H읍으로 가는 버스는 참 빨리 왔다. 버스가 출발할 때 왈칵 쏟아지는 눈물을 훔치며 차창 밖으로 아버지의 모습을 찾아 이리저리 시선을 보냈다. 아버지는 모르고 있는 게 분명했다. 아버지가 '너는 울보대장이잖니?' 하고 놀리듯 말하던 모습이 불쑥 떠올랐다. 그 순간 아버지가 몹시 그리웠다. 하지만 아버지에 대한 기대감은 부정적이었다. 내가 영영 돌아오지 못한다고 해도 아버지는 결국 바로잡지 못할 거라고 여겼다.

며칠 만에 다시 찾아온 나를 본 어머니는 의아한 눈초리로 캐물었다.

"그냥 엄마한테 오고 싶어서 왔어요."

나는 할머니한테 쫓겨났다는 말은 하고 싶지 않았다. 그 사실이 너무 슬프고 자존심이 상해서 절대로 하지 않을 작정이었다. 어머니와 살고 싶은 생각도 없었다.

"그러어?"

어머니는 납득이 안 가는지 끈질기게 내 의중을 살폈다. 하지만 나는 아무 말도 하지 않았다. 뒤꼍으로 나와 텃밭 앞에 쪼그리고 앉았다. 전처럼 울지는 않았다. 아버지가 사준 울보대장을 읽은 뒤로 울지 않으려고 노력했던 효과가 이제야 나오나 싶었다.

이튿날이 개학 날이었지만 걱정하지 않았다. 어차피 나는 개근을 해 본 적이 없었다. 입학한 초기에는 할머니에게 매 맞거나 어머니를 기다리다가 상심하여 앓느라 결석하는 일이 종종 있었다. 그 뒤에도 자면서 엄마를 애타게 부르다 흐느껴 우는 일이 있고 난 다음이면 체하거나 감기몸살로 자주 결석하게 되었다.

나는 으레 꿈을 꾸고 있는데 계모와 아버지는 놀라 실제로 서럽게 우는 나를 깨우곤 했다. 그런 다음이면 체하거나 열이 나고 아팠다. 그러다 보니 학교에 며칠 결석하는 건 아무렇지 않은 일로 여겨졌다.

"너 여기서 엄마랑 아저씨랑 살래?"

사나흘이 지났을 때 아저씨가 뜻밖의 제안을 했다.

"네, 네?"

나는 그 말을 듣는 순간 놀라서 대답인지 물음인지 모를 반응을 보였다.

"그게 뭐 그리 놀랄 말이라고. 당장 대답 안 해도 되니까 천천히 생각해봐."

아저씨는 바쁜 일이 있다면서 서둘러 나갔다. 분명 어머니가 무슨 눈치를 챈 모양이었고 아저씨와 의논한 게 틀림없다고 추측되었다. 그러나 어머니도 더 이상은 캐묻지 않았고 나도 사실을 실토하지 않았다.

비록 어머니와 살지는 않더라도 아저씨가 고마웠다. 하지만 아무리 고마워도 아저씨를 아버지라고 부르기는 싫었다. 앞서 언급했듯이 편파적이고 이기적인 마음이라고 해도 어쩔 수 없는 일이었다. 어쩌다 솜털이 보송한 앳된 여자를 엄마라고 부르기는 해도 아버지마저 바뀌는 건 싫었다. 아니 또 다른 아버지를 인정하고 싶지 않았다. 아버지는 할머니의 부당한 처사를 바로잡지 못한 나약한 효자일 뿐이었지만 아버지 곁을 떠나고 싶지 않았다.

"엄마, 왜 나 보러 오지 않았어요?"

전에 만났을 때 하지 못한 말을 물었다.

"난 너를 보러 여러 번 갔었어. 그런데 느이 할머니가 만나는 걸 허락하지 않았어. 너무 보고 싶어서 찾아가면 누군가 미리 알려주는지, 어떻게 그리 귀신같이 알고는 나와서 안으로 들어가지 못하게 가로막는 겨. 니가 맘을 못 잡는다고. 한 번은 옷만 전해 달라고 맡겨놓았는데 찾아갔다고 하더라. 두 번째는 도로 돌려주라고 하면서 가져가지 않았다고 해서 찾아오고 말았어. 몇 번은 너 몰래 학교 근처에 숨어서 니가 학교에서 나오는 걸 먼발치서 봤어. 까치내로 이사 가기 전까지."

어머니도 목이 메는지 잠시 침묵하다가 심호흡을 한 번 하고 나서 말했다.

"네."

나는 그 말만 하고 고개를 푹 숙였다. 눈물이 주르르 흘러내렸다. 그랬구나. 어머니가 왔다 가는 줄도 모르고 멍청하게 기다리기만 했다고 생각하니 어머니와 나 사이를 철저하게 갈라놓은 할머니가 다시 원망스러웠다. 하지만 어머니가 나를 잊은 게 아니었다는 걸 확인한 것으로 위안 삼을 수밖에 없었다.

나는 어머니가 맡겨놓고 간 원피스와 운동화를 언니에게 주었다는 말은 하지 않았다. 애초에 어머니가 두 벌을 사 왔더라면 그런 일은 없었을 거니까. 나는 언니에게 옷을 빼앗긴 것 때문에 서운하지도 않았지만, 편애하는 할머니처럼 똑같은 자식인데 내 옷만 사 온 어머니에게도 잘못이 있다고 생각되었다.

집으로 돌아오려는데 어머니가 반가운 제안을 했다.

"외할머니 잠깐 뵙고 갈라남?"

어머니의 눈이 반짝 빛났다.

"네!"

내 목소리가 마치 학교 선생님께 대답할 때처럼 크고 분명했다. 깊이 생각할 필요가 없었다. 외할머니와 소꿉친구 홍이를 만날 수 있다는 생각에 기쁨으로 가슴이 뛰었다. 그러잖아도 나루터에서 외할머니가 나를 붙잡고 통곡하던 모습이 머릿속에서 내내 떠나지 않던 참이었다. 나루터에서 도망쳤던 일로 계속 미안한 마음이 들었던 것이다.

그러고 보니 어머니는 그동안 두 번째로 나를 만나면서도 그때 왜 도망갔냐고 묻지 않았다. 왜일까 궁금했지만 나도 그것에 대해서는 말을 꺼내지 않았다. 원망하는 게 당연하다고 여겼거나 나름 대로 그날의 행동을 해석하고 이해한 모양이었다.

이튿날 아침 일찍 나는 아저씨의 자전거 뒤에 타고 외갓집을 향해 달렸다. 어머니가 사는 곳에서 외갓집까지의 거리가 우리 동네에서보다 훨씬 가까웠다.

"꼭 붙들어라. 길이 좋지 않아서 잘못하면 네 몸이 날아갈지도 모른다."

나는 두 손으로 아저씨의 양쪽 옆구리쯤의 혁대를 움켜잡았다. 아저씨는 뭐가 그리 신이 나는지 휘파람을 불며 힘차게 페달을 밟았다.

외갓집으로 가는 길은 시냇가를 따라 이어졌다. 자전거가 울퉁불

퉁한 자갈을 뛰어넘을 적마다 내 엉덩이가 자전거에서 붕 떠올랐다
가 털썩 내려앉기를 반복했다. 내가 입은 원피스 자락도 풍선처럼
부풀어 올랐다가 꺼졌다. 그럴 때마다 엉덩이가 아팠고 몸이 떨어
질 것처럼 불안했다. 하지만 아저씨의 가죽 혁대를 힘주어 꽉 잡고
있어서 떨어지지는 않았다.

시냇물 흐르는 소리가 노랫소리처럼 즐겁게 들려왔다. 그렇게 얼
마 동안 달리자, 눈에 익은 기억 속의 장터가 나왔고, 곧 산모롱이
를 돌았다. 어머니와 외갓집을 떠나오던 날 함께 걸었던 산모롱이
길이었고, 장터는 그날처럼 활기차 보였다.

방앗간을 지나 산 밑에 나란히 있는 집 두 채가 눈에 들어왔다.
아랫집이 바로 외갓집이었고 윗집은 소꿉친구 홍이네 집이었다.

'혹시 홍이가 나를 보고 있을까?'

내가 오는 걸 홍이가 알 리 없으련만 터무니없는 상상을 하면서
웃었다.

"이게 누구여?"

달려오는 자전거를 보고 맨발로 대문까지 달려 나온 사람은 외할
머니였다.

"설마 했는데 역시 내 새끼였구만. 멀리서도 한눈에 알아보았
다니께."

외할머니는 이번에도 눈물을 훔쳤다.

"이따가 저녁때 장이 파하면 데리러 오마."

아저씨는 나를 내려놓고 곧바로 자전거를 돌려 온 길을 다시 달려갔다. 아까 보았던 이웃 동네의 장터에 가서 농민으로부터 사들인 쌀을 도시에서 내려온 소매상들에게 되팔기 위해서였다.

홍이 할머니는 내가 온 걸 용케 알아채고 고샅길을 달려 내려왔다. 홍이가 언제나 내게로 달려오던 하나뿐인 길이었다. 홍이네 집 뒤로는 사람이 살지 않았고, 산으로 둘러싸여 있어서 갈 길은 산으로 오르는 길뿐이었다.

"방아코, 아니 은채가 왔어? 몰라보게 많이 컸네. 엄마 닮어서 이쁘구먼."

홍이 할머니도 나를 보더니 반가워하면서 눈가에 눈물이 맺혔다.

외할머니는 내게 미숫가루를 만들어 준다고 서둘러 보리를 볶았다. 홍이 할머니도 보리 볶는 외할머니를 도와 아궁이에 불을 땠다. 금방 볶은 보리는 키에 널어놓아 뜨거운 열을 식혔다.

나는 외할머니 곁에서 배가 하얗게 툭툭 터지며 볶아진 보리를 한 줌씩 손으로 쥐어 먹었다. 오도독 씹을 때마다 고소한 맛이 입안 가득 퍼졌다. 이런 소소한 행동도 친할머니 앞에서는 마음 놓고 하지 못했다는 걸 생각하자 나는 외할머니 곁이 한층 더 편안하게 느껴졌다. 이곳은 내가 마음껏 고집부리고 울며 떼쓰고 뛰놀 수 있었던 곳이었디. 나는 고집이 세기로 유명했었다. 내가 한 번 고집을 부리면 아무도 꺾지 못하고 절절매곤 했다.

"니 언니도 잘 있남? 함께 왔으면 좋았을 걸."

외할머니가 언니의 안부를 물었다.

"네, 잘 있어요."

외할머니는 내가 왜 혼자 오게 되었는지 짐작하지 못하는 게 당연했다. 내가 친할머니에게 쫓겨났다는 걸 상상이나 할 수 있었겠는가. 나는 어머니에게 말하지 않았던 것처럼 외할머니에게도 사실을 말하지 않았다.

"느이 새엄마가 잘해 주구?"

외할머니도 어머니와 똑같은 질문을 했다.

"네. 잘해 줘요."

나는 어머니한테 한 대답을 되풀이했다.

"정말 고맙구나, 고마워. 그래도 너희들이 인덕이 있구나."

외할머니는 계모에게 진심으로 고마워하고 또 고마워했다. 내게 잘해 준다는 말에 그저 고마워서 당신 딸을 밀어내고 그 자리를 차지한 여자라는 사실은 까맣게 잊은 듯 간이나 쓸개라도 빼주고 싶은 거 같았다. 외할머니의 심정을 나는 이해할 수 있었다. 어머니의 일은 이미 돌이킬 수 없는 일, 이제 바라는 건 오직 우리가 아무 탈 없이 잘 크는 일뿐이었다.

"니 할머니도 잘해 주고?"

"네."

"그렇겠지, 아무리 니 에미가 미워도 손녀는 자기 핏줄이니께."

"……"

나는 이번에도 어머니에게 했던 대답을 그대로 했다. 어머니가 쫓겨날 적에도 그 억울함을 무던히 참았던 분인데, 사실대로 말하면 아무리 점잖은 외할머니라도 더는 참지 못하고 화를 내며 험한 말이 나오게 될지 몰랐다. 그건 정말 싫었다.

"다행이군, 정말 다행이여."

외할머니는 마음이 놓이는지 만족스러운 표정을 지으며 볶은 보리를 맷돌에 갈아 미숫가루를 만들었다.

홍이 할머니가 돌아가고 점심때가 지나서 학교에서 돌아온 홍이가 내가 왔다는 말을 듣고 건너왔다. 어느새 키가 훌쩍 커진 홍이는 여섯 살 어린애의 모습을 벗고 제법 의젓한 학생이 되어 있었다.

나는 반가운 마음에 자리에서 벌떡 일어났다. 그러나 수줍은 홍이는 빙그레 미소만 지을 뿐, 아무 말도 하지 못하고 내 옆에 다가와 앉더니 키에 쌓인 볶은 보리만 만지작거렸다. 나 역시 반가운 마음과는 달리 전처럼 말이 쉽게 나오지 않았다. 우리는 이제 나이만큼 몸도 마음도 커져서 부끄러움도 타고 생각도 많았다.

한참을 내 옆에서 보리만 만지작거리던 홍이는 말 한마디 없이 그대로 일어섰다. 나는 서운한 마음이 들어서 홍이가 만지작거리던 볶은 보리를 뒤적거렸다. 그때 보리 속에서 꼼지락거리는 것이 있었다. 살아있는 매미 두 마리가 보리 속에 파묻혀 있었다.

"아아!"

나는 그가 놓고 간 매미 두 마리를 꺼내 들고 미소를 지었다. 숫기 없는 홍이가 준 선물이라는 걸 나는 단박에 알았다.

여섯 살 그때도 홍이는 내게 살아있는 것들을 주었다. 여름에는 시냇물에서 물고기를 잡아주고 가을에는 메뚜기를 잡아주었다. 가끔은 매미나 풍뎅이를 주기도 했었다. 그럴 때마다 내가 좋아했다는 걸 그 애는 기억하고 있었던 거 같았다.

나는 매미를 손에 들고 홍이를 뒤쫓아갔다.

"홍아, 매미 선물 고마워."

나는 매미를 양손에 한 마리씩 들고 살짝 흔들어 보였다. 홍이는 햇빛 속에서 수줍게 웃었다.

바로 앞에 어릴 적에 함께 놀았던 도랑에서 물 흐르는 소리가 노랫소리처럼 들렸다. 나는 그 소리에 끌려 먼저 도랑 가에 있는 바윗돌에 앉아 손짓하자 홍이도 옆에 와 걸터앉았다. 내가 운동화를 벗고 시원한 도랑물에 발을 담그자 홍이도 따라 했다.

홍이는 원래 그런 아이였다. 숫기가 없어서 말도 내가 더 많이 했고 놀이도 내가 앞장서서 하면 따라서 하곤 했었다.

센 물살이 발등을 간지럽히며 흘러갔다. 우리는 여섯 살 때처럼 마주 보고 웃었다. 외갓집을 떠나기 전까지 홍이와 재미있게 놀던 기억이 빠르게 뇌리를 스쳐 지나갔다. 눈만 뜨면 뒷산으로 시냇가로 해가 지는 줄 모르고 뛰어다녔다.

"넌 친구가 많아?"

나는 그것이 제일 궁금했다.

"아니, 별로 없어. 난 원래 말을 잘 못 하잖아."

"넌 어때?"

이번에는 홍이가 내게 물었다.

"나도 너 말고는 친구가 없어. 난 혼자서 상상하기도 하고 그림 그리는 것이 좋거든. 상상 속에서는 내가 무엇이든지 할 수 있어서 좋아. 너도 상상해 봤어?"

"무슨 상상?"

"무엇이든지 니가 하고 싶은 거."

"난 할머니가 오래 살고 할머니 소원을 내가 이루어 드릴 수 있었으면 좋겠어."

"할머니 소원이 뭔데?"

"내가 훌륭한 사람이 되는 거래."

"그럼 니가 훌륭한 사람이 되는 상상을 하는 거야. 그러면 언젠가 이루어질 거야."

홍이는 내 말을 듣더니 고개를 끄덕였다. 그래, 상상을 해야 해. 나는 홍이에게 그 말을 하고 나서 스스로 대단한 말을 하기라도 한 듯이 마음이 뿌듯해졌다. 비록 지금은 친할머니에게 쫓겨난 처지이지만 자꾸 상상하면 언젠가 내가 원하는 대로 되리라는 희망이 생기는 거 같았다. 할머니가 다시는 나를 함부로 대하지 못하게 되는 거. 시간이 많지 않았다. 늦기 전에 아버지 집으로 돌아가야 한다는 생각이 들었다.

"다음에 우리 꼭 다시 만나자."

내가 다시 용기를 내서 말했다.

"그래, 또 만나!"

"약속하는 거지? 꼭!"

내가 새끼손가락을 내밀었다. 그러자 홍이도 새끼손가락을 내밀
어 약속했다.

"응, 약속할게."

내 다짐에 홍이도 더 큰 소리로 분명하게 대답했다.

어느덧 돌아갈 시간이 되었다. 아저씨가 신작로를 달려오는 걸
보고 내가 서둘러 떠날 준비를 하자 할머니는 서운한 마음에 또다
시 눈자위를 적셨다. 그리고 미숫가루를 싸주며 갖고 가서 언니와
함께 먹으라고 했다.

나는 외할머니와 하룻밤도 함께 보내지 못하고 곧바로 돌아와야
하는 게 서운했지만, 아버지의 집으로 빨리 돌아가고 싶은 생각에
마음이 급했다. 그때까지 손에 잡고 있던 매미 두 마리를 어떻게 할
지 몰라 망설이다가 감나무를 향해 날려 보냈다. 내가 가지고 가면
곧 죽을 것 같았다. 홍이가 준 매미 선물은 영원히 내 마음속에 남
아 있을 것이라 믿었다.

내가 떠나려고 대문을 나서자, 홍이가 여섯 살 때 마냥 자기 집으
로 올라가는 고샅길에 서서 나를 배웅해 주었다. 그의 얼굴에 섭섭

한 마음이 어려있었다.

나는 아저씨의 자전거 뒤에 탄 채 홍이와 외할머니를 향해 어렸을 적 그때처럼 손을 흔들었다. 홍이도 내가 탄 자전거가 산모롱이로 사라질 때까지 그 자리에 서서 손을 흔들어 주었다.

외할머니를 만나고 온 다음 날 나는 아버지에게로 돌아왔다. 할머니에게 쫓겨나 어머니에게 간 지 육일 만이었다. 나는 마치 친구 집에 놀러 갔다 온 것처럼 살금살금 윗방으로 걸어 들어갔다.

계모는 보통 때와 다름없이 재봉들을 돌리고 할머니는 여전히 장죽을 빨며 민채를 돌보고 있었다. 참 이상한 일이었다. 할머니가 나를 보고도 아무 말이 없었다. 나를 쫓아낼 때의 험악했던 분위기로 봐서는 왜 돌아왔냐고 야단을 쳐야 정상인데 어찌 된 일인지 수긍이 안 가는 일이었다. 아무도 나의 귀가를 의아하게 여기지 않았다. 마치 잠깐 외출했다가 돌아온 것처럼 당연한 일로 받아들이는 거 같았다. 아버지와 할머니 사이에 나를 두고 무슨 말이 있었을 거라고 짐작이 가는 대목이었다.

혹시 내 상상이 통한 것일까, 아버지가 '은채는 제 자식입니다. 제 자식은 제가 책임지겠습니다. 앞으로는 그 애를 함부로 대하지 마세요!'라고 확실하게 쐐기를 박은 건 아닐까? 나는 나름 추측해 보았다. 아버지가 아무리 할머니 앞이라도 단호하고 확실하게 주장한다면 앞으로 이런 일은 다시 없을 거라고 생각되었다. 제발 할머니 앞에서 할 말은 하는 거, 그것이 내가 아버지에게 바라는 바였다. 그래서 할머니가 하루라도 빨리 이빨 빠진 호랑이가 되기를 간절히 바랐다.

"밥은 먹었니?"

계모가 아무 일도 없었다는 듯이 물었을 뿐이었다. 하여튼 속을 알 수 없는 사람이었다. 어쨌든 분위기로 보아 전과 다른 확실한 무엇이 있지 않았을까 싶었다. 이것으로 나를 안 보려는 할머니의 획책은 허사로 끝나고 말았다.

앞으로는 아무리 내가 눈엣가시라도 아버지에게서 떼어내려는 쓸데없는 일을 꾸미지는 않으리라, 할머니가 아니라 돌아가신 할아버지가 뭐라고 해도 나는 아버지에게 꼭 붙어 있으리라, 생각하니 나는 할머니가 더는 두렵지 않았고 미워할 필요도 없다는 생각이 들었다. 이 일로 나는 상처를 받았지만, 한편으로는 마음이 전보다 더 단단해진 거 같았다.

4

나는 어머니를 두 차례 만나고 온 뒤로 많이 밝아졌다. 머릿속에서 어머니를 지운 건 아니었지만 어머니는 어머니대로 나는 나대로 각자의 인생을 살아야 한다는 생각을 하게 되었다. 그렇게 생각이 정리된 때문인지 학교에 가면 선생님의 설명을 집중해서 들을 수 있었다.

하지만 나의 긍정적인 변화와는 다르게 집안에는 이상한 기운이 감돌기 시작했다. 할머니와 계모는 자주 머리를 맞대고 앉아 한숨을 쉬며 우리가 들을세라 작은 소리로 소곤소곤 얘기를 나누곤 했다.

아버지는 종일 환자가 없어도 진찰실에 혼자 들어앉아 나오지 않았다. 그 모습이 특별한 건 아니었다. 늘 그렇게 지냈으니까 특별히 이상할 건 없었는데 집안 분위기가 침울하게 가라앉아 있었다.

가끔 계모가 진찰실로 들어가 아버지와 심각하게 얘기하는 것 같았고, 할머니도 아버지에게 한숨지으며 뭔가 매달려 애걸하는 듯한 소리가 새어 나오곤 했다. 어떤 때는 어린아이를 야단치듯 나무라는 소리도 들렸다. 할머니가 아버지를 나무라는 건 이제까지 볼 수 없었기에 상상이 안 가는 일이었다. 진찰실에서 아버지와 계모가 실랑이를 벌이기도 했다. 그 모든 움직임은 어린 우리들이 모르게 숨기려는 듯 은밀하게 느껴졌다. 하지만 어른들이 숨긴다고 우리가 모를 리 없었다.

"은채야, 아버지가 아편 중독이래."

언니가 다락방에서 내 귀에 대고 작은 소리로 말했다.

"아편 중독? 아버지가?"

나는 너무나 놀라서 소리쳤다.

"조용히 해!"

언니가 재빨리 손으로 내 입을 틀어막았다.

아편에 손을 대면 자신의 인생뿐만 아니라 집안을 송두리째 망친다는 얘기를 나는 이미 들어 알고 있었다. 저수지 건너편에 사는 집안 할아버지뻘 되는 분이 아편을 가까이하다가 그예 재산을 다 말아먹고 폐인이 되어 죽었다고 했다. 아버지는 선산을 그 할아버지로부터 사들였다. 아버지가 그런 약물에 손을 대다니 기가 막혀서

까무러칠 노릇이었다.

"아버지가 어떻게 그런 사람이 돼?"

나는 믿고 싶지 않았다. 세상 사람들이 다 마약에 중독되어도 아버지는 그럴 수 없다고 여겼다. 할머니가 살아있는 한, 어머니를 버리면서까지 순종한 아버지는 절대로 할머니의 마음을 아프게 할 수 없었다. 결단코 그래서는 안 되는 사람이었다.

"엄마와 이혼하고 나서 너무 괴로워서 아편 주사를 맞았대. 너 아버지하고 엄마하고 서로 싫어서 헤어졌다고 생각하니? 절대로 그런 거 아녀. 엄마하고 아버지 사이는 좋았대. 할머니가 중간에서 억지로 떼어놓았대."

어머니와 아버지가 왜 그렇게 헤어졌는지는 나도 알고 있는 바였다. 언니의 말은 아버지가 어머니를 버린 죄책감에 괴로워하다가 아편에 손을 대게 되었다는 말이었다. 그렇다면 아버지가 아편에 손을 대기 시작한 건 최근의 일이 아니라는 얘기였다.

아버지의 양쪽 팔에는 수 없는 주삿바늘 자국이 나 있다고 했다. 나는 믿을 수 없어서 그 주삿바늘 자국을 확인하고 싶었지만, 아버지는 한여름에도 소매가 긴 와이셔츠만 입고 지냈기 때문에 직접 눈으로 확인할 수는 없었다.

그 얘기는 곧 사실로 드러났다. 아버지의 중독 상태는 심해서 이미 스스로는 자제하지 못하는 지경이었다. 주사를 맞지 않고는 하루도 견디지 못했다.

어느 날 언니가 아버지의 심부름으로 약을 사 왔다고 내게 은밀하게 말했는데 얼마 안 되어 내게도 그런 날이 왔다.

가족들이 모두 알게 되자 마침내 염치고 뭐고 없어진 아버지는 뻔뻔스럽게 대놓고 언니와 내게 번갈아 주사약을 사 오게 시켰다. 그 사실은 가족들 간에는 공공연한 비밀이 되었다. 누가 시키지 않았어도 절대 밖으로 새나가서는 안 되는 가족만의 비밀이라는 것은 말할 필요조차 없었다.

주사약 심부름을 하게 되면서 활발하기만 하고 철딱서니 없던 언니도 뭔가 생각에 잠긴 듯 시무룩해졌다. 가장인 아버지의 일탈이 가져온 불행의 그림자는 갈수록 짙어졌다.

계모는 아버지가 주사를 맞지 못하게 막아보려고 날마다 아버지의 행동을 주시하고 있다가 수상쩍은 눈치가 보이면 진찰실에 기습적으로 들어가 실랑이를 벌이곤 했다.

할머니는 손으로 가슴과 방바닥을 번갈아 치며 절규했다. 40에 낳은 삼 대 독자가 아편 때문에 패가망신하는 걸 두 눈으로 지켜보아야 하는 할머니의 심정은 죽음보다도 독한 괴로움으로 보였다.

"애비야, 어쩌려고 이러는 겨? 이 에미가 죽는 꼴을 보려고 그러는 거여? 차라리 이 꼴 저 꼴 안 보게 내가 빨리 죽어야 혀. 패가망신하는 꼴을 보느니 내가 어서 죽어야 혀."

애간장이 다 타는 듯했다. 곧 피를 토하고 쓰러질 것 같은 처절한 울부짖음이었다. 집안은 일시에 모든 희망이 날아가 버리고 캄캄한 절망으로 뒤덮인 거 같았다.

"가서 이 종이쪽지를 주면 된다."

아버지는 내 손에 주사약 이름이 적힌 작은 메모지를 쥐어 주었다. 나는 거역하지 못해 종이쪽지를 받아들고 약국을 향해 걸었다.

내 마음은 근심으로 가득 차서 세상이 온통 회색빛으로 보였다. 입을 꽉 다문 채 고개를 숙이고 힘겹게 발을 옮겼다. 약국은 먼 것 같다가도 어느새 눈앞에 다가오곤 했다. 천천히 걸으려고 하면 할수록 불쑥 나타나는 게 그 약국이었다. 내게 약국은 그 약만큼이나 두렵다 못해 무서워서 근접하기 싫은 곳이었다.

약사는 봉투에 작은 약상자를 넣어 내게 건네주었다. 심부름은 은밀했고 누구도 어린 소녀의 손에 마약 주사가 들려 있으리라고는 상상할 수 없었을 것이다.

나는 다시 웃음을 잃은 아이가 되어 갔다. 내가 홍이에게 스스로 말했던 대로 아무리 좋은 상상을 하려고 해도 되지 않았다. 어머니와 헤어지고 아버지마저 휘청거리는 모습을 보는 건 말로 다 표현할 수 없는 괴로움이었다. 그때까지 내가 겪었던 어떤 고통도 이것보다는 가벼웠다는 생각이 들었다. 어머니와 헤어졌을 적에도 이렇게까지 막막하지는 않았다. 할머니에게 학대받던 때도 이렇게 절망적이지는 않았다.

아버지가 폐인이 되는 건 아버지 한 사람만의 문제가 아니었다. 가족 모두가 벼랑 끝에 서 있는 거 같았고, 한꺼번에 늪에 빠져 허우적거리는 거 같기도 했다.

누구에게 하소연할 길도 없었다. 날아다니는 새에게도 땅속으로 기어 다니는 두더지에게도 말할 수 없었다. 남이 알게 될까 봐 두려워서 쉬쉬할 뿐이었다. 스스로 부끄러워서 세상을 향해 얼굴을 들 수 없었다.

첫걸음이 어렵지 그 심부름도 일상이 되자 기계처럼 왕복하게 되었다. 주사약 이름을 알 필요도 없었고, 소리 내어 말할 필요도 없이 걸어갔다가 걸어오기만 하면 되는 일이었다. 다녀온 뒤에도 말 없이 아버지의 책상에 올려놓고 나왔다.

그러나 내 가슴은 매번 찢어지는 듯 고통스러웠다. 아버지는 내 고통을 상상해 보기나 했을까, 나를 감정이 없는 로봇 정도로 생각했거나, 어려서 아무것도 모른다고 여겼을지도 모른다. 어린 자식이 느끼는 그 고통을 짐작했다면 적어도 그런 심부름을 시키지는 않았을 것이다. 나는 그때, 겨우 열 살의 어린 나이에 절망이 무엇인지를 알았다.

아버지는 몇 번이나 약을 끊겠다고 할머니와 계모에게 약속하고 실천해 보려고 했지만, 그 굴레에서 벗어나지 못했다. 사흘을 못 넘기고 다시 약을 찾곤 했다.

"제발 한 번만 약을 줘. 이번 한 번만 맞고 다시 맞지 않을게."

아버지는 뻔한 거짓말을 밥 먹듯 했다. 그리고 한없이 나약하고 비굴하고 초췌한 모습으로 변해갔다.

나는 노래도 부르지 않았다. 마음속에 노래가 사라지고 없었다. 외가에 살 적에 동네 사람들 앞에서 노래 부르던 기억만 남았을 뿐 내 가슴에 남아 있던 흥들이 모두 달아나 버렸다. 세상에 재미있는 것이 하나도 없었다. 나는 웃지 않는 아이, 노래 부르지 않는 아이가 되었다.

약국에 가면 약사는 그런 나를 이상하게 여겼다.

"좀 웃어 봐라. 어린 애는 웃어야 한다."

내가 웃지 못하는 이유가 그 약 때문이라는 걸 그는 짐작이나 했을까? 나는 비틀거리는 아버지와 함께 효자라는 말조차 도리질을 칠만큼 싫었다. 아버지를 보면 옛날 옛적에 어머니의 병을 고치려고 자기 자식을 솥에 넣고 삶았다는 허무맹랑한 이야기가 떠오르곤 했다.

사람들은 왜 그리도 끔찍한 내용의 이야기를 효를 실천하는 덕행의 예로 제시했을까? 그 이야기는 분명 지나치게 맹목적이고 폭력적이고 절대적인 복종을 강요하는 측면이 있었다. 그럼에도 무조건 거스르지 않아야 효도라는 인식이 일반적이었다. 아버지가 아닌 것을 아니라고 하지 못한 것처럼.

5

가는 곳마다 세상이 바뀌었다고 사람들이 모여 웅성거렸다. 군사 정권이 들어서고 아이들은 만나는 사람마다 '재건합시다'라고 고개를 숙이며 외쳤다. 이렇게 집 밖에서는 무엇인가 새로운 움직임이 보이는데도 우리 집의 분위기는 침울하기만 했다. 그리고 고통 속에서 나는 육학년이 되었다. 언니는 중학교 3학년이었고, 명희 언니가 우리 집에 함께 살면서 읍내에 있는 여자중학교에 다니고 있었다. 민채도 초등학교에 입학했고 준희 아래로 남동생이 태어났다.

할머니는 아버지 때문에 근심하는 가운데서도 손자를 둘이나 보았으니 이제 죽어도 여한이 없다고 흐뭇해했다. 한 가지 불만은 준희가 민채보다 더 튼튼하고 먹성이 좋다는 거였다. 민채는 늘 허약하고 입이 짧아 몸에 좋다는 온갖 보약을 달고 살아도 병치레하느라 발육이 좋지 않았다. 그런 이유로 언니가 잘못하면 내가 야단맞았던 것처럼 민채가 잘못하면 준희가 야단을 맞았다.

"영채 매는 은채가 맞고 민채 매는 준희가 맞는다니께."

할머니의 편애가 은근히 거슬리는 계모는 은연중에 속마음을 내비치곤 했다. 할머니가 내게 했던 것처럼 준희를 심하게 때리지는 않았어도 영 틀린 말은 아니었다. 손버릇같이 톡 톡 한 대씩 때리곤 했으니까 준희를 낳은 계모의 입장으로 보면 눈에 거슬릴 만도 했다. 부모 사랑은 내리사랑이라고 민채가 아무리 귀한 아들이라도 계모는 어린 준희가 안쓰러울 건 당연한 일이었다.

할머니에게는 손주들이라고 다 같은 손주가 아니었다. 눈에 넣어도 아프지 않을 만큼 사랑스러운 손주와 그림자만 얼씬거려도 눈알이 절로 돌아가는 손주를 확실하게 구별해서 대했다. 승채가 태어났으니 언니는 세 번째로 밀렸다. 언니 다음에는 나인지 준희인지 확실치 않았지만, 얼핏 준희는 나보다도 뒤로 밀린 듯 보였다. 그러니 계모는 서운할 수밖에 없었다. 명희 언니는 서열이 분명치 않았으나 할머니가 함부로 대하지 못했다. 고모가 그 꼴을 가만히 두고볼 리 없기 때문이었다.

언니는 서열은 밀렸지만, 할머니에게 첫사랑이었다는 사실은 변함이 없어서 서열을 떠나 할머니의 마음이 알게 모르게 자신에게로 기운다는 걸 알고 있었다. 언니가 뭐든 떼를 쓰고 졸라대면 할머니는 못 이기는 척 넘어가 주었으니까.

　강변 마을로 이사 온 뒤로 계모의 친정 동네에선 바느질거리를 더 많이 맡겼다. 강변 마을은 오일장이 서는 곳이라 장에 오는 길에 맡기고 찾아가기가 수월해졌기 때문이었다. 입소문을 듣고 인근에 사는 사람들도 한 둘씩 바느질을 맡겨 왔다.

　이곳 사람들 대부분은 우리 집 사연을 모르는 사람들이었다. 그러나 가끔 눈치 빠른 사람들은 우리와 계모를 번갈아 보다가 아픈 데를 콕 찌르며 물었다.

　"아니, 몇 살에 난 딸들이 이렇게 크대유?"

　"배 안 아프고 난 딸이여유."

　말수도 적은 사람이 그 질문에는 절대로 침묵하지 않았다. 우리 또한 계모의 친딸이기를 바란 적이 없지만, 계모는 한 번도 눙치는 법 없이 기어이 눈 가리고 아옹 하는 식의 간지러운 대답으로 관계를 드러내곤 했다. 나는 학교 친구들이나 동네 사람들한테 계모라는 말을 한 번도 못 했는데, 계모는 우리가 친딸이 아니라는 말을 확실하게 해서 선을 그었다.

　나도 솔직하게 말하고 싶었다. '계모'라고. 만약 나도 계모 앞에서 친구들에게 '우리 계모야.'라고 소개했다면 계모의 입장은 어땠을까? 억울하게 쫓겨난 어머니를 생각하면 백 번, 천 번이라도 극장에서 영화 프로를 선전하듯이 마이크에 대고 소리치고 싶었다. 하지만 아버지와 살기 위해서 어쩔 수 없이 받아들인 자식들이라고 해도 스무 살 나이에 엄마 노릇이 결단코 쉽지 않았을 계모를 배려해 차마 그렇게 할 수는 없었다.

나도 아버지처럼 아닌 것을 아니라고 하지 못하는 걸까, 때로는 나 자신을 돌아보며 답답했다. 내 어머니는 분명 다른 사람인데 계모를 내 어머니라고 소개해야 하는 내 심정은 이루 말할 수 없이 이중적인 거 같고 바보인 거 같아 참담하게 느껴지곤 했다. 내가 한없이 비굴한 거짓투성이 인간인 거 같았다.

그럼에도 불구하고 나는 여전히 눈치 빠르게 계모를 도왔다. 도무지 나 자신도 알 수 없는 행동이었다. 남들은 혹시 억지로 그랬으리라고, 또는 가식이라고 여겼을지 몰라도 진심이 아니었던 적은 한 번도 없었다. 흔한 말로 미운 정 고운 정 다 들었다고 말할 수 있었다. 계모와 나 사이는 정말 아무 탈 없이 무난한 듯이 보였다.

언니는 늘 밖으로 돌며 아버지의 눈에 거슬리게 행동해서 중간에 낀 계모를 힘들게 했다. 아버지가 성화를 대도 여전히 쇠귀에 경 읽기였다. 그래서 아버지는 늘 그렇게 성화를 대도 쇠귀에 경 읽기라고 또 성화였다. 두 사람 사이에 낀 계모만 언제나 좌불안석坐不安席이었다. 언니는 키가 어느새 훌쩍 커서 어머니 아버지처럼 늘씬했다. 할머니는 그런 언니를 볼 때마다 키만 멀대같이 크고 속없다고 혀를 찼다.

명희 언니는 멀리 떨어진 읍내 학교에 걸어서 다니느라 일찍 나가고 늦게 들어왔다. 집에 와서도 공부 외에는 아무것도 하지 않았다. 자신이 먹은 밥그릇도 씻어 놓을 줄 몰랐다.

"지 사랑 지가 받는 겨."

계모는 언니와 나, 그리고 명희 언니를 비교하면서 이렇게 에둘러 표현했다. 본처를 내쫓는데 일조한 시누이의 딸인 명희 언니에게는 가뜩이나 힘든데 일거리를 보태주어도 함부로 불평하지 못했고, 전실 자식이지만 시어머니가 감싸는 언니 역시 눈엣가시라도 불만을 직설적으로 표시하지 못했다.

"내가 죽고 나면 저게 큰일이여. 작은 것은 눈치가 빨라 아무 걱정이 없는디, 큰 것은 선머슴 같아서 통 눈치코치가 없으니, 똥 친 막대기가 될 것인디, 어쩔 거여."

해소 천식으로 늘 기침과 가래가 심한 할머니는 장죽을 입에 물고 앉아 자주 죽음을 예견하는 듯이 언니의 앞날을 근심하곤 했다. 나는 할머니의 말을 들으며 언니의 앞날이 정말 그렇게 될까 봐 덩달아 걱정이 되었다.

6

나는 다시 공부에 집중할 수 없었다. 이제 엄마에 대한 그리움은 마약중독자가 된 아버지에 대한 근심에 묻혀 무덤덤해진 지 오래였다. 엄마를 그리워하는 게 사치일 정도로 현실이 너무 암담해서 마음의 여유가 없었다.

언니와 나는 계속 아버지의 주사약 심부름을 하고 있었다. 가까운 약국에는 주로 내가 다녔고, 언니는 동네 약국에 약이 떨어졌을 때, 읍내까지 약을 사러 가곤 했는데 가끔은 깜깜한 밤길을 걸어서 다녀오기도 했다. 그럴 때면 계모와 나는 밤길을 혼자 걷는 언니가 걱정스러워 함께 강변으로 나가 배다리 근처에서 기다리곤 했다.

나는 초등학교 육 년 동안 공부는 아예 손을 놓고 산 셈이었다. 절반은 엄마 생각에, 절반은 아버지 걱정으로 공부가 머리에 들어오지 않았다. 그럼에도 어떻게 된 일인지 명희 언니가 다니는 읍내의 여자중학교에 덜컥 합격하고 말았다. 축하는커녕 누구도 반기지 않는 합격 소식이었다.

할머니는 내가 중학교에 가는 걸 결사반대하고 나섰다. 계집애를 많이 가르쳐서 무엇에 쓰겠냐고, 공들여 봐야 시집 보내면 말짱 헛수고라고 주장했다. 하지만 언니가 중학교에 갈 적에는 한 마디도 반대하지 않았었다. 그랬던 걸 생각하면 할머니의 반대는 굳이 계집애라는 이유 때문만은 아닌 듯싶었다. 그동안 잠잠하던 할머니의 편애가 중학교 진학을 앞두고 다시 내 발목을 잡는다고 생각되었다. 어떡하든 내 인생에 딴지를 걸어보겠다는 의도로 보여 어린 마음에 상처가 되었다.

나는 비록 환경 때문에 공부에 집중하지는 못했지만, 높은 학교에 가야 한다고 한 어머니의 말을 마음에 담고 살았다. 그것이 어머니와 헤어질 수밖에 없었던 이유라고 생각했다. 어머니는 내가 높은 학교까지 공부하려면 경제력이 없는 어머니보다는 아버지와 살아야 가능하다고 판단했던 것이다.

그즈음 아버지는 버는 돈을 모두 마약 주사를 사느라 탕진하면서 한의원을 성실히 운영하지도 않아 먹고 사는 것마저 헐떡거리게 되었다. 계모가 삯바느질로 버는 돈은 생활에 아주 요긴한 수입이 되었다.

언니는 수업료를 제때 내지 못해 수업 시간 내내 복도로 쫓겨나서 있거나 교무실로 불려가 질타를 받는 일이 자주 있었다. 그러다가 집으로 쫓겨 오기도 했다.

이런 상황에서 할머니의 반대까지 겹쳤으니 내가 중학교에 들어가는 건 참으로 요원한 일이었다. 결국 중학교에 입학하지 못했다. 엎친 데 덮친 격으로 실로 암담하고 절망에 절망을 거듭하는 시간을 보낼 수밖에 없었다.

고모는 기훈 오빠를 데리고 우리 집으로 들어왔다. 기훈 오빠는 나보다 한 살이 위이기는 해도 달 수로 치면 겨우 여섯 달 먼저 태어나 오빠가 된 셈이었다.

우리 집은 어른 넷에 아이들 일곱으로 열한 식구가 식사 때마다 복작거렸다. 많은 식구의 식사 준비와 빨래를 해 대는 사람은 계모였다. 고모는 자기 자식들의 학비를 번다고 봇짐을 머리에 이고 며칠씩 이 동네 저 동네를 떠돌다 들어오곤 했다.

나는 이제 계모의 등 뒤에서 자지 않고 두 언니와 함께 복도 끝에 있는 작은 방을 쓰게 되었다. 기훈 오빠는 건넌방을 쓰고 일주일에 이삼 일 정도 집에 들어와 묵는 고모는 안방에서 할머니와 함께 생활했다.

고모는 어려운 중에도 자식에 대한 교육열이 높았다. 기훈 오빠가 읍내 중학교에 합격하자 대학 교육까지의 청사진을 그려 놓고 있었다. 읍내의 중학교에 다닌 다음, 도청이 있는 D시의 고등학교를 나오고 서울대학교에 들어간다는 계획이었다.

자신이 동생 가족에게 무슨 일을 저질렀는지는 전혀 자각이 없었다. 하나뿐인 동생이 왜 방황하는지 조카딸인 내가 왜 중학교에 진학하지 못하는지는 관심이 없었다. 자기 자식들 외에는 보이는 게 없는 모양인지 한 조각 의구심도 보이지 않았다. 우리 집으로 들어와 세 식구 숙식을 공짜로 해결하면서도 눈앞에 빤히 보이는 파멸되기 직전의 우리 가족에 대해서는 눈을 감았다.

물론 고모는 혼자서 자식 둘을 공부시켜야 하는 절박한 문제를 해결하는 것이 우선이라는 걸 우리가 이해 못 하는 바는 아니었다.

"세 식구 파먹는 밥값이라도 내 놓으란 말여. 민채 에미 보기
미안하지도 않냔 말여."

할머니는 밥값 타령만 고모에게 늘어놓으며 아버지와 계모의 눈치를 살폈다. 하지만 악착을 떠는 고모가 그런 말에 눈 하나 깜짝할 사람이 아니었다. 고모는 장사한다며 나가 며칠씩 이곳저곳 돌아다니다 들어왔다.

"그럼 내 돈 내놓으라고 하세유! 내 돈을 달라고유! 나갈 테니
까."

하루는 고모가 버럭 소리를 질렀다. 듣기 좋은 말도 여러 번 들으면 싫은 법인데 하물며 보기만 하면 밥값 타령하는 할머니의 말이 고까울 건 당연했다. 하지만 아무리 그렇더라도 고모의 말에는 어

처구니없는 부분이 있었다. 남의 집에 쳐들어오듯이 자식들 데리고 밀고 들어온 사람이, 아닌 밤중에 홍두깨도 유분수지 웬 자기 돈을 내놓으라는 말인가 싶었다.

"원금은 다 갚은 셈인데 무슨 돈을 내놓으란 말이야?"

그때 아버지가 방문을 벌컥 열고 들어오며 언성을 높였다.

"내 피 같은 돈 가져갔으면 돌려줘야지, 언제 줬다는 겨? 그깟 찔끔찔끔 수캐 오줌 누듯 준 게 준 것인감? 다 합쳐 봐야 원금도 안 되어."

"왜 원금이 안 돼? 계산은 제대로 해야지. 틀림없이 원금은 다 갚았으니까. 시방 누나가 나한테 이사까지 서서 빚졌다는 거야?"

분위기가 험해졌다. 아버지가 고모에게 언성을 높이는 건 이제까지 없던 일이었다. 아버지는 늘 하나밖에 없는 형제라고 불만이 있어도 내색하지 않고 윗사람 대우를 깎듯이 했었다.

알고 보니 아버지가 새집을 지을 때 고모한테 부족한 돈을 빌렸다는 거였다. 그래서 고모는 자식들을 데리고 우리 집으로 들어와 생활비 한 푼 안 내고 먹고 자고 뭉갰던 모양이었다.

아버지와 다툼이 있고 나서 고모는 두 남매를 두고 아버지에게 편지 한 장을 남긴 채 집을 나가 버렸다. 아버지에게 자기 남매를 부탁하니 빚 대신 대학까지 잘 가르쳐 달라는 내용이었다. 할머니의 타박이 더 큰 문제를 불러오고 만 셈이었다.

계모는 아버지의 문제만 해도 머리가 터질 지경인데 시누이 자식들까지 떠안을 처지가 되었다. 처음에는 흔들리는 듯하던 명희 언니와 기훈 오빠도 외삼촌을 의지하고 차츰 마음을 잡아 변함없이 학교에 다녔다.

언니는 수업료 때문에 집으로 쫓겨 오기를 반복하면서 어렵게 중학교를 마쳤다. 그러나 누구도 고등학교 진학에 대해서는 입을 열지 않았다. 언니 자신도 아버지와 계모 앞에서 공부하겠다는 말을 꺼내지 않았다. 명희 언니와 기훈 오빠만 어려운 가운데에도 변함없이 학교에 다니며 열심히 공부하고 있었다.

아버지는 언니와 나를 불러 한약재 관리하는 일을 시켰다. 한약재를 수북하게 내주며 석두로 잘게 썰라고 하거나, 한약 상자들을 햇볕에 내다 놓고 말려서 다시 제자리에 들여놓으라고 했다.

한약을 썰고 관리하는 일은 해도 해도 끝이 나지 않는 일이었다. 게다가 꼼꼼한 성격의 아버지 눈에 흡족할 정도로 일을 하려면 몇 곱절로 힘이 들었다. 어깨가 아프도록 종일 앉아서 석두질을 한 다음 말끔하게 상자에 담아야 했다. 어떤 약은 부스러기를 체로 걸러서 큰 약재만 쓰기 좋게 해 놓아야 하고, 어떤 약은 프라이팬에 볶아놓아야 했다.

언니는 아버지가 지시한 일만 마치면 바람같이 어딘가로 사라져 버리곤 했다.

"난 오라는 데는 없어도 갈 데는 많아."

내가 어디 가냐고 물을 적마다 하는 말이었다. 나중에 보면 아버지가 아끼는 파란색 일제 자전거도 함께 사라지고 없었다. 그 자전거는 아버지의 유일한 왕진용 교통수단이어서 언니가 몰래 타고 나갈 때마다 급하게 나가야 하는 아버지는 발이 묶이곤 했다. 그럴 때면 노발대발하는 아버지를 대신해 계모와 나는 언니를 찾아 학교 운동장과 강둑으로 헤매기 일쑤였다.

나는 약재 관리하는 일을 마치면 다시 계모를 도와주는 것으로 시간을 보냈다. 아버지의 주사약 심부름도 계속했다. 생각하면 참으로 죽을 맛이었다. 언니는 그렇다 치고 내 앞날은 어떻게 될 것인지 앞이 안 보였다. 마음이 답답할 때마다 내가 가지고 있는 한 권뿐인 중학교 입시 문제집을 펼쳐놓고 들여다보았다.

그때 내 기분을 더 너덜거리게 했던 건 아버지가 고모에게 진 빚을 갚는다는 명분으로 명희 언니에게 최고급 양복지를 사다 교복을 새로 맞추어 주었다는 사실이었다. 자기 자식들은 가르치지도 않으면서 당장 입을 교복이 없는 것도 아닌데 웬 새 교복이란 말인가, 그것도 사치스럽게 고급 양복지로. 나는 이렇게 생각할 수밖에 없었다. 아버지는 정말 생각이 없는 사람 같았다. 언니에게 철이 안 든다고 나무랄 일이 전혀 아니었다. 그런 아버지가 내게 특별한 선물을 주었다.

그날도 나는 안채 마루에 엎드려 입시용 문제집을 보고 있었다. 그때 화장실에 다녀오던 아버지가 내가 있는 곳으로 다가왔다.

"너 공부하고 싶니?"

너무나 당연한 얘기를 아버지는 특별한 얘기인 것처럼 진지하게 물었다.

"네."

물어보나 마나 한 말이었다.

"내년에는 꼭 중학교에 보내주마."

"정말이에요, 아버지?"

순간 가슴이 벅차올랐다. 세상이 갑자기 밝아지고 반짝거리는 거 같았다.

"그래, 약속하마."

그날 아버지는 뜻밖의 약속을 내게 해주었다. 정말 특별한 선물이었다. 절망 속에서 한 가닥 희망의 빛이 비치는 순간이었다.

"니 언니 봐라. 공부하겠다는 말은 한마디도 안 하는구나. 단 한 마디도!"

마당 모퉁이를 돌아 한의원으로 가려던 아버지가 나를 돌아보더니 한 마디 덧붙이고 사라졌다.

무슨 뜻일까 싶어 나는 한동안 멀리 떠가는 구름을 바라보며 생각에 잠겼다. 아버지 말대로라면 언니가 스스로 공부하겠다는 말을 먼저 하기를 기다리고 있다는 게 아닌가. 그럼, 만약 끝까지 먼저 원하지 않는다면 언니는 가르치지 않겠다는 말인가? 뭘까? 혹시 전처에게서 난 두 자식을 모두 학교에 보내지 않은 데 대한 변명으로 해 본 말은 아닐까? 골짜기에 피어오르는 안개처럼 의혹들만 내 머릿속을 가득 채웠다.

어쨌든 나는 갑자기 희망으로 가득 차 가슴이 뛰었다. 이제 중학교에 가면 열심히 공부하리라 마음속으로 다짐했다.

두 언니와 함께 쓰는 작은 방은 언제나 떠들썩했다. 자매들끼리 한방을 쓰니까 날마다 이불 속에서 속닥거리느라 잠을 자지 않았다. 대개는 영채 언니와 명희 언니가 둘이서만 통하는 시시껄렁한 얘기를 할 때가 많았다. 그날은 명희 언니가 첫 생리를 시작했다는 말을 했다.

"넌 벌써 시작했어? 근데 난 왜 하지 않는 거지?"

영채 언니는 첫 생리를 하지 않는다고 한숨을 쉬었다.

"곧 하겠지. 뭘 그런 걸 걱정해?"

명희 언니가 안심시켰다.

"그러겠지?"

영채 언니는 명희 언니의 말을 듣고 마음이 놓이는 모양이었다. 그런데 언니는 이상하게도 첫 생리가 많이 늦었다. 명희 언니보다도 늦게 이듬해에야 생리를 시작했다.

언니들은 이야기 주제를 바꾸었다. 처음으로 브래지어를 사러 속옷가게에 들어갔는데, 학교 가는 길에서 늘 마주치던 남학생이 그곳에 있어서 부끄러워 뛰쳐나왔다는 얘기. 어떤 남자 선생이 어떻고 남학생이 어쩌고 하는 내용이었다.

나는 이부자리에 엎드려 책을 펼쳐놓고 있었지만, 머릿속에는 아버지가 한 말이 맴돌았다. 그러나 언니에게는 아버지가 그런 말을 했다는 걸 전하지 않았다. 그런 아버지의 속마음을 알 리 없는 언니는 책과는 담을 쌓고 학교에 가려는 의지도 보이지 않았다.

우리들은 늦도록 얘기하느라 잠을 못 자는 탓에 아침에는 일어나기 힘들었다. 그러자 아버지는 장난스럽게 우리가 쓰는 방에 버저buzzer를 달아 놓았다. 그러고는 새벽 5시만 되면 눌러댔다. 새벽 늦게 잠이 들어 한참 단잠에 빠져 있을 때 갑자기 요란한 소리가 울리면 이불을 뒤집어쓰고 투덜거리곤 했다. 우리들은 새벽에 일찍 일어나기 싫어서 아침마다 밥상에 앉아 조심스럽게 불평했다. 그러나 아버지는 버저를 떼겠다는 말은 하지 않고 재미있다는 듯이 씽긋 웃어넘겼다.

몇 달 뒤 단풍이 온 산야를 울긋불긋 물들이던 무렵에 다행스럽게도 고모가 돌아왔다. 다들 한 시름 놓게 되었는데, 이번에는 할머니가 병이 났다. 지병인 해소 천식이 심해지나 싶었는데 배에 물이 차 만삭이 된 임산부같이 되고 숨이 가빠서 눕지도 못했다. 할머니를 진찰한 아버지는 침울한 얼굴로 고개를 저었다.

눕지 못하는 할머니를 위해 앞에 이불을 접어 높게 만들고 그 위에 다시 베개를 올려놓아 할머니가 엎드리기 쉽게 만들었다. 할머니는 밤이나 낮이나 눕지 못하고 한자리에 앉은 채로 잠자고 먹고 변을 봤다. 고모와 언니, 계모와 내가 밤낮으로 번갈아 가며 수발을 들었다. 다리를 주무르고 콧물 수건을 빨고 가래를 뱉은 요강을 비우고 잔심부름을 하는 것이 우리 몫이었다. 퉁퉁 부은 할머니의 다리를 주무르면 살이 마치 밀가루 반죽이나 고무찰흙을 만지는 것처럼 말랑해서 움푹 들어간 손가락 자국이 오래도록 남아 있었다.

언니는 할머니 걱정을 하느라 밤이면 이불 속에서 훌쩍거렸다. 그런 언니를 보면 어릴 적에 엄마가 없는 건 아무렇지 않은데 할머니 없으면 못 살 거 같다고 한 말이 떠올랐다.

"내가 죽고 나면 저게 큰일이여. 작은 것은 눈치가 빨라 아무 걱정이 없는디, 큰 것은 선머슴 같아서 통 눈치코치가 없으니, 똥 친 막대기가 될 것인디, 어쩔 거여."

할머니가 했던 말도 기억났다. 할머니만 의지하고 산 언니가 정말 똥 친 막대기 같이 아무도 관심 두지 않는 신세가 될까 봐 걱정스러웠다.

죽음의 그림자가 짙어져 가는 할머니를 바라보며 나는 많은 생각을 하게 되었다. 그 완고하고 칼칼한 성정은 다 어디로 간 것인지, 수치도 모른 채 한자리에서 먹고 싸면서 어린 아기처럼 다른 사람에게 몸을 맡기고 있는 할머니가 참으로 무력하고 초라해 보였다. 죄 없는 어머니를 내쫓고 어머니를 닮았다는 이유로 나를 학대해 상처를 준 분이었지만, 힘없이 죽어가는 할머니는 더 이상 미워할 대상이 아니었다. 내가 한때 바랐던 대로 완전히 이빨 빠진 호랑이가 된 할머니는 불쌍한 존재일 뿐이었다.

할머니의 성격처럼 날씨가 몹시 칼칼하던 날이었다. 죽음은 할머니의 발끝에서부터 차츰 위로 올라왔다.

"나 안 죽는다! 나 안 죽어!"

온몸이 죽음에 잠식되어 가면서도 할머니는 안 죽는다고 큰소리 쳤다. 아버지가 눕지 못하고 앉아만 있던 할머니를 두 팔로 안아서 자리에 눕히자, 할머니는 방금까지 안 죽는다고 큰소리친 것과는 달리 곧바로 숨을 거두었다. 아버지는 할머니의 손에 제법 큰 액수 의 노잣돈을 쥐어드렸다. 그것으로 아버지의 효자 노릇은 끝이 난 것 같았다.

나는 설움이 북받쳐 올라왔다. 불행한 어머니와 아버지, 그리고 우리 자매, 할머니의 맹목적인 남아선호 사고에 의해 망가져 만신 창이가 되어버린 우리 가족을 생각하며 흘리는 눈물이었다.

편지

1

할머니의 죽음으로 인한 충격과 칙칙한 우울감이 채 걷히지 않았는데, 나는 아버지에게 긴 편지를 써서 바로 아래 동생 민채를 시켜 안방에서 진찰실로 배달했다. 입학 원서를 접수해야 하는 기간이 끝나가고 있었다. 그동안 할머니 일로 아버지는 내게 한 약속을 잊고 있는 거 같았다.

편지는 꼭 학교에 입학하고 싶은 나의 절절한 소망이 담겨 있었다. 아버지는 그 편지를 읽자마자 그대로 손에 들고 안방으로 달려왔다. 그리고 도청이 있는 대도시로 나가 중학교에 입학할 수 있게 해주었다. 절망으로 가득 찼던 내 인생이 바뀌게 되었다.

내가 시험을 치르고 입학할 때까지 모든 절차를 아버지는 언니에게 도와주라고 말했다. 언니는 군소리 없이 동행해 주었다. 내 마음속에는 아버지가 했던 말이 다시 떠오르곤 했다.

'네 언니는 공부하겠다는 말을 한마디도 하지 않는구나.'

아무리 되풀이해서 생각해 보아도 그 말은 마치 언니가 스스로 공부하려는 의지를 보이지 않아 고등학교에 보내지 않는다는 뜻으로 들렸다. 그 말은 언니가 하겠다는 말만 하면 학교에 보내주겠다는 말로 바꾸어 해석할 수도 있었다.

나는 계속 속으로만 생각하고 언니에게는 전하지 않았다. 반드시 전하라는 말도 없었고, 전하라는 뜻으로 한 말이 아니기는 했지만, 말해 줄 수도 있었는데 생각만 하면서 시간이 흘러갔다.

그 이유에 대해 군이 변명하자면 내 앞에 닥친 일을 해결해 나가기도 벅찼다고나 할까, 언니의 일까지 나서서 대신 해결해 줄 여유가 없었다. 이렇게나마 공부를 하게 되기까지 얼마나 어려웠는데 그나마 아버지의 마음이 도로 바뀌어 학비를 대주지 못하겠다고 할까 봐 불안해서 여간 조심스러운 게 아니었다.

아버지가 마약을 끊고 마음을 잡지 않는 한 집안 사정은 좋아질리 없었다. 자잘한 생활비를 거의 도맡다시피하고 있는 계모가 어떻게 나올지 그것도 예측할 수 없는 일이었다.

나는 학교가 있는 도시에서 하숙하며 공부하게 되었다. 아버지는 나를 중학교에 보낸 직후부터 혼자 나가 여기저기 떠돌아다니며 살았다. 한곳에서 오래 있지 않고 일이 년에 한 번씩 한의원을 옮겨 다니며 환자를 보았다. 그러니까 더더욱 형편이 좋아질 수가 없었다.

고모네 식구들도 읍내에 셋집을 얻어 따로 나가게 되었다. 아버지가 진찰실로 쓰던 마루방을 사무실로 세놓아 방 얻을 돈을 고모에게 마련해 주었다.

언니는 할머니가 생전에 걱정했던 대로 똥 친 막대기인지 끈 떨어진 두레박 신세인지 아버지의 관심에서 멀어졌다. 한두 번은 아버지가 데리고 가서 식사와 한약을 관리하는 일을 시키기도 했지만, 대부분은 강변마을의 새집에서 계모와 함께 지냈다. 아버지를 따라가거나, 강변마을에서 계모와 있거나 언니의 생활은 별로 달라지는 게 없었다. 차라리 계모와 있는 게 나아 보였다.

그런 때면 동네 미장원과 양장점에 가서 노닥거리며 시간을 보냈다. 그리고 라디오에서 흘러나오는 유행가 가사를 종이에 받아 적어 흥얼거렸다. 집에는 영 마음을 붙이지 못했다. 집은 그저 숙식을 해결하는 곳일 뿐이었다.

객지에서 혼자 공부하게 된 나는 때로 외롭기도 했지만, 간절히 원하던 공부를 하게 된 만큼 최선을 다해 열심히 노력했다. 물론 아버지의 마약 심부름도 하지 않게 되었다. 아버지의 심부름을 하지 않고 아버지의 얼굴을 자주 대면하지 않는다는 것만으로도 괴로움은 줄어들었다. 비틀거리는 아버지를 눈앞에서 보지 않으니 근본적으로 해결된 것은 아니라도 근심에서 조금은 멀어질 수 있었다.

아버지는 내게 청구서를 쓰게 했다. 청구하는 금액과 내용을 자세히 기록하도록 손수 쓰던 공책을 재활용해 청구서 공책을 만들어 주었다. 생활비와 학비를 타기 위해서는 먼저 청구서 공책에 금액과 내용을 형식에 맞게 쓴 다음, 한 장 더 똑같이 복사해서 편지와 함께 아버지에게 보내야 했다.

나는 매달 두 번씩 편지를 쓰고 그중에 한 번은 청구서를 동봉해서 보냈다. 편지는 겉봉에 주소를 쓴 다음 반드시 '김은채 본가입납本家入納이나 본제입납本第入納'이라고 써야 했다. 청구서는 학교에 내는 수업료와 하숙비, 그리고 학용품과 생활에 필요한 잡다한 비용 등을 청구하는 내용이었다.

청구서를 쓰는 요령은 다음과 같았다. 청구하는 금액을 상단에 쓰고, '상기 금액은 하기 물품을 구입해야 하겠기에 아버님께 청구서를 제출하오니 하급 하여 주시옵기 앙망仰望하나이다.'라고 써야 했다. 그리고 하단에 지출 내역을 나열해 썼다.

한 마디로 고리타분하기 짝이 없는 청구서였지만 나는 아버지가 시키는 대로 따랐다. 군것질 하나 할 수 없이 꼭 짜인 한 달 예산을 아버지에게 청구하는 내용이었다. 단돈 일 원을 빼거나 늘리지 않은 정직한 액수여서 내 생활은 늘 빠듯하고 여유가 없었다. 소풍 갈 때 흔한 아이스바 하나 입에 물어보지 못했다.

아버지가 나를 믿지 못해서 청구서를 쓰게 한 건 아니었지만, 혹시라도 내가 돈을 헤프게 쓰지 못하도록 길들이기 위한 수단인 건 분명했다. 나를 가르치는데 들어가는 총비용을 알아내 동생들을 가르치기 위한 예산을 세우겠다는 의도도 있었다. 어쨌든 나는 힘들게 들어간 학교였기에 어떤 불만도 가지지 않았다.

아버지는 두 번 중에 한 번은 답장을 보내주었다. 아버지의 답장은 언제나 잠언의 글귀처럼 '이런 것은 하지 말아라'였다.

'길에서 음식을 손에 들고 다니며 먹거나 큰 소리로 박장대소하지 말아라. 천박해 보인다.'

'남이 베푸는 이유 없는 호의는 받지 말아라. 반드시 네가 감당하기 어려운 요구를 해 올 것이다.'

이유 없는 남의 호의를 받지 말라는 말은 오래도록 내 기억에 남은 당부였다.

'스쿨버스를 타지 말고 걸어 다녀라. 스쿨버스를 타게 되면 게을러질 것이다.'

내가 편지로 학교에 스쿨버스가 생기는데 공짜로 탈 수 있다고 자랑했던 것이다. 아버지의 답장을 받은 나는 한 번도 스쿨버스를 타지 않고 걸어 다녔다.

그때 아버지와 주고받은 편지들로 인해 나는 비로소 아버지와 가까워질 수 있었다. 훗날까지도 언니를 포함한 다른 형제들은 누구도 아버지와 편지로 이런 대화를 나누지 못했다. 아버지도 나와 주고받은 편지들을 세상을 떠날 때까지 잊지 못하는 듯싶었다.

아버지는 다시 강변의 새집으로 들어갔다. 그리고 편지는 계속되었다.

'아버지, 아버지와 함께 심은 장독대 옆의 앵두나무에 앵두가 빨갛게 익었겠네요.' 이듬해 유월이었다. 그 앵두나무에는 해마다 앵두가 참 많이도 열렸다. 내 편지를 읽은 아버지는 즉시 빨갛게 익은 앵두를 따 상자에 넣어 부쳐 주었다. 내가 받았을 적에는 이미 절반은 상해서 먹을 수 없게 되었지만, 나는 그 앵두를 맛있게 먹으며 나를 생각해 주는 아버지의 마음을 흠뻑 느낄 수 있었다. 그다음 해에도 아버지는 잊지 않고 앵두를 부쳐 주었다.

내 생에서 그때만큼 아버지와 가까웠던 적은 없었다. 편지 쓰기는 아버지의 마음을 움직이는 최고의 방법이라는 것을 나는 입학할 당시에 이미 알고 있었다.

그러나 내 마음 한구석에는 늘 근심과 괴로움이 남아 있었다. 학교에서 나는 항상 마음이 떳떳하지 못했다. 외모만 멋진 아버지는 선생님들과 친구들에게 자신 있게 드러내 놓고 자랑할 수 없는 비밀이었다. 내 어머니를 버리고 아편 중독자가 되어 방황하는 사람. 그런 아버지를 나는 남들 앞에 당당하게 소개할 자신이 없었다.

2

그 여름, 어느 날 오후였다. 하숙을 그만두고 자취방을 구해 막 자취를 시작했을 때였다. 아버지가 연락도 없이 학교로 나를 찾아왔다.

아버지를 본 순간 나는 의아스럽고 놀라운 마음에 휩싸였다. 중학교에 입학할 적에도 함께 참석하지 않은 아버지가 학교로 나를 찾아왔다는 것도 그랬는데 평소의 아버지와는 너무 다른 모습에 더 놀랐다. 말 못 할 고통을 혼자 짊어진 듯 지치고 외로운 기색이 역력했다.

아버지는 항상 양복바지의 줄을 반듯하게 세워서 입었고 와이셔츠는 한 번 이상 입지 않을 정도로 외모에 신경을 쓰는 사람이었다. 그러나 와이셔츠 깃에는 때가 새까맣게 끼어 있었고 바지도 형편없이 구겨진 채였다. 얼굴은 수염이 덥수룩하고 볼이 야위어 폭 패인 초췌한 모습이었다.

무슨 일로 어디를 얼마나 헤매다 나중에야 나를 찾아온 것인지, 혹시 수중에 돈이 떨어져 잠잘 곳조차 구할 수 없어서 나를 찾아온 건 아닌지, 나는 대뜸 그런 생각이 들었다. 한눈에 보아도 아침에 집에서 계모가 손질해 놓은 옷을 입고 가족들의 배웅을 받으며 나온 모습은 아니었다.

"네가 자취하는 집으로 가자."

나는 여러 가지 의문을 속으로 삼키며 말없이 앞장서 걸었다. 편지를 쓸 때처럼 다정하게 재잘거릴 분위기가 아니었다. 아버지도 말이 없었다.

아버지는 내가 자취하는 방에 들어서자마자 누워야겠다고 했다. 내가 하나밖에 없는 누추한 이부자리를 아랫목에 폈다. 아버지가 자리에 눕는 것을 보고 나는 부엌으로 가서 저녁 준비를 했다. 밥을 하면서 무슨 일인지 아무리 생각해도 감이 잡히지 않았다.

아버지는 식사도 잘 못 했다. 어디가 많이 불편한 것 같은데 그저 조용히 누워만 있었다.

"아버지, 어디 편찮으세요? 많이 안 좋으시면 집으로 가셔야 하지 않아요?"

내가 궁금증을 참을 수 없어서 조심스럽게 물었다.

"아니다. 여기서 조금 쉬면 괜찮아질 것 같다. 나한테 신경 쓰지 말고 너 할 일이나 해라."

아버지는 귀찮은 듯 팔을 내저었다. 도무지 아버지에게 무슨 일이 있는 건지 나는 궁금해 죽을 지경이었지만, 더는 캐물을 수도 없어서 아버지가 스스로 말해 주기만 기다렸다. 그러나 아버지는 끝까지 말하지 않았다. 혼자서 괴로움을 참고 견디는 눈치였다.

내가 학교에 갈 적에도 일어나지 않았고, 돌아와 보면 잠이 든 것 같지도 않은데 벽을 향해 모로 누운 채 눈을 감고 있었다. 윗목에 차려 놓고 간 밥상은 수저를 댄 흔적도 없이 그대로였다. 특별히 만들어 달라는 음식도 없었다. 게다가 음식을 제대로 할 줄 모르는 내가 해주는 음식 맛이 오죽했겠는가? 그런데도 집으로 돌아갈 생각을 하지 않는 아버지가 나는 몹시 의아했다.

아버지가 온 후로 나는 많이 불편했다. 옷을 입은 채로 쪼그리고 잠을 자는 둥 마는 둥 지내야 했고 한 달 예산의 식비도 며칠 지나지 않아 동이 나 버렸다. 어쩌면 좋을지 몰라 이 궁리 저 궁리 하고 있을 때였다.

"이제 집으로 돌아가야겠다."

아버지가 열흘 만에 몸을 추스르고 일어나서 말했다. 나는 당연하다는 생각으로 이제야 살겠구나 싶었다.

"네가 갖고 싶은 것 있으면 말해 봐라. 아버지가 선물로 하나 사주마."

누추한 내 자취방에서 열흘을 묵고 떠나는 아버지가 선물을 사주겠다는 말이 그렇게 기쁠 수가 없었다. 나는 아버지에 대한 의구심도 잊은 채 얼른 갖고 싶은 것을 말했다.

"김소월 시집이 갖고 싶어요."

그때 나는 훗날 소설가가 되리라는 꿈을 꾸기 시작했었다. 그런데 선물은 국어 시간에 배운 김소월 시집을 원했다. 편지에 언제나 성경의 잠언 같은 말로 '이런 건 하지 마라'만 얘기하는 아버지에게 소설책을 사고 싶다고 하면 좋아하지 않을 거 같았기 때문이었다.

아버지가 고개를 끄덕였다. 아버지는 나와 함께 시내버스를 타고 시내 중심가에 있는 서점으로 가서 그 책을 사주었다. 그리고 바로 옆에 있는 빵집으로 들어갔다. 아버지는 커다란 찐빵을 딱 한 개만 시켰다. 나는 아버지의 의중을 몰라 또다시 의아한 눈으로 바라보았다.

"나는 생각 없다. 너 혼자 먹어라."

내가 빵을 둘로 쪼개려고 하자 아버지가 다시 말했다.

"너 혼자 먹어."

나는 빵을 쪼개려다 그만두었다. 아버지 앞에서 음식을 혼자만 먹는 일은 그때까지 생각조차 못 해 본 일이었다.

우리 집안은 무엇이든 아버지가 우선이었다. 평소의 아버지는 외아들로 귀하게 자란 때문인지 맛있는 음식을 자식에게 먼저 양보하는 법이 없었다. 그건 첫아들이라고 가장 귀한 대접을 해주는 민채에게도 마찬가지였다. 특히 참외를 먹을 때의 풍경은 다른 집과 달랐다.

아버지는 어릴 적부터 참외와 수박을 유난히 좋아했다고 할머니가 늘 말했다. 그런 외아들을 위해 할아버지는 밭에 참외와 수박을 손수 길러 원두막까지 지어 놓고 먹었다고 했다.

그 입맛은 어른이 된 뒤로도 변하지 않아 할머니는 장날만 되면 싱싱하고 맛있는 참외를 한 접씩 사서 들여왔다.

우리 가족들은 으레 안채 마루에 한가득 부려놓은 참외 주위에 빙 둘러앉아 아버지가 참외를 나누어 주기를 기다리곤 했다. 가장 어른인 할머니에서부터 가장 어린 아기까지 누구도 먼저 참외에 손을 대지 않았다.

아버지는 제일 먼저 참외를 골라 할머니에게 드렸다. 그러고 나서 앉은자리에서 대여섯 개를 깎아 혼자 먹었다. 아이들은 조용히 앉아 아버지가 참외를 맛있게 깎아 먹는 입만 쳐다보며 침을 꿀깍 꿀깍 삼키곤 했다. 그러나 참외를 빨리 먹고 싶다고 말하는 아이는 없었다. 참외를 제일 먼저 받은 할머니도 먼저 먹지 않고 흐뭇한 표정으로 아버지가 먹는 것만 쳐다보았다. 아주 엄숙한 장면이었다. 아버지는 먼저 자신의 배를 채우고 나서야 비로소 자식들에게 차례대로 하나씩 안기곤 했다.

어색한 가운데서도 빵은 맛이 있었다. 가족들 모르게, 아버지와 단둘이 앉아, 혼자 먹으라고 아버지가 사준 왕찐빵을 먹는 맛이 이런 거로구나 생각하니 나도 모르게 웃음이 비어져 나왔다.

아마도 계모는 아버지가 내 자취방에 찾아와 열흘을 묵었다는 건 짐작도 못 할 것이다. 나는 빵뿐이 아니라 입안 가득 절로 벌어지는 웃음을 함께 삼키느라 입을 오래 오물거렸다.

빵집에서 나오면서 아버지는 호주머니를 뒤져 꼬깃꼬깃 접힌 종이돈 한 장을 꺼내 빵값을 냈다. 겨우 빵 하나 값이었다. 그것을 본 나는 당황해서 방금 맛있게 삼킨 빵이 기도에 걸린 듯 목이 개운치 않았다.

"아버지, 차비는 있어요?"

나는 얼결에 그렇게 물었다.

"걱정하지 마라. 차비는 있다."

아버지가 아무렇지 않은 듯 대답했다. 물론 차비만 있으면 아버지는 집에 돌아갈 수 있었다. 그렇지만 아버지에게 당장 돈이 하나도 없다는 걸 나는 상상할 수 없었다. 내가 중학교에 진학하지 못하고 있을 적에도 근본 원인은 아버지가 정신을 못 차리기 때문이었지 돈이 완전히 고갈되어 못 가는 것이라고는 생각하지 않았다. 가족은 돈이 없어도 아버지의 호주머니에 돈이 떨어지는 일은 없었으니까.

아버지는 할머니 외에 아무리 자식이라도 다른 사람을 위해 희생한다는 건 상상할 수 없었던 사람이었다. 내가 그때까지 보아온 아버지는 그랬다. 그런 아버지가 수중에 달랑 집에 돌아갈 차비만 남기고 모두 털어서 내게 책과 빵을 사준 것이다. 그 사실은 내게 큰 충격을 주었다. 차고 냉정하게 보이는 아버지의 겉모습과는 달리 마음속에는 다른 사람과 다르지 않은 보통의 아버지가 있는 걸 나는 그때 보았던 것이다. 어쩌면 여린 모습으로 웅크린 한 인간도 함께였을 것이다.

"괜찮다."

아버지는 근심 어린 눈으로 바라보는 나를 재차 안심시켰다. 나는 아버지가 탄 버스가 보이지 않을 때까지 그 자리에 서 있었다.

얼마 뒤에 시골집에 가서야 나는 그때 아버지에게 무슨 일이 있었는지 알았다. 아버지는 마약중독에서 벗어나기 위해 자기 자신과 홀로 싸웠던 것이다. 아버지가 마약의 굴레에서 벗어났다는 것이 믿기지 않았지만, 그것은 분명한 사실이었다.

"난 정말 무슨 일 나는 줄 알았어."

계모는 다시 떠올리기도 어려운 듯 숨을 크게 내쉰 뒤에 당시의 고통을 내게 은밀히 털어놓았다.

군사정권이 들어서고 나서 마약류에 대한 단속이 철저해지자 아버지는 더 이상 약을 구할 수 없게 되었다. 그러자 절망감과 후유증의 두려움에 휩싸인 아버지는 스스로 목숨을 끊을 생각까지 했다는 거였다. 그것을 눈치챈 계모는 아버지를 붙잡고 눈물로 호소했다.

"당신만을 바라보고 있는 자식이 다섯이여유. 그 자식들은 어떻게 살라고 그렇게 나쁜 마음을 먹을 수가 있나유? 그런 독한 마음이면 얼마든지 이겨낼 수 있어유. 제발 자식들을 생각해서 정신 차리고 마음을 굳게 잡수세유."

아버지는 눈물로 호소하는 계모의 말에 새사람이 되어 돌아오겠다는 말을 남기고 혼자서 깊은 산중의 암자를 찾아 훌훌히 떠났다고 했다. 그것이 내게 오기 두어 달 전이었다고. 그러니까 내게 왔을 적에는 마약의 후유증에서 거의 벗어날 무렵이었던 것이다.

그 두 달이 넘는 동안 아버지의 생사를 모르는 계모는 피가 마르는 시간을 보냈노라고 했다.

나는 아버지가 마약의 후유증에서 벗어나기 위해 얼마나 괴롭고 힘든 자신과의 투쟁을 벌였을지 처음 아버지를 대면했을 때의 행색으로 미루어 보아 충분히 짐작이 가고도 남았다. 땅굴에서 뒹굴었음 직하던 행색에 초췌하던 모습. 극심한 고통과 외로움을 견뎌야 했을 아버지를 생각하니 가슴이 아려왔다.

"군사정권이 한 일 중에서 가장 잘한 것 하나는 마약 단속이었어. 우리 가족을 살려준 정말 고마운 일이었지."

계모는 훗날 이렇게 그때를 회상했다. 그것은 5·16 군사정권이 우리 집안에 일으킨 가히 혁명이라 일컬을 수 있는 일이었다.

우리는 절망의 늪에서 벗어나 비로소 밝은 미래에 대한 희망을 꿈꿀 수 있게 되었다. 이제야 나는 아버지에 대해 조금은 뿌듯한 감정을 가질 수 있을 것 같았다. 하지만 나는 아버지가 왜 그 마지막 열흘을 내 자취방에 와서 지냈는지는 아무리 생각해도 짐작이 가지 않았다.

비극은 또 비극을 낳고

1

아버지가 정신을 차리고 새사람이 되기는 했어도 한의원은 여전히 잘되지 않았다. 그러자 이번에는 멀리 강원도로 떠났다. 계모가 네 번째 아기를 가져 거의 만삭인 상태였는데 머뭇거리는 기색조차 없었다. 아버지는 늘 바람처럼 휙 떠났다가 바람이 불어오듯이 갑자기 들어오곤 하는 사람이었다. 그때마다 딸려 다니는 약장과 약 봉지들을 짐 보따리 몇 개 옮기듯 가볍게 트럭에 싣고 다녔다. 어떤 때는 짐도 가져가지 않고 어딘지 혼자 떠돌다 들어오기도 했다. 어딜 가나 돈은 못 벌어도 환자는 있는 모양이었다. 계모는 이번에도 강변 마을의 집에 남아 바느질을 소일거리 삼아 지냈다.

그 무렵 언니가 동네 청년과 사귀고 있다고 계모가 내게 귀띔해 주었다. 집에서 빤히 건너다보이는 철공소에서 기술자로 일하는 청년이라고 했다.

언니와 나의 대화는 언제나 집안 공통의 문제에만 국한되었다. 자신의 고민은 혼자 해결하거나 주변의 다른 사람과 의논하는 경우가 더 많았다. 다 알려고 꼬치꼬치 캐묻지 않고 말하지 않는 것이 우리는 자연스러웠다. 어릴 적에 할머니가 우리 사이를 갈라놓으며 편애할 때부터 은연중에 굳어진 버릇이었다. 그래서인지 언니는 청년과의 관계도 내게 먼저 털어놓지 않았다. 사실 나는 도시에 나가 살면서 기껏해야 한 달에 한 번 정도 주말에만 집에 갔으니까 얘기할 시간도 거의 없었다.

"제발 그 사람 만나지 말어. 아버지가 아시면 한바탕 난리 날 거여."

계모는 언니가 그 청년을 만나느라 밤에 늦게 들어온다고 성화였다. 아버지가 알게 되면 한바탕 난리가 날 것이고 자식 단속을 잘못했다고 자신에게 불똥이 튈까 봐 두려워했다. 그걸 지레 걱정하는 계모는 아버지가 오는 날이면 숨바꼭질하는 술래처럼 언니가 가는 양장점과 미장원으로 찾아다니느라 속이 탔다.

언니는 어린 동생을 데리고 곧잘 그 청년을 만나러 가곤 했다. 그런 날은 계모가 크게 신경 쓰지 않았다. 어린 동생을 데리고 하는 데이트가 길어질 리 없다는 걸 믿었다. 하지만 동생은 청년이 사주는 과자를 손에 들고 돌아다니는 재미로 집에 가자고 보채지 않았다.

그날도 언니는 아침에 동생을 데리고 나가 들어오지 않았다. 계모는 혼자 아기를 낳았다. 언니가 돌아왔을 때 계모는 안방에서 울고 있었다. 웬일인가 싶어 언니가 살펴보니 옆에 강보에 둘둘 말아 놓은 아기가 있었다. 아침나절에 나갈 때만 해도 아무 기미가 없어서 그사이 아기를 낳으리라고는 전혀 예상하지 못했다.

"내 죄여. 내 죄가 큰 거여."

계모는 계속 넋두리하며 울기만 했다. 그제야 언니는 뭔가 이상하다는 느낌이 들었다. 뜨악한 마음으로 아기를 살펴보았는데 두 발이 정상이 아니었다. 위로 올라와야 할 발등이 바닥 쪽으로 돌아가고 발바닥이 발등으로 틀어져 올라와 있었다.

순간 언니는 놀라고 당황스러웠다. 여태껏 가까운 주변에서 장애인이 태어난 것을 본 적이 없었음은 물론 들은 기억도 없었다. 그런데 우리 집에 장애아가 태어나다니, 이 사실을 어떻게 받아들여야 할지 몰랐다.

"내가 아기를 저렇게 만든 거여. 아기를 낳기 싫어서 떼려고 아버지 몰래 독한 한약재를 달여 먹었어. 그래서 아기의 발이 저렇게 된 거여."

계모는 계속 알아들을 수 없는 말을 지껄이며 울었다.

"그게 무슨 말...이에요?"

"내가 정신이 나갔던 거여. 저 어린 것한테 못 할 짓을 했어."

계모는 주먹으로 자기 가슴을 치며 울었다. 아무리 언니가 체격이 어른 같아도 키만 컸지 아직 스무 살도 안 된 어린 애에 불과했다. 당황스러워서 이런 때 어떻게 해야 하는지 판단이 서지 않았다.

그대로 계모와 마주 앉아 함께 울었다.

아무리 울면서 생각해 보아도 어떻게 자신의 배 속에서 심장이 뛰는 아기를 없애려고 독한 한약재를 달여 먹을 수 있는지 이해가 되지 않았다. 더구나 아버지는 이 사실을 모르고 있다는 거였다. 아기도 자신의 운명을 아는지 자꾸만 울어댔다.

한참 울고 난 뒤, 마음을 진정시킨 계모는 아기에게 젖을 물리며 아기가 죽지 않고 살아서 태어난 걸 다행스럽게 생각했다. 자신이 그렇게 만들었으니 받아들이고 짊어지고 가야 할 업보라고 여겼다. 아기에게 한없이 미안했고, 한편으로는 자기 손으로 자식을 죽인 비정한 엄마가 되는 걸 모면하게 해준 아기의 강인한 생명력이 고맙고 대견스러웠다.

언니는 다음 일이 걱정이었다. 계모가 저지른 사실을 아버지한테 밝혀야 하나 말아야 하나 갈피를 잡을 수 없어 고민했다. 터뜨리자니 아버지가 크게 화를 낼 게 두렵고 묻어두자니 아버지를 속이고 공범이라도 된 듯한 기분이 들었다. 며칠을 고민한 끝에 사실을 밝혀서 집안을 험악한 분위기로 만들고 싶지 않다는 쪽으로 기울었다. 계모가 저지른 일이니 본인이 자백하든 말든 맡겨 두자는 거였다.

"은채야, 아무한테도 말하지 않으려고 했는데 너한테는 해야 겠어."

주말에 집에 간 나를 언니가 다락방으로 불러 혼자만 아는 그 비밀을 털어놓았다. 비밀을 혼자 간직하자니 너무 벅차서 견딜 수 없는 모양이었다.

나는 계모가 왜 그렇게 엄청난 일을 저질렀는지 의아스러웠지만 그렇다고 아픈 곳을 찌르며 따져 물을 수도 없었다. 어쨌든 나 역시 고자질하듯이 아버지에게 알릴 수는 없다고 결론지었다.

계모는 쉽사리 고백하지 못했다. 그대로 시간이 흘러 기회를 놓쳐 버렸다. 아버지가 알 수 있는 건 원인은 모르지만 두 발에 장애가 있다는 것뿐이었다.

오랜만에 가족이 다 모였을 때도 우리 가족은 웃을 수 없었다. 아버지로 인한 근심에서 벗어난 지 얼마 안 되어 집안에는 다시 어둠의 그림자가 어리는 것 같았다. 계모는 아기의 두 발을 계속 주물렀다. 혹시 발이 제대로 돌아오지 않을까 하는 기대감 때문이었다. 하지만 그렇게 쉽게 펴질 정도의 장애가 아니었다.

아기는 두 발에 장애가 있는 거 외에는 다른 이상은 없어 보였다. 방긋방긋 웃는 모습이 보통의 다른 아기들과 다를 게 없었다. 가족들은 차츰 마음의 여유를 찾아갔고 집안 분위기도 한결 나아졌다. 그런 중에도 계모는 늘 양심의 가책에서 벗어나지 못해 남몰래 자신을 탓하곤 했다.

어느 날 아버지가 고무적인 소식을 가져왔다.

"수술하면 걸을 수 있다더라. 요즘은 의술이 발달해서 저런 수술은 어렵지 않다고 하더라. 너무 걱정하지들 말아라. 다만 아직은 너무 어리니까 다섯 살이 되어야 수술할 수 있단다."

아버지는 아는 사람을 통해 정형외과 의사에게 문의해 본 모양이었다. 가족들은 수술할 수 있다는 말을 듣고 이미 장애에서 벗어난 듯이 모두 함께 기뻐했다.

첫돌이 지나서 좀 늦기는 했지만, 아기는 두 발이 뒤집힌 채로 일어서고 걸음을 떼기 시작했다. 그것을 보는 가족들의 심정은 뭐라고 말로 할 수 없을 만큼 가슴이 아팠다. 저렇게 걷다가 그대로 굳어져서 수술해도 효과가 없는 건 아닐까 하는 불안감도 들었다. 하지만 누구도 그 마음을 말로 표현하지는 않았다. 말없이 아기가 걸음을 떼어놓는 걸 지켜볼 뿐이었다.

2

나는 아버지가 원하는 여고에 입학했다. 양의든 한의사든 의사가 되어야 한다면서 아버지 손으로 직접 원서를 제출한 학교였다. 하지만 나는 의사가 되고 싶은 생각이 전혀 없었다. 어릴 적부터 부모의 이혼으로 아버지의 직업에 대한 반감 같은 걸 가지고 있었기 때문이었다.

사실 따지고 보면 아버지를 한의사로 만든 사람은 어머니였다. 어머니의 수고와 협조가 없었다면 아버지는 객지에 떨어져 공부할 수 없었을 것이다. 그런 어머니의 공로를 할머니와 아버지는 일말의 갱고更考도 없이 뭉개버린 셈이었다. 한 마디로 죽 쑤어 개 준다는 속담처럼 공들인 사람은 어머니인데 엉뚱한 사람이 혜택을 본다는 생각이었다.

그런 불의不義를 이유로 아버지와 많이 가까워졌음에도 아버지를 비판적인 눈으로 볼 수밖에 없었다. 따라서 아버지의 직업을 선망할 수 없었을 뿐만 아니라 한약의 효능까지도 회의적인 시각으로 바라보게 되었다.

아버지가 어머니를 버리지 않았더라면 얘기는 아마 백 팔십도 달랐을 것이다. 어쩌면 나 스스로 아버지의 직업을 이어 가겠다고 나섰을지도 몰랐다.

앞서서도 언급했듯이 내가 되고 싶은 건 소설가였다. 하지만 아버지에게 내 꿈에 대해서는 입도 뻥긋하지 못했다. 아버지는 분명 소설가를 직업으로 치지도 않을 거라는 판단이었다.

어쨌든 출발은 괜찮았다. 나는 아버지가 원하는 여고에 들어가 아버지의 마음을 흡족하게 했고, 그로 인해 아버지로부터 더욱 신임을 받을 수 있었다. 그러나 집안 형편은 나아지지 않아 아버지가 아끼던 왕진용 파란색 일제 자전거를 판 돈으로 입학금을 내야 했다.

아버지는 한의원을 개원만 해 놓고 도대체 무엇을 하고 다니는지 알 수 없었다. 아버지가 가져다주는 돈으로는 가족들의 식비를 해결하기에도 부족했다. 그런데도 중학교를 졸업할 때까지 내 학비와 생활비를 제때 보내주었다는 게 신기할 정도였다. 나는 아버지를 이해할 수 없었지만, 자전거를 팔아 입학금을 주었다는 사실 때문에 마음이 무거웠다.

계모는 아버지의 방랑 생활에 익숙해서인지 불만을 노골적으로 드러내지 않았다. 계속 바느질하면서 자신의 자리를 지키는 데에 충실했다.

고등학교에 진학한 뒤로 나는 어머니를 다시 생각하게 되었다. 아버지와 계모가 모르게 도시를 떠나 어머니가 있는 시골에 갈 궁리를 했다.

어머니는 할머니가 살아생전에 퍼부었던 저주의 덫에 걸린 것인지 아저씨가 하던 사업이 갑자기 망해서 외가가 있는 동네로 들어가 살고 있었다. 그러나 할머니가 세상을 뜬 뒤의 일이었으니까 할머니의 말대로 살아서 두 눈으로 어머니가 망하는 걸 보지는 못했다.

내가 그곳에 가고 싶었던 건 어머니가 보고 싶어서였다기보다는 소꿉친구 홍이를 만나고 싶었기 때문이었다. 그즈음 나는 홍이 생각을 많이 했다. 어떤 모습으로 컸을까, 공부는 열심히 하고 있겠지, 무엇이 되고 싶을까, 등 궁금증이 일었다.

어머니에 대한 그리움은 가슴 속에 자리 잡은 응어리가 자라날수록 무덤덤해져서 이제는 어머니 얼굴을 보지 않고 사는 게 어려운 건 아니었다. 그러니까 만나면 좋고 못 만나도 그만인 상태라고 말할 수 있었다.

아버지의 편지에 어머니를 만나러 가면 안 된다는 언급은 없었다. 그러나 마치 사막의 낙타처럼 할머니가 살아있을 때 금기어였던 어머니에 대한 말은 할머니가 없어도 여전히 꺼낼 수 없는 말이었다. 어머니를 만나러 가는 것 역시 쉽사리 행동할 수 없었다. 도시에 혼자 있는 내가 마음대로 어머니를 만나러 다닌다고 누가 나무랄 수도 저지할 수도 없을 텐데 나는 사방에서 감시받고 있는 듯한 착각 속에 스스로 묶여 살았다.

그러다 마침내 용기를 내서 어머니를 만나러 갔다. 내가 처음으로 청구서를 조작해 아버지를 속이고 거짓말을 해서 만든 기회였다. 빠듯한 생활비에서 얼마 안 되는 액수일망정 차비를 떼어내는 건 쉽지 않다.

이왕이면 고등학생이 된 내 모습을 어머니와 외할머니 그리고 홍이에게 보여주고 싶어서 몸뻬바지와 베레모로 유명한 내가 다니는 학교의 교복을 갖춰 입었다.

홍이를 만나면 하고 싶은 얘기가 많았다. 그동안 어떻게 지냈는지부터 서로의 학교에 대해서, 그리고 그의 꿈과 이상에 대한 것까지 무엇이든 다 알고 싶었다.

나는 도시에서 기차를 타고 출발해 중간 지점에서 버스로 갈아타고 돌아서 외갓집 동네로 향했다. 직행버스를 타고 강변마을을 통과하는 길이 지름길이었지만 일부러 우회하는 길을 택했다.

어머니는 나를 반겨 주었다. 그러나 다른 여인네들처럼 과장되게 웃거나 화들짝 반길 줄 몰랐다. '너 왔니?' 하면서 웃을 뿐이었다. 어머니가 나를 기다리고 있었다는 건 누구보다 내가 잘 알았다. 어머니는 기쁨을 표현하는 데 익숙하지 않았다. 어린 자식들과 생이별하고 난 후 좋은 것을 보아도 좋은 줄 모르고 기쁜 것도 기쁜 줄 모르고 살아온 탓이었다.

우리는 서로 하고 싶은 말을 웬만하면 속으로 삼키려고 했다. 어머니는 누가 뭐라고 하지 않아도 나를 어머니 손으로 키우지 못하는 것에 대한 자격지심이 있었고, 나는 재가해서 다른 가정을 꾸린 어머니에 대해 한 발 먼 느낌, 그러니까 나보다는 그 가족이 우선이라는 생각이 있었다.

어머니는 외가로 가서 외할머니와 외할아버지께 먼저 인사하라고 했다. 나는 신작로를 가로질러 외가로 가 그분들에게 인사했다.

오랜만에 만난 외할머니는 반갑다고 또다시 눈물을 훔쳤다. 외할머니는 나를 보기만 하면 우는 게 버릇이 된 듯이 보였다. 나는 그렇게 울기만 하는 외할머니를 만나기가 부담스럽게 느껴졌다. 만나면 서로 반갑기만 한 게 아니었다. 우리는 안 보면 핏줄이 당겨 그립고 만나면 마음 아픈 관계였다. 어른들은 안쓰러운 마음이 크다 보니 늘 내 앞에서 전전긍긍하는 모습이었다.

나도 그런 빤한 눈치를 살피는 게 편하지만은 않았다. 또한, 내게 가장 가까운 어머니와 외할머니에게마저 내 속을 모두 터놓을 수 없는 안타까움이 있었다. 이렇게 우리는 만나지 못한 시간만큼, 떨어져 있던 거리만큼 변해 있었다.

웬일인지 홍이 할머니께서 전처럼 내려오시지 않았고 홍이도 눈에 띄지 않았지만, 나는 궁금한 마음을 묻어둔 채 어머니 집으로 다시 건너왔다. 외할머니보다는 어머니에게 물어보는 것이 나을 거 같았다.

어머니의 살림은 전보다 많이 어려워 보였다. 쉬지도 못하고 열심히 방앗간 일을 해서 살림을 겨우 꾸려가고 있는 눈치였다. 그런 어머니를 보니 할머니가 생전에 수없이 퍼부었던 저주의 말이 떠올라 마음이 아팠다.

어머니는 그동안 아들을 하나 더 낳아 여덟 살과 여섯 살짜리, 이렇게 아들만 둘이었고 그 애들이 바로 어머니가 고생하는 이유라고 생각되었다. 하지만 아무리 고생스러워도 아들을 둘이나 두었으니 어머니는 소원을 이룬 셈이었다.

나는 어머니의 눈치를 살피다가 궁금한 홍이의 소식을 물었다.

"홍이는 재작년에 할머니가 돌아가시고 강원도 춘천인가 사는 이모가 데려갔는디, 한동안 소식이 없더니 작년에 와서 동네 어른들께 중학교에도 다니고 잘 지내고 있다고 인사하더라. 그리고 네 안부를 묻더만. 다시 연락하겠다고 했으니까 연락이 올 거여. 기다려봐."

어머니가 전해 준 홍이의 소식이었다. 나는 그만 눈물이 핑 돌고 온몸에 맥이 탁 풀렸다. 홍이를 만날 수 없다는 생각을 하자 마음이 몹시 허전했다. 도시에서 길을 나설 때, 얼마나 큰 기대감에 들떠서 왔는데 돌아갈 일이 아득하게 느껴졌다.

아버지 집으로 떠나온 뒤로 함께 놀 친구가 없었어도 나는 늘 소꿉친구 홍이가 있다는 생각으로 위안을 얻었다. 내 마음속에는 언제나 엄마와 함께 홍이가 있었고, 그를 잊은 적이 없었다.

나는 너무 실망한 나머지 더는 외갓집 동네에 올 이유가 없어졌다는 생각까지 들었다. 홍이가 없는 이곳에 온다는 게 너무 쓸쓸하고 마음 아플 거 같았다.

아, 어디서 어떻게 살고 있을까, 머릿속에 매미 두 마리를 숨겨놓고 간 홍이가 떠올랐다. 매미 두 마리가 선물이라는 말을 하지 못하고 보리 속에 숨겨둔 수줍은 마음을 충분히 이해할 수 있어서 나는 더 안타까웠다. 도랑 물속에 함께 두 발을 담그고 앉아 다시 만나기로 약속했던 말도 생각났다.

"엄마 얼굴 봤으니까 됐어요."

나는 실망감이 너무 큰 나머지 곧바로 도시로 돌아와 버렸다. 하지만 그 후로도 줄곧 두세 달 간격으로 어머니를 찾아갔다. 혹시나 그동안 홍이 소식이 있었을까 하는 기대감 때문이었다. 그러나 홍이 소식은 더 듣지 못했다.

3

아버지는 가족들을 서울로 이사 시켜 아버지와 합친다는 계획을 다시 세웠다. 그런데 강변마을의 집이 팔리자 무슨 일인지 서울로 바로 데려가지 않고 중간 지점인 내가 있는 도시에서 일 년 정도 머물게 했다. 나는 곧바로 집으로 들어가 가족들과 합류했다. 계모는 이제 바느질을 하지 않고 아버지를 도울 일도 없어서 강변마을에서처럼 바쁘지 않았다. 우리는 이제 뭐든 스스로 했으니까 계모가 크게 신경 쓰지 않아도 되었다.

3월이었던가, 봄볕이 따스한 날이었다. 언니와 나는 모처럼 양지바른 울타리 아래에 돗자리를 펴고 여동생 준희를 데리고 앉아 햇볕 바라기를 하고 있었다. 그때 우리는 웬일로 국민학교 3학년이던 어린 준희를 놀리고 싶었던 것일까, 사소한 장난에 불과했지만, 실수라면 실수였다. 한껏 장난기가 발동해서 그만 내 인생에 또 하나의 큰 상처를 받게 되는 단초를 제공한 셈이 되고 말았으니까.

"왜 나만 이름이 준희야? 언니들은 영채, 은채, 그리고 오빠는 민채고, 승채와 막내까지 다들 채 자가 들어가는데 왜 나만 준희라고 지은 거야?"

준희가 뜬금없이 자신의 이름에 대해 의구심을 보였다.

"넌 다리 밑에서 주워 왔으니까 그렇지."

동생을 한번 놀려주고 싶은 마음에 내가 웃으며 말했다.

"아냐!"

준희가 의외로 정색하며 소리쳤다.

"정말이야. 정말 다리 밑에서 주워 왔다니까."

언니도 준희의 표정을 살피며 짓궂게 맞장구를 쳤다.

"아냐! 아냐!"

준희는 갑자기 소리 지르며 울기 시작했다. 그때 준희에게 언니들이 그냥 놀린 거라고 사실대로 말하고 사과했더라면 달라졌을까? 준희와 나의 관계가 여느 자매들처럼 다정할 수 있었을까? 우리는 아무 생각 없이 준희가 정색하는 모습이 재미있어서 속없이 깔깔 웃어댔다. 그러다 준희는 울면서 방으로 들어가 버렸고, 그 뒤로 우리는 그날 일을 까맣게 잊고 지냈다.

사실 여동생은 우리 때문에 형제들과는 다른 이름을 갖게 된 셈이었다. 우리가 평소에 돌림자인 '채'자가 들어가는 이름이 남자 이름 같다고 불만스러워했기 때문에 여동생에게는 다른 이름을 지어 준 거였다.

그로부터 며칠이 지난 뒤였다. 준희는 우리 집안의 복잡한 가족 관계를 자기 외가를 통해 알아냈고, 특히 나를 표적으로 삼아 고약한 말로 악을 쓰기 시작했다. 사실대로 말하면 '큰언니하고 너는 우리 엄마가 낳지 않았으니 너는 네 엄마에게 가라.'는 말이었다. 거기에서 언니는 제외되고 있었다. 아마도 언니는 아버지의 관심을 받지 못하는 걸 알고 질투의 대상으로 삼지 않은 듯싶었다.

나는 어린 동생의 언사임에도 불구하고, 어처구니없었고, 울 수도 웃을 수도 없는 난처한 심정이 되었다. 어린 동생을 상대로 화를 내기도 유치해서 뭐 씹은 기분으로 엉거주춤 넘어갔는데, 그 애는 한 번으로 그치지 않았다. 거의 매일 반복적으로 악을 썼다. 그 말을 듣는 나는 가슴에 비수가 날아와 꽂히는 것만큼 아팠다.

마치 할머니의 망령이 되살아난 것 같았다. 준희의 성격과 언행은 자랄수록 할머니를 닮은 데가 많았다. 예전에 할머니가 그랬듯이 준희는 나를 기어이 아버지 집에서 내쫓으려는 의도인 것 같았다.

아무 생각 없이 장난 한번 친 대가치고는 너무 모질고 가혹했다. 연일 충격으로 머릿속이 하얘지는 느낌이었다. 갑자기 더러운 똥구덩이에 빠진 것같이 기분이 처참했고 한편으로는 가족을 한꺼번에 잃고 천애 고아가 된 것처럼 서러웠다.

나는 어떻게 이런 일이 일어날 수 있는 것인지 이해가 되지 않았다. 전혀 예상치 않은 일이라서 이럴 때는 어떻게 해야 하는지 대책이 떠오르지 않았다. 오직 바라는 해결책은 계모가 나서서 준희를 제지해 주는 것뿐이었다.

내가 보는 앞에서 따끔하게 야단쳐서 다시는 이런 고약하고 맹랑한 언행을 삼가게 해주었더라면 얼마나 좋았을까. 그러나 이해할 수 없는 건 계모가 예전에 할머니에게 쫓겨날 때 그랬던 것처럼 또다시 침묵하고 있다는 점이었다.

"동생이 철없이 하는 말을 가지고 뭘 그러냐?"

계모가 오랜 침묵 끝에 겨우 한마디 했다. 오히려 나를 질책하는 말이었다. 그런 계모의 아리송한 태도를 등에 업고 준희는 더 의기 양양해지는 거 같았다.

내가 어린 준희한테 괴롭힘을 당하는데 언니가 편할 리는 없었다. 분명 언니도 마음이 아파 보였는데 언니마저 내 편에 서서 적극적으로 대처해 주지 않았다. 그 야릇한 기분을 나는 어렴풋이 짐작할 수 있었다. 원래 언니는 내게 살뜰한 사람이 아니었다. 게다가 아버지가 나만 학교에 보내주고 뒷바라지해 준다는 사실로 미루어 언니의 심리상태를 엿볼 수 있었다.

멀리 떨어져 있는 아버지는 집안에서 벌어지는 일을 일일이 알 리가 없었다. 그렇다고 내가 아버지에게 그런 일을 고자질할 수는 없는 노릇이었다. 한참 예민한 고등학생인 나는 공부에 집중할 수 없었고 마음이 황폐해져 갔다. 하교 시간이 되면 집에 들어오기가 싫어서 도서관으로 가거나 친구 집으로 가서 노닥거리며 시간을 보냈다.

그때는 고모네 가족도 우리 집과 근거리에 살고 있었다. 고모의 청사진대로 기훈 오빠가 그 도시에서 고등학교에 다니고 있었다. 나는 고모도 달가운 사람이 아니었지만, 고모네 집에 들러 눈칫밥을 얻어먹으며 집에 들어가는 시간을 늦추기도 했다. 그렇게 방황하다 보니 학교 성적은 삽시간에 곤두박질쳐 떨어졌다.

계모는 친정 식구들과 자주 모여앉아 속닥거리더니 언니를 자기 여동생과 함께 서울에 있는 공장으로 보낸다고 했다. 뜻밖의 결정에 나는 어리둥절했는데 언니는 의외로 순순히 따랐다. 어떻게든 집을 떠나기로 마음먹은 거 같았다. 그러잖아도 떠날 궁리를 하고 있었는데 잘됐다는 눈치였다.

"어디든 이 집보다는 나을 거다."

내가 하고 싶은 말을 언니가 하고 있었다. 하지만 기술을 배워서 자신의 길을 개척하겠다는 것도 아니고 남 보기에 그럴싸한 취직자리를 얻어 나가는 것도 아니어서 나는 언니의 말에 동의할 수 없었다.

"집에서 놀면 뭐하니?"

계모가 한 마디로 간단하게 정리했다. 나는 언니가 공장에 간다는 게 말이 안 된다고 생각되었지만, 본인이 반대하지 않는 데다 달리 묘안이 없어서 적극적으로 말리지 못했다.

4

아버지는 계획대로 서울에 집을 마련해 가족들을 이사 시켜 아버지와 합쳤다. 오랜 방랑 생활을 접고 마음을 잡는 듯했다.

학교가 있는 도시에 홀로 남아 다시 자취를 시작한 나는 오히려 마음이 편안해졌다. 중학생 때부터 가족과 떨어져 살아온 까닭에 혼자 사는 생활에 익숙했다. 준희로 인해 받은 상처를 잊을 수는 없지만, 다시 공부에 집중하려고 노력했다.

아버지와 주고받던 편지는 끊어진 지 이미 오래였다. 가족들과 함께 사는 동안 특별히 아버지에게 편지 쓸 일이 없었다. 언니가 공장으로 떠나고 가족들이 서울로 올라가 다시 혼자 남았어도 더는 편지를 쓰지 않았다. 준희 일로 마음에 상처가 커진 나는 속으로 아버지에게 그 화살을 돌렸고 편지는 의미가 없어졌다. 할 말이 있으면 공중전화 부스를 찾아 전화로 간단히 말하면 그만이었다.

나는 다시 어머니에게 가는 버스에 몸을 실었다. 어머니 얼굴을 보자 그동안 준희에게 당한 핍박이 떠올라 하소연하고 싶은 생각이 들었지만, 꾹 눌러 참았다. 그 말을 하는 순간 이제까지 나를 버티고 있던 자존심이 무너져 내 존재가 길가의 돌멩이 정도로 하찮게 보일 것만 같았다. 그런 모진 말을 듣고도 참을 수밖에 없는 처지인 나를 어머니에게 적나라하게 알리게 되고, 그럼에도 어떻게 해줄 수 없는 어머니에게마저 외면받는 느낌이 들까 봐 싫었다.

"오랜만에 왔구나. 그동안 무슨 일 있었니?"

"별일 없었어요. 그동안 가족들이랑 같이 살아서 오지 못했어요. 이제 모두 서울로 이사 가고 저 혼자 남아서 다시 올 수 있게 되었어요."

"서울로 이사 갔어? 그럼 니 언니는? 니 언니도 함께 간겨?"

어머니는 언제나처럼 꼬치꼬치 물었다. 그런 어머니에게 속마음을 숨기기도 쉬운 일은 아니었다. 우리와 떨어져 살긴 해도 귀에 안테나를 세우고 있는 거 같았다.

언니가 고등학교에 진학하지 못했다는 걸 뒤늦게 알았을 적에도 어머니는 언니를 만나 그 이유를 캐물었었다. 그때 언니가 어머니의 물음에 귀찮다는 듯이 공부하기 싫다고 말해 버렸다. 그 말이 아주 거짓은 아니었다. 언니는 운동에 소질이 있었고 공부에는 취미가 없다는 건 어머니도 아는 사실이었다. 아무리 그렇더라도 공부하기 싫어서 고등학교에도 가지 않았다는 건 분명 본의가 아니라고 생각되었다.

"그럼 기술이라도 배워야지."

어머니는 아무것도 안 하고 집에서 논다는 걸 납득할 수 없다는 표정이었다.

"그냥저냥 살다 시집이나 갈 거야."

"시집두 배워야 잘 가는 거여."

"아무나! 아무나 붙잡고 가면 되는 거지. 내 주제에 뭐 대단한 인생이라구?"

언니가 팩 쏘았다. 어머니가 움찔했다. 말 속에 가시가 있었다.

"......"

언니의 뾰족한 한 마디에 어머니는 아무 말도 못 했다. 그 책임이 온통 자신에게 있다는 듯이 고개를 숙이고 버릇처럼 돌아서서 가슴을 주먹으로 쳤을 뿐이었다.

철부지인 듯 밖으로만 도는 언니도 방식이 다를 뿐이지 나름대로 고통을 감당하고 있다는 걸 알 수 있었다. 그러다 지금은 지쳐서 될 대로 되라고 자포자기하고 있는 거 같았다. 아버지의 마약 심부름이 언니를 이렇게 만들었다고 짐작되었다. 그 절망스러웠던 기억을 떠올리고 나는 새삼 치를 떨었다. 두 번 다시 떠올리고 싶지 않은 기억이었다.

"언니는 공장에 갔어요."

내가 사실대로 말했다.

"공장에? 영채가 왜 공장에 가? 영채가 공장에 가 돈 벌어오지 않으면 느이 집이 당장 밥 굶는다니?"

어머니는 버럭 화를 냈다.

"언니가 싫다고 하지 않았어요."

"느이 계모가 보낸 거?"

"……"

나는 더이상 말하고 싶지 않았다. 그걸로 어머니가 모든 걸 짐작해 낸다 해도 어쩔 수 없는 일이었다.

"그렇지, 그 앙큼한 여자가 그러고도 남지."

어머니의 마음이 몹시 아픈 거 같았다. 그러나 이내 올렸던 꼬리를 내리듯이 한숨을 푹 내쉬었다. 어머니가 관여해서 개선될 수 있는 일이 없었다. 이미 남의 손에 맡겨진 자식들이니 이러쿵저러쿵 따질 입장이 못 되었다. 뿐만이 아니라 그로 인해 자칫 나한테까지 불이익이 돌아올지도 모른다는 두려움이 앞섰을 것이다.

내가 어머니를 찾아간 건 준희로 인해 받은 상처가 어머니를 보면 조금이나마 위로가 될까 싶었고, 홍이 소식을 들을 수 있기를 기대했던 때문이었다. 그러나 두 가지 다 별 소득이 없이 도시로 돌아올 수밖에 없었다.

언니가 내 자취방으로 불쑥 찾아온 건 공장으로 떠난 지 서너 달만이었다. 늦장마가 지려는지 9월에 들어서면서 시작된 비가 연일 질금거렸다. 언니는 들어 오자마자 방안을 휘 둘러보았다.

"그동안 어떻게 지냈어?"

나는 언니의 뭔가 불안한 듯한 행동이 눈에 거슬렸다. 우리 사이에는 어색한 공기가 감돌았다. 비록 성격이 달라 잘 통하는 사이는 아니라 해도 언니는 나밖에 찾을 사람이 없었다. 우리는 서로 미워하지 않아도 돈독하지는 못하고, 소원한 듯해도 생각하면 애틋해서 안 보고는 못 배기는 사이, 그래서 우리는 누가 뭐래도 피를 나눈 자매였다. 금세 도로 나갈 것처럼 방안에 멀거니 서 있던 언니는 방바닥에 주저앉았다. 그러고는 밑도 끝도 없이 물었다.

"너 돈 있니?"

참으로 뜬금없는 말이었다.

"내가 돈이 어딨어? 언제나 겨우 사는걸."

사실 나는 한 번도 풍족하게 살아 본 적이 없었지만, 그렇다고 수중에 돈이 완전히 떨어져 본 적도 없었다. 아버지에게 필요한 만큼만 타서 한 달 동안 꼭 써야 할 곳에만 썼기 때문에 한 달 중 남은 날수만큼 연명할 돈이 있었다. 따라서 그 돈이 없으면 미리 사놓은 쌀은 있으니 맨밥에 물만 먹어야 하는 상황이기도 했다.

"거짓말하지 마. 넌 분명 꿍쳐둔 돈이 있어."

언니는 내 말을 믿지 않았다.

"니 동생이 너 같은 줄 아니? 걔는 돈을 함부로 쓰지 않기 때문에 말로는 없다고 해도 어딘가 돈을 숨겨두고 있는 애여."

언젠가 내가 없는 자리에서 계모가 언니에게 한 말이라고 했다. 수중에 돈이 생기면 그 자리에서 써 버리는 언니와 비교해서 계모가 한 말이었다. 언니는 계모에게 그 말을 들은 뒤로는 내가 아무리 돈이 없다고 시치미를 떼도 곧이듣지 않았다.

"정말 없어?"

"그렇다니까. 생각해봐 내가 무슨 돈이 있겠나. 서울 갈 차비도 없구만."

나는 과장해서 엄살을 부렸다. 아버지가 보내준 서울 갈 차비에다 어머니한테 갈 때마다 찔러준 차비를 제외한 나머지 돈을 모아두고 있었다.

"진짠지 책가방 뒤져 본다? 나오기만 해 봐라."

언니는 허락이 떨어지기도 전에 내 책가방을 끌어다 거꾸로 들고 흔들었다. 속에 있던 책과 공책, 필통, 그리고 잡동사니들이 방바닥에 마구 떨어져 아무렇게나 나뒹굴었다. 나는 기분이 나빴지만 어디 찾아내는지 두고 보자는 생각으로 지켜보았다. 아무리 책가방을 흔들어도 돈은 나오지 않았다.

돈을 숨긴 곳은 책가방이 아니었다. 돈을 비닐봉지에 넣어 조그맣게 접은 다음 책상 서랍 뒤쪽에 테이프로 붙여 놓았다. 도둑이 들어와도 겉에서 보아서는 절대로 찾을 수 없는 곳이었다. 서랍을 잡아당겨 완전히 분리해야만 발견할 수 있었다. 하지만 서랍은 잡아당긴다고 쉽사리 빠지지 않았다. 나는 이리저리 여러 번 시도한 끝에 분리했다가 다시 제대로 끼워 넣는 방법을 터득했던 것이다. 그걸 언니가 곧바로 알아낼 리 없었다.

물론 어머니한테 가거나 집에 갈 적에는 책가방에 돈을 숨겨 가지고 다녔다. 책가방 맨 밑바닥에 보면 마분지를 넣어 바닥을 넓게 고정한 부분이 있었다. 그 틈을 비집고 돈을 집어넣으면 다른 사람이 발견하기도 어렵고 아무리 흔들어도 빠져나오지 않았다.

"왜 돈이 필요한데? 언니 월급 받잖아?"

언니의 차림새를 훑어보았다. 겉으로 보기에는 집에서 갈 때와 별로 달라진 게 없어 보였다. 옷에는 신경을 쓴 거 같지 않은데 돈은 벌어서 모두 어디다 쓴 건지 의아했다.

"그냥."

"목돈이 필요한 거야? 많이는 안 되고 조금은 주인 아주머니한테 말해서 꿀 수 있어."

어쩐지 눈치가 허투루 그러는 건 아닌 듯싶고 돈이 꼭 필요한 거 같았다. 나는 조금은 도와줄 수도 있다는 생각으로 주인아주머니한테 꾸어 오겠다는 제안을 했다. 서랍 뒤쪽에 숨긴 돈을 언니가 보는 앞에서 꺼낼 수는 없었다. 그래 봐야 서울을 서너 번 왕복할 수 있는 정도의 적은 액수에 불과했다.

"그래 줄래?"

언니가 반갑게 대답했다. 나는 곧 주인아주머니가 있는 안채로 가서 곧바로 돌려준다고 하고 돈을 좀 융통했다. 숨겨놓은 돈의 절반이 좀 넘는 정도의 액수였다.

"이것밖에 없대."

돈을 언니 앞으로 내밀었다. 언니가 낚아채듯이 돈을 받아서 세어 보더니 어림도 없다는 듯이 서운한 표정을 지으며 혀를 찼다.

"뭐할 건데? 그걸로는 안 돼?"

"됐어. 할 수 없지 뭐."

실망하면서도 받은 돈을 호주머니에 챙겨 넣었다.

나는 부엌으로 나가 저녁을 차리다 언니와 마주 앉았다. 전날부터 먹던 감자 된장찌개와 반찬 가게에서 사 온 멸치볶음과 김치가 전부였다.

"넌 맨날 이렇게 먹고 사니까 키가 안 크지. 아버지한테 돈을 더 달라고 해. 이렇게 먹는 걸 알면 더 주시겠지."

"아냐, 됐어. 이것도 황송하지 뭐."

나는 더 하려던 뒤엣말을 끊었다. 또다시 미안한 마음이 들었다.

이유야 어쨌든 학교도 못 가고 공장에 간 언니에 비하면 공부는 하고 있으니 언니 앞에서 할 말이 없었다.

"네 언니는 공부하겠다는 말을 한마디도 안 하는구나."

내 머릿속에 아버지가 했던 말이 다시 떠올랐다. 그리고 또다시 생각했다. 언니가 공부하겠다는 말을 했더라면 언니가 계속 공부할 수 있었을까? 언니를 고등학교에 진학시키지 않았던 이유가 그게 전부였을까?

그건 아버지의 핑계였다는 생각을 떨쳐버릴 수 없었다. 자식이 공부할 의욕이 있느냐 없느냐를 떠나 부모라면 당연히 자식의 장래를 위해 때려서라도 학교에 보내야 한다는 게 보편적인 생각일 것이다. 하지만 아버지는 한 번도 언니에게 공부해야 한다는 의지를 심어주지 않았다.

물론 언니 자신에게 일차적인 책임은 있었다. 우리와 같은 환경에서는 본인이 의지를 보여야만 가능한 일이었다. 공부하겠다고 사정을 하든 떼를 쓰든 어떻게 해서라도 뭔가 절실함을 보여야만 했다고 생각했다. 그럼 내가 아버지의 말을 언니에게 전했더라면 언니는 공부하겠다고 말했을까? 그래서 언니의 인생은 달라졌을까? 나는 생각에 생각의 꼬리를 물고 계속 생각에 빠져들었다.

"야! 밥 먹다 말고 무슨 생각을 그렇게 해? 밥부터 먹고 해라. 너처럼 생각이 많으면 인생이 고달픈 거다."

"응? 아무것도 아냐!"

고개를 저었다. 언니에게 말할 수 없었다. 말하기에는 너무 늦었다는 생각이었다. 이제 와 말한다 한들 달라질 것이 없었다.

"내가 설거지 할까?"

"내가 할게, 언니는 좀 쉬어."

나는 죄지은 사람처럼 얼른 밥그릇을 챙겨 상을 들고 나갔다.

여느 때 보다 일찍 자리를 펴고 오랜만에 언니와 나란히 누웠다. 이것저것 할 말이 많은 거 같은데도, 선뜻 할 말이 떠오르지 않았다. 우리는 늘 그랬다. 서로 하나밖에 없는 자매임에도 언제나 거리감을 느꼈다. 생각하면 둘이 한 몸처럼 느껴질 만큼 가까워야 함에도 절대로 가까워질 수 없는 무엇이 있었다.

"공장에서 일하는 건 어렵지 않아?"

내가 먼저 말을 골라냈다.

"안 어려워."

"다행이네. 사람들하고는 잘 지내?"

할 말이 궁했다.

"잘 지내면 뭐하게, 진작 잘렸는걸 뭐."

언니는 짐짓 태연한 척했지만 뭔가 근심거리가 있는 듯이 말과 함께 한숨을 내 쉬었다.

"잘려? 왜?"

나는 갑자기 공장에서 잘렸다는 말에 어리둥절해졌다. 몸만 건강하면 누구나 할 수 있는 공장일 하나 제대로 못 해서 쫓겨났다는 게 말이 되나 싶었다.

 계모의 말에 순순히 공장에 가겠다고 했을 적에는 미용기술이든 양재기술이든 기술을 제대로 익혀서 자립하지 무엇 때문에 공장에 가려는지 몰라 이해하기 어려웠지만, 지금은 생각이 달랐다. 이왕 공장에서 일하기로 마음먹었으면 몇 년간 열심히 해서 목돈을 만들어 앞길을 개척해 나가길 바랐다. 또한, 무엇을 하든 최선을 다하면 언젠가는 길이 열리지 않을까 하는 게 내 생각이었다.

 "그냥 그렇게 됐어."

 "응? 그게 무슨 말이야?"

 나는 언니의 말을 알아들을 수 없었다.

 "그럴 일이 있었어."

 언니는 툭툭 변죽만 울렸다.

 "무슨 말인지 알아듣게 자세히 말해 봐."

 "그래, 모두 사실대로 말할게."

 언니가 웬일인지 선심 쓰듯 모두 말해 주겠다고 했다.

 "그 사람 만나러 갔었거든. 그런데 못 가게 하는 거야. 그래서 닷새 만에 왔더니 작업반장이 나를 불러 욕을 하고 당장 나가라고 하더라고. 무단으로 결근했다고."

 언니는 예사롭게 말했다.

 "그 사람? 언니, 그 사람하고 같이 있었어? 그 사람을 아직도 만나는 거야? 그럼 잘린 뒤에 줄곧 그 사람하고 같이 있었다는 거야?"

"그랬......어."

언니가 큰일을 저질렀다는 생각에 나는 놀라서 입을 다물지 못했다. 공장에서 잘린 게 문제가 아니었다. 아버지가 알면 이번에야말로 집안이 뒤집히는 정도가 아니라 집에서 쫓겨날 판이었다.

그동안 식구들이 도시로 오면서 언니와 그 청년이 당연히 끊어진 줄 알았었다. 고작해야 어린 동생을 데리고 다니며 만났던 데이트 같지 않은 데이트를 이렇게 오래도록 지속해 왔다는 사실이 놀라웠다. 그리고 이 정도로 일을 크게 저지를 줄 몰랐다. 하여튼 언니는 철부지인지 겁이 없는 건지 도무지 이해할 수 없었다.

"언니, 어쩌려고 그런 짓을 했어?"

나는 답답해서 두 손으로 언니의 몸을 잡고 흔들었다.

"나도 모르겠어. 어쩌다 보니까 그렇게 됐어."

태연하게 말하던 언니가 갑자기 울음을 터뜨렸다. 자신이 감당하지 못할 엄청난 일을 저질렀다는 걸 그제야 인식한 것 같았다.

"우리 엄마한테 가서 의논해 볼까?"

잠시 뒤에 내가 격했던 감정을 가라앉히고 나서 말했다. 아무리 어릴 적에 헤어져 남처럼 살지라도 이렇게 다급할 때 떠오르는 사람은 어머니였다. 어머니가 아버지 모르게 언니를 도와주리라는 기대감이 들었다. 이런 때 편하게 의지하고 싶었다.

"분명 잘못됐는데도 나는 그 사람 만난 걸 후회하지 않아. 내가 그동안 힘든 가운데에서도 견딜 수 있었던 건 그 사람이 있었기 때문이야."

"그럼 그 사람하고 결혼이라도 하겠다는 거야?"

"난 그렇게 하고 싶어."

언니의 말은 진심인 거 같았다. 하지만 지금으로선 희망 사항에 불과했다. 우리는 갑자기 말을 중단했다. 속으로 언니가 그 사람과 결혼할 수 있을지 상상이 안 갔다.

"그래, 그만 자자. 푹 자고 나면 기분이 나아지겠지. 그리고 주말에 엄마한테 가서 의논해 보자."

나는 언니를 등지고 모로 누웠다. 어머니가 도와준다고 무엇을 할 수 있는가? 그 청년과 결혼할 수 있도록 주선이라도 해 줄까? 아니면 아버지를 만나 의논할 수 있을까? 해줄 수 있는 게 없어 보였다. 우리에게 부모가 있는 것일까, 생각하며 잠 속으로 빠져들었다.

이튿날 내가 학교에서 돌아와 보니 언니는 그 와중에도 태평스럽게 잠에 곯아떨어져 있었다. 차라리 잘된 일인지도 모르겠다고 여겼다. 잠을 못 자고 힘들어 하는 것보다는 나은 것도 같았다.

계속되는 비로 방안은 눅눅하고 기분도 꿉꿉해 나는 공부가 되지 않아 한숨을 쉬며 언니의 앞날에 대해 근심했다. 정작 본인은 멀쩡한데 나는 머릿속이 복잡해서 공부에 집중할 수가 없었다. 그래도 어떻게든 조금이라도 해 보려고 가까운 도서관으로 가 잠시 책을 보다가 저녁에 돌아왔다.

주말이 되어 우리는 함께 어머니에게 갔다. 어머니는 함께 온 우리를 반가움보다는 의아한 눈길로 바라보았다. 어머니들만이 가진 예리한 촉으로 뭔가 문제를 안고 왔다는 걸 꿰뚫어 냈다.

"뭔 일 있나 보구만."

어머니는 잠시 우리의 표정을 살피며 생각하다가 아저씨가 알세라 쉬쉬하며 우리를 외갓집으로 데리고 갔다. 그리고 뒤꼍의 골방에 앉아 자세히 물었다.

"어쩐지 영채 니가 꿈에 보이더니만...... 아주 뒤숭숭한 꿈자리였어. 이런 일이 있으려고 그랬나 보다."

어머니에게 뭔가 암시가 있었다는 말이었다. 그래서 자식은 어머니의 분신이구나 생각하며 나는 속으로 무릎을 쳤다. 어머니는 우리가 찾아온 사정을 듣고 나더니 한숨을 땅이 꺼지라 내 쉬었다. 그러고는 잠시 생각한 뒤에 이성을 되찾고 말했다.

"그 사람은 너하고 결혼할 생각이 있는 겨?"

"......"

언니는 어머니의 물음에 대답하지 못했다. 언니는 이제 겨우 스물한 살이었다. 하지만 이런 상황에서 그와 결혼하지 못할 건 없다고 여겼다. 문제는 한 번도 결혼에 대해 그와 진지하게 얘기해 본 적이 없다는 거였다. 둘 다 무작정 서로 좋아하는 감정만 가지고 생각 없이 만남을 지속했을 뿐이었다. 그와 여러 날을 한방에서 함께 지내고도 그런 말은 꺼내지 않았다.

"이런 일이 생기면 여자만 억울한 거여. 앞날이 창창한디 세상에 홀라당 까발릴 수는 없어. 일을 크게 만들면 안 되는 겨. 은채는 학교에 가야 하니까 얼른 돌아가구 영채는 여기 골방에서 당분간 지내고, 내일 나하고 병원에 가 보자."

어머니는 직감으로 언니가 차마 꺼내지 못하는 부분까지 간파하고 있는 듯이 언니의 의중을 유심히 살폈다. 병원에 가자는 말에 언니가 머뭇거리자 어머니는 뭔가 짐작한 듯싶었다.

나는 역시 어머니에게 가길 잘했다는 생각이 들었다. 어머니의 말을 들으니 이제부터는 내가 언니의 보호자 노릇을 하지 않아도 될 거 같아 마음이 홀가분해졌다. 어떻게든 어머니가 현명하게 잘 수습해 주리라 믿고 도시로 돌아왔다.

어머니에게서 급하게 주인집으로 전화가 걸려온 건 그로부터 삼 주일쯤 지났을 때였다. 그러잖아도 시골에 가려고 가방을 챙기던 중이었다. 지난 방학에도 공부한다는 핑계로 서울집에 가지 않았기 때문에 우선 시골에 가서 어머니와 언니를 보고 온 다음 서울에도 한 번 다녀오려는 계획이었다. 대학 입시도 걱정인데 언니 생각을 하면 불안해서 갈피가 안 잡혔다.

전화를 받으러 가면서 예감이 좋지 않았다. 갑자기 알 수 없는 불안감이 엄습해 왔다.

"네 언니가 약을 먹었어. 읍내 병원으로 어서 내려와야 허겄다."

전화기 너머 어머니의 목소리는 젖어 있었고 무슨 일이냐고 물어볼 새도 없이 통화는 단절되었다. 심장이 쿵 내려앉았고, 맥이 풀려 쓰러질 거 같았다. 간신히 정신을 차리기는 했으나 온몸이 마구 떨려왔다. 어떻게 갔는지 허둥지둥 언니가 있다는 시골 읍내의 병원으로 달려갔다. 외가에서 고개 하나를 넘으면 나오는 바닷가에 있는 읍이었다. 언니는 이미 싸늘하게 식어 있었다.

"아기와 함께 죽더라도 수술은 하지 않겠다고 허더니...... 부모 잘못 만나서 생긴 일이여."

어머니는 모두 자신의 손으로 키우지 못해 생긴 일이라고 자책하며 몸부림쳤다.

언니는 임신까지 했다는 거였다. 그러나 가난한 그 청년은 당장 결혼할 형편이 못 되고, 아이를 낳아 키울 경제적 여유도 없었다. 우선 낙태 수술을 하고 기다려 달라는 말에 외할아버지가 사다 놓은 농약을 마셨다고 했다.

분명 생각 없이 욱하는 성질이 앞섰던 때문이었다. 앞뒤 가리지 않고 저지르고 보는 언니의 평소 행동에 문제는 있었지만, 아기를 지키고 싶었던 그 마음만큼은 알 것 같았다. 어머니 없는 설움을 뼈저리게 느껴본 사람만이 가질 수 있는 감정의 한 자락이었다. 그것은 날마다 어머니를 애타게 기다리며 겪었던 숨이 막히고 피가 마르는 듯했던 아픔과 닿았다. 나는 그 순간에 처음으로 언니와 한마음이 된 듯했다. 언니가 왜 돈이 필요했는지도 이해가 되었다.

나는 병원 건물 밖으로 뛰어나와 의자에 넋을 놓고 주저앉았다.

그것도 모르고 가진 돈을 조금이라도 적게 빼앗기려는 궁리만 했었고, 마음으로라도 언니에게 도움을 주지 못하고 나 살 궁리에만 급급했던 나 자신이 후회스러웠다.

나는 이 모든 비극의 중심에 있는 아버지가 원망스러웠다. 아버지가 어머니를 버리지 않았더라면 아버지 자신도 비틀거리지 않았을 것이고, 언니가 공장에 가는 일도 없었을 테니까. 아버지가 한 말이 다시 떠올랐다.

"네 언니는 공부하겠다는 말을 한마디도 안 하는구나."

나는 주먹으로 내 가슴을 쳤다. 공부하겠다는 말을 하라고 귀띔해 주었더라면 언니가 내 말대로 했을지 몰랐다. 그 말이 아편에 취해 살던 아버지의 핑계였을 수도 있지만, 공부하겠다고 매달렸더라면 분명 상황은 달라졌을 것이다. 그랬더라면 언니의 인생도 달라졌을 것이다. 끝까지 언니에게 아무 도움이 되어 주지 못했다는 생각에 나는 용서를 빌며 울부짖었다.

바람결에 바다 냄새가 실려 왔다. 차로 오 분도 안 되는 거리에 서해 바다가 있었다. 끼룩끼룩, 갈매기들이 울며 하늘로 날아올랐다.

어머니는 언니의 소식을 듣고 내려온 아버지와 마주치지 않으려고 고개 너머 어머니가 사는 동네로 돌아갔다. 아버지와 마주친다면 어머니는 아버지를 그냥 두지 않고 어쩌면 이혼할 당시처럼 사촌오빠를 데려다 또다시 격투기로 날려버릴지도 몰랐다.

말없이 술을 마시던 아버지는 그 청년의 멱살을 움켜쥐고 흔들어 댔다. 나는 아버지를 뜯어말렸다. 아버지는 그런 행동도 할 자격이 없다는 생각이 들었다. 아무 짓도 하지 말아야 어울린다고 생각했다. 그래야 아버지를 덜 원망할 거 같았다.

아버지는 언니의 시신을 화장해서 할머니 산소 주위에 뿌렸다. 세상에서 유일하게 언니를 사랑해 준 할머니 품으로 돌아간 셈이었다. 우리가 어렸을 적에 살던 동네에 있는 저수지 옆에 있는 산이었다.

'은채야, 언니 잘하지?'

언니가 나를 데리고 처음으로 저수지에 왔던 그 날처럼 저수지 건너편에서 나를 보고 소리치는 거 같았다.

'으응.'

나는 몇 번이고 뒤돌아보며 대답했다. 저수지 위로 소리 없이 가랑비가 내렸다.

5

스산한 가을바람 속에 슬프고 고통스럽던 그 가을은 깊어갔다. 나는 서울에 있는 아버지도 시골에 있는 어머니도 찾아가지 않았다. 책을 보다가도 길을 걷다가도 언니의 주검이 떠올랐다. 뭔가 바뀌지 않으면 나도 언니처럼 될지 모른다는 강박감이 들었다.

아버지는 내가 청구서를 보내지 않아도 날짜가 되면 묻지도 않고 생활비를 부쳐 주었다. 그것만이 하나밖에 없는 친자매를 잃은 나를 위로하는 길이라는 듯이.

나는 아침이 되면 멍한 상태로 책가방을 챙겨 들고 학교로 가고 하교 시간이 되면 무기력하게 자취방으로 돌아오는 생활을 이어갔다. 수능을 치러야 할 날짜가 다가오는데 어느 대학에도 합격할 자신이 없었다. 가도 가도 황량한 사막 한가운데 홀로 서 있는 것 같아 한없이 쓸쓸했고, 때로는 캄캄한 터널 속에 홀로 갇힌 것같이 절망스러웠다. 그때 내 가슴속에서 들려오는 소리가 있었다.

'떠나고 싶다.'

나는 불현듯 어딘가로 멀리 가고 싶다는 생각을 했다. 그곳이 어디인지는 알 수 없지만, 어디든 새처럼 훨훨 날아가고 싶었다. 떠나지 않으면 나도 언니처럼 죽음을 선택하게 될 것만 같았다. 죽음에 대한 유혹이 전염성이 강한 병균처럼 내 몸으로 달려드는 것 같았다. 갑자기 감전이라도 된 듯 정신이 번쩍 들었다.

'어디로? 어떻게? 모른다.'

우선 무엇을 해야 할까 생각했지만, 구체적으로 어떻게 해야 하는지는 떠오르지 않았다. 하지만 분명한 것은 무엇이 되어야 한다는 것보다는 훨씬 신선하다는 느낌이었다. 떠난다는 것이 목표가 될 수 있는지는 모르지만 새로운 생각인 것은 분명해 보였다. 그 목표(?)를 위해서 우선 대학은 가야 한다는 생각이 들었다. 겨우 대학에 가야 한다는 생각, 처음과 뭐가 다른가, 결국 돌고 돌아 제자리로 돌아온 셈인데도 떠날 수 있다는 건 절망감을 떨쳐내는 힘이 되었다.

서울 집에 한 번 다녀가라는 아버지의 연락이 있었다. 마음 내키지 않았지만, 아버지 말을 무시할 수는 없었다. 아버지의 지원이 없이는 아무것도 할 수가 없다는 걸 명심했다. 나는 마음속으로 예상되는 아버지의 독선에 맞서 감정을 최대한 자제해야 한다는 각오를 하고 서울로 갔다.

버스에서 내리자마자 아버지의 한의원에 먼저 들렀다. 아버지는 살림하는 집을 한의원에서 가까운 곳에 따로 마련해 두고 있었다.

"넌 연애하지 마라. 네 언니가 그렇게 된 건 연애를 했기 때문이다."

나를 보자마자 아버지가 단호하게 말했다. 그 말에 나는 아버지의 얼굴을 똑바로 쏘아 보았다. 속으로 하고 싶은 말들이 명치 끝에서부터 밀려 올라오는 듯 말을 쏟아내고 싶은 욕구가 간절했다. 하지만 말을 뱉는 순간 아버지와 부딪치게 될 것이고, 아버지와 의견이 어긋나면 내 계획은 차질을 빚게 될 참이었다. 어디로든 잘 떠나기 위해서는 아버지의 지원이 필요했다. 침을 한 번 꿀꺽 삼켰다.

'언니가 왜 그렇게 되었는지는 아버지가 더 잘 아시잖아요?'

나는 소리 내지 않았다.

"전공은 정했냐?"

"……"

아버지가 원하는 학과가 어느 분야인지 나는 이미 알고 있었다. 내가 고등학교에 입학할 당시부터 가지고 있던 아버지의 꿈이었다. 내가 어릴 적부터 가지고 있던 꿈은 소설가였다. 그러나 지금은 소설가가 될 것인지 아니면 어딘가로 떠나기 위해 전공을 바꿀 것인지 고민 중이었다. 극단적으로 표현하면, 무엇이 되느냐보다 햄릿의 독백처럼 'to be or not to be' 그것이 문제였다.

"의대나 법대, 아니면 한의대에 가는 건 생각해 보았니?"

"그건 제 적성과는 맞지 않아요. 그리고 저는 그런 인재가 못됩니다. 제발 부탁드려요. 제 능력대로 살게 해주세요."

아버지가 뜨악한 눈으로 나를 바라보았다. 그건 아버지가 하라는 공부를 하지 않고도 대학에 갈 성싶으냐는 뜻으로 보였다.

"간호학과로 진학할까 해요."

전공을 바꾼다면 간호학과로 정하는 것이 떠나는데 도움이 될 것 같았다. 하지만 확정 지은 건 아니었다. 그렇게 말한 건 아버지의 의견에 어깃장을 놓고 싶은 의도가 작용했기 때문이었다.

"간호사는 안 된다. 간호사는 대소변은 보통이고 피와 고름과 온갖 더러운 것은 다 만져야 하는 직업이야. 남자들의 거기까지 예사로...... 정 그렇다면 사범대로 가거라. 선생은 깨끗한 직업이다."

아버지의 말은 정말 뜻밖이었다. 끝까지 의대나 법대 아니면 안 된다고 할까 봐 내심 마음을 졸이고 있던 참이었다. 나는 아버지의 얼굴을 말없이 쳐다보았다. 아버지가 이 정도로 내게 양보하는 건 아마도 언니의 죽음이 가져온 변화인 듯싶었다. 사범대로 진학하더라도 글을 쓰는 데는 괜찮을 듯싶었다. 사실 어느 학과로 정하든 소설은 쓸 수 있다는 생각이었다. 그러나 떠나려고 한다면 간호사

만큼 확실한 직업이 없어 보였다.

"……"

나는 침묵으로 대답했다. 아버지는 내가 받아들인 것으로 생각할 것이다.

"집으로 올라가 있거라."

누군가 들어오는 문소리가 났다. 나는 아버지에게 말없이 고개를 숙이고는 한의원을 물러 나왔다.

내가 들어서는 것을 보고도 준희는 본체만체했다. 그러거나 말거나 나 역시 신경 쓰지 않았다. 이제는 굳이 언니 대접을 받고 싶은 마음도 없었다.

"언제까지 니 뒷바라지만 한다니? 너한테 돈을 몽땅 쏟아부으면 줄줄이 넷이나 되는 동생들은 어떡하라구?"

계모가 나를 보더니 그렇게 불평했다. 아버지의 능력을 무시한 과장된 표현이라는 생각이 들었다. 침묵을 지키던 때와는 달리 노골적으로 대학 진학을 막고 싶은 거 같았다.

나는 대꾸하지 않았다. 계모가 곧잘 쓰던 방법이었다. 입장표명이 곤란할 적마다 침묵으로 의사를 표현하는 건 아주 좋은 방법이었다. 그 방법은 계모와 나 사이에 쌓이는 껄끄러운 감정을 감추고 극단으로 치닫게 될지도 모를 언행을 조절하기에 좋았다. 나는 말없이 두 발로 서서 자박자박 걷고 있는 선채에게로 시선을 돌렸다.

"이제 잘 걷네. 막내야, 잘 있었어?"

선채는 반갑다고 내게로 걸어와 안겼다. 하마터면 세상에 존재하지 못했을지도 모르는 아이였다. 자신이 세상에 오기 위해 태동이 시작된 엄마의 자궁 속에서 아무도 모르게 사라졌을 수도 있었다는 생각을 하자 새삼 선채가 안쓰러웠다. 이 일은 이제 계모와 나만이 아는 비밀이었다.

아버지는 서울에서 자리가 잡히자 제일 먼저 선채의 발을 수술해 주었다. 한국에서 가장 유명하다는 정형외과 박사를 만나 진찰과 검사를 받고 수술로 자궁 속에서 뒤틀린 발을 폈다. 그리고 양쪽 무릎 아래부터 발끝까지 여러 달 동안 깁스로 고정해 모양을 바로잡았다.

수술은 성공적이었다. 다섯 달 뒤에 깁스를 잘라내고 걷는 연습을 하자 선채는 정상인처럼 걸을 수 있게 되었다. 계모는 선채가 걷는 모습을 보며 기쁨과 회한의 눈물을 흘리곤 했다.

"엄마, 제 다리가 가늘해도요, 달리기도 할 수 있어요"

선채는 자신 때문에 눈물 흘리는 엄마를 늘 마음 아파하면서 위로하곤 했다. 그 애의 다리는 오랫동안 깁스를 해 놓은 탓에 아무리 잘 먹이고 열심히 운동을 시켜도 근육이 붙지 않아 뉴스에서 본 기아에 허덕이는 아프리카의 난민 아이처럼 가늘었다. 그 다리로 심한 운동은 못 해도 생활하는 데 지장은 없었다.

나는 드물게 가족들과 만날 때마다 남의 집에 온 것 같은 어색한 분위기를 선채를 보며 풀곤 했다. 어린 선채는 가족들을 하나로 묶고 즐겁게 하는 분위기 메이커였다.

선채를 비롯해서 다른 동생들은 모두 나를 잘 따랐다. 그러나 준희는 나와는 상극이었다. 남동생들은 준희로 인해 나와 자신들은 반쪽 피만 섞인 이복형제간이라는 걸 알고 있음에도 내색하지 않았다. 그러나 준희는 만나기만 하면 나를 안 보겠다는 악다구니를 반복하면서 반쪽의 사실을 상기시켰다.

나는 곁을 주지 않는 그 애에게 다가갈 수 없었다. 언제나 나를 향해 날을 세우고 있어서 근접하면 나만 베이게 되었다. 나를 언니로 여기지 않고 빌붙어 사는 혹 같은 존재로 치부하는 거 같았다. 그런 상황이 반복되다 보니 어쩌다 집에 가도 마주치지 않으려고 피하게 되었다. 결국은 아버지까지 알게 되었고 가족 간에 불화의 원인이 되곤 했다.

"준희, 넌 왜 버릇없이 언니한테 고약하게 구는 게냐?"

"넌 왜 어린 동생 비위 하나 못 맞춰 주고 집안 시끄럽게 그러는 겨?"

그러니까 아버지는 준희를 나무라고 계모는 나를 나무라게 되는 모양새였다.

나는 이런 상황이 정말 견디기 힘들었다. 가족이 나를 말 없이 밀어내고 있다는 느낌이 들었다. 그럴 때마다 나는 떠나리라 마음먹었다. 그러다 보니 그것이 마치 내 꿈이 된 듯했고 살아가는 목표가 된 것 같았다. 나는 결국 꿈을 포기하고 간호학과로 진학할 준비를 마쳤다. 절반은 아버지에 대한 반항심이었다는 걸 부인할 수 없는 결정이었다.

해가 바뀌어 졸업식 날이 되었다. 뜻밖에도 어머니가 교문 앞에서 기다리고 있었다. 언니가 떠난 뒤로 나는 어머니에게 발길을 끊고 있었다. 사실 원망스럽기로 하면 아버지가 더 했지만, 아버지는 학비와 생활비를 대 주는 한 완전히 끊고 살 수는 없었다. 그렇지만 마지못해 특별한 때에만 서울에 올라가 만났으니까 특별히 엄마만 외면했다고 볼 수는 없었다.

"어떻게 아셨어요?"

"내가 아는 사람 중에도 딸이 너희 학교에 다니는 사람이 있어. 거기다 물어봤지. 졸업 축하한다. 나는 니 아버지하고 마주칠까 봐 식장에는 들어가지 않을란다. 여기서 니 얼굴 보고 가려고 왔어. 대학은 서울로 가는 거여? 서울로 가면 얼굴 보기가 더 어려울 거 같구만."

"전 서울로 가고 싶지 않은데 아버지가 허락하지 않을 거예요. 그리고 그동안 엄마한테만 안 간 건 아니에요. 엄마가 싫어서 그런 게 아니에요. 엄마가 이해해 주셨으면 좋겠어요."

나는 언니라는 단어를 입에 올리는 것도 두려워서 우회적으로 표현했다.

"니 마음 아니까 걱정하지 말어. 나도 외갓집엘 가지 못하니까. 그쪽을 쳐다보지도 못하겠어. 너만 잘 지내면 난 상관없으니까 걱정하지 말어. 그럼 난 그만 갈란다. 나중에 니 마음이 좀 나아지면 한 번 내려와. 그리고 이게 홍이 연락처다. 아마 니 언니 그렇게 되고 난 직후였지, 성당에 신부님 만나러 왔다고 하면서 나한테 들렀더라. 니가 있는 주인댁으로 전화하기도 뭣해서 너한테 진작 전할 수가 없었어."

어머니는 전화번호가 적힌 쪽지와 함께 손에 들고 있던 꽃다발을 내 품에 안겨 주고는 돌아서서 교문 앞 언덕길을 내려갔다. 나는 그대로 서서 어머니가 안 보일 때까지 뒷모습을 바라보았다. 어릴 적에 어머니가 나와 헤어지면서 했던 말이 뇌리에 다시 떠올랐다.

"너는 꼭 높은 학교까지 가야 해. 높은 학교에 가려면 니 아버지하고 살아야 해."

내 마음속 언덕 위에 웅장하게 솟아있던 하얗고 큰 건물은 이제 누추하게 허물어져 가는 모습으로 아무 의미가 없는 것처럼 느껴졌다. 내게 대학은 꿈을 실현하기 위해서가 아니라 어딘가로 떠나기 위한 수단과 방법이 된 거 같았다.

졸업식이 끝나고 나오자 아버지 역시 졸업식장에는 들어오지 않고 교문 밖에서 기다리고 있었다. 아버지는 말없이 앞서 걸었고 나도 조용히 아버지를 뒤따라 걸었다. 아버지는 이 도시에서 유명한 설렁탕 집으로 들어갔다. 나도 따라서 안으로 들어갔다.

내가 고등학교에 합격했을 적에도 아버지는 이 설렁탕 집에서 내게 점심을 사주었다. 그때 아버지가 만면에 웃음을 띠고 한껏 목소리에 힘을 실어 큰 소리로 설렁탕 두 그릇을 시키던 모습이 눈앞을 스쳤다.

그때는 내게 가족이 있었다. 편지를 주고받던 아버지와 언니, 그리고 등의 온기만 줄망정 지금처럼 자기 자식만 챙기지는 않았던 계모와 아무것도 모르는 동생들이 있었다. 그러나 불과 이삼 년 사이에 내 주변은 황량한 사막으로 변하고 말았다. 할머니의 망령이 되살아왔다고 느꼈던 순간부터 모든 건 뒤죽박죽이 되어 버렸다.

"언제 서울로 올라올 거니?"

아버지의 물음은 어느 사범대학에 합격했냐는 말이 아니었다. 나는 내 진로에 관해서 묻지 않는 아버지가 혹시 대학 등록금을 대주지 않겠다는 의도는 아닌지 몰라 불안감이 들었다.

"좀 더 있다가 여기 정리하고 갈게요."

나는 설렁탕에는 숟가락도 대지 않은 채 아버지의 의중을 살피느라 신경 썼다.

"제가 어느 대학 어느 학과에 합격했는지 궁금하지 않으세요?"

굳이 돌릴 필요가 없었다. 한 번은 치러야 할 일이니 차라리 정면 돌파 하는 편이 낫다고 여겼다.

"학과는 뻔하잖니? 니가 생각을 접었을 리 없으니까. 넌 언제나 순종하는 거 같아도 쉽게 굽히지 않는다는 걸 안다. 그래, 학교는 어느 학교니?"

아마도 아버지는 어릴 적의 일을 염두에 두고 하는 말인 거 같았다. 할머니에게 심하게 매를 맞으면서도 끝까지 빌지 않았던 일. 그 기억 때문에 나는 빌라는 말에 트라우마를 가지고 있었다. 세상에서 가장 끔찍한 말이 그 말이었다. 자발적으로 순종하든가, 잘못을 인정하고 사과하는 것과는 다른 거니까. 함부로 빌지 않는다는 것,

그것은 자라면서 일종의 자존심 내지는 신념으로 굳어졌다. 물론 할머니 외에 그런 터무니없는 강요를 내게 한 사람은 평생 다시 없었다.

이번에도 지난번에 서울에 올라가 아버지를 만났을 때처럼 예상 밖이었다. 아버지가 정해 준 길을 가지 않는다고 충돌이 있을 줄 알았는데, 너무 쉽게 허락해 준다는 느낌이 들었다. 이것이 언니의 죽음이 가져다준 변화인가 싶을 정도로 아버지답지 않았다. 분명 아버지는 예전과 달랐다.

"○○대학교예요."

내가 합격한 대학을 듣고 아버지는 실망한 눈치였는데 겉으로 드러내지는 않았다. 위기는 넘어갔고 긴장했던 분위기도 좀 누그러졌다.

설렁탕집에서 나온 아버지는 곧바로 서울행 고속버스에 올랐고 나는 자취방으로 돌아왔다. 예상보다 순조로운 게 이상할 정도였다.

혼돈의 시간

1

하늘은 마지막 눈이라도 내릴 것처럼 회색빛으로 낮게 가라앉아 있었다. 나는 약속한 시간보다 이십 여분이나 일찍 역 앞에 있는 찻집으로 나갔다. 혹시라도 일찍 도착할지도 모를 홍이의 동선을 고려해 유연하게 맞추기 위해서였다. 그가 마침 시골에 갈 계획이니 돌아가는 길에 나를 만나겠다고 했다. 대학에 가기 전에 할머니의 산소에 들러 할머니를 뵙고 오겠다는 얘기였다.

참으로 어렵게 홍이와 연락이 닿았다. 매미를 선물로 받았던 그 사학년 이후로 우리의 만남은 매번 틀어졌고 먼 길을 돌아 이제야 다시 만날 기회가 왔다. 스무 살이 되어 대학 진학을 앞둔 시점이었다.

만날 시간이 가까워질수록 그는 어떻게 변했을까, 무슨 말을 할까 생각하니 가슴이 콩닥거렸다. 기다리면서 많은 상상을 했다. 내가 아는 진정한 친구는 홍이 뿐이었고, 앞으로 다른 남자친구를 받아들이지 못할 거 같았다. 이제부터는 자주 만날 수 있으리라, 그동 안의 공백은 지금부터 채워나가면 되리라 여겼다.

홍이가 원한다면 굳이 떠나지 않고도 새로운 출발은 가능하다는 생각도 했다. 혹시 함께 떠나자고 하면 그가 흔쾌히 따라줄지도 모른 다는 상상까지 해 보았다. 내가 일방적으로 너무 멀리 나간 것일까.

이십 분가량 지나서 몸매가 호리호리하고 말쑥한 청년이 다방 안 으로 숨을 헐떡이며 들어왔다. 나는 단박에 그가 홍이라는 걸 알아 보고 반가운 마음에 8년 전 그때처럼 자리에서 벌떡 일어났다. 그 가 곧바로 내게로 뚜벅뚜벅 걸어왔다. 얼결에 서로 손을 내밀어 잡 았다.

긴 공백에도 친숙한 느낌은 그대로였다. 다만 만나지 못한 사이 외모는 많이 달라져 사촌을 오랜만에 만나는 느낌이랄까, 어색한 것도 같고, 그렇지만 그런 어색함쯤이야 금세 걷어낼 수 있을 것도 같은 편안함이 우리 사이에 있었다.

"너무 오랜만이라 무슨 얘기부터 해야 할지 모르겠네."

주문한 커피가 나오고 늘 그랬던 것처럼 내가 먼저 말을 꺼냈다.

"역시 예쁘게 자랐네. 니 소식은 계속 아주머니를 통해서 듣고 있었어. 너와 아주머니에게 가슴 아픈 일이 있었다는 얘기도. 많이 힘들었겠네."

예쁘게 자랐다는 말을 하면서 예전처럼 홍이의 귓불이 발개졌다. 원래 홍이는 숫기 없기로 동네에서 유명했었는데 유독 내 앞에서만 편안해했었다.

"나도 너희 할머니께서 돌아가시고 니가 고향을 떠났다는 애 길 듣고 얼마나 소식이 궁금했는지 몰라. 여러 번 시골에 갔었 는데 그때마다 너한테 소식이 없다는 말만 들었어. 계속 그렇 게 어긋나다가 이제야 만나게 되었네."

우리 두 사람은 상대방의 슬프고 아픈 가족사에 대해 서로 위로 의 인사를 주고받았다. 그리고 나서 곧 예전의 소꿉친구 시절로 돌 아간 것처럼 스스럼없이 이야기할 수 있었다.

"난 신학대학에 들어가게 되었어."

내가 먼저 간호대학으로 진학한다고 말하자 홍이도 자신의 인생 방향에 대해 말했다.

"신학대학?"

나는 홍이의 말을 곧바로 알아듣지 못해 되물었다.

"신부가 되려고......"

"......"

가톨릭 신부가 되려고 한다는 홍이의 말에 나는 아무 말도 못하 고 홍이의 얼굴을 바라만 보았다.

"하느님께서 내겐 줄곧 한 가지 길만 보여주셨어. 내 형편으로 는 대학에 갈 수 있는 길도 하나밖에 없었고. 신학대학은 학비 가 안 드니까. 기억하고 있는지 모르겠네. 우리가 다섯 살 무렵 크리스마스 때 동네 성당에서 노래하고 춤추었던 거. 우리 집안은 몇 대째 천주교를 믿어온 구교 집안이야.”

“아, 기억나. 나는 신자도 아니고 연습도 안 했는데 갑자기 동네 언니가 무대에 올려놓았어. 그래서 다른 애들은 다 잘하는데 나만 못 하니까 속상해서 막 울었던 거. 그랬었구나. 난 몰랐어.”

우리 사이에는 잠깐 침묵이 흘렀다. 이건 내가 전혀 예상하지 못했던 상황이었다. 그러고 보니 홍이와 나는 애초부터 다른 길이 정해져 있었다는 생각이 들었다. 갑자기 그가 나와는 영 다른 세상의 사람으로 보였다. 뭔지 모를 성스러움과 동시에 실망감도 함께 느껴져 고개를 떨구었다. 내가 아는 건 천주교 신부는 평생 결혼하지 않고 독신으로 산다는 것뿐이었다.

홍이만 만나면 모든 외로움과 아픔이 한꺼번에 사라질 것 같았는데, 그와 나 사이에는 넘을 수 없는 높은 장벽이 있다는 걸 깨달아야 했다. 그제야 절대로 뛰어넘을 수 없는 8년의 공백을 실감할 수 있었다. 눈물이 쏟아져 나올 것만 같아서 절대로 울지 않으려고 입술을 깨물었다. 왠지 홍이를 위해서 절대로 눈물을 흘리면 안 될 거 같았다. 그토록 만나기를 고대했던 소꿉친구 홍이가 처음부터 살아가야 하는 세계가 다른 사람이었다는 걸 나는 믿을 수 없었다. 아니, 인정하고 싶지 않았다.

“그럼 넌 앞으로 나 안...... 만나겠네. 신부는 예수님만 사랑하면서 결혼을 안 하고 평생 독신으로 살잖아.”

인정하고 싶지는 않지만 확인은 해야 했다.

“그래야 하......겠지. 하지만 우리는 영원히 소꿉친구야. 잊을 수 없을 거야."

"우리 그때 다시 만나자고 약속했잖아? 난 그동안 널 만나지 못했어도 약속을 한 번도 잊은 적이 없었어."

나는 오래전에 외가에서 그를 마지막으로 만나 했던 약속을 기억했다.

"그랬어. 나도 널 잊은 적이 없었어. 그렇지만 우린 만날 수 없었고...... 나는 진로를 결정해야 했어."

"우린 똑같이 그랬구나. 그런데......?"

우리는 서로 말문이 막혔다. 나는 하고 싶은 많은 말들이 마음속으로 떠올랐지만, 쏟아낼 수 없었다. 쏟아내는 순간 말들이 모두 방향을 잃고 의미가 퇴색된 채 허공에 떠돌 것 같았다. 자제해야 한다는 생각이 들었다. 그에게 진정 친구라면 이 상황에서 말하고 싶다고 다 할 수는 없었다. 보통의 사람과는 다른 길을 가려고 하는 홍이 앞에서는 그래야 할 거 같았다. 나는 신이 우리들의 만남을 어긋나도록 조정했다는 생각마저 들어 야속했다.

홍이도 같은 마음으로 하고 싶은 말을 속으로 삼키는 듯 입을 다물었다. 어릴 적부터 그는 말수가 적어 진중한 성격이었다.

그는 나보다 일 년 먼저 고등학교를 졸업했으니까 곧바로 대학에 갔어야 했다. 그런데 왜 나와 같은 해에 신학교에 가게 되었다는 건지 나는 얼핏 이해가 되지 않았다.

"실은 내가 진심으로 예수님을 따르고 싶은지 자신이 없어서 일 년을 묶으면서 더 생각해 보느라고 늦었어. 결정을 계속 미루고 있다가 이제야 하느님의 뜻을 받아들이게 되었지."

내 의구심을 간파했다는 듯 홍이가 일 년의 공백을 설명했다. 일 년의 공백. 나를 만나기를 기다리며 결정을 미루고 있었다는 얘기로 들렸다. 아마도 그 일 년의 기간에 나를 만났더라면 그 결과 또한 하느님의 뜻이라고 받아들였을 거라는 게 내 판단이었다. 이렇게 그와 나는 어긋나 버렸다.

"그렇구나. 하느님의 뜻."

내가 중얼거리듯이 말했다. 그것이 우리들의 운명이라고 생각되었다. 홍이와의 인연은 여기까지인가 보다 여겨야 했다.

나는 떠나기 위해서 간호학과를 선택했다는 말을 하지 못했다. 홍이에게 함께 가자는 말을 할 수 없는 게 못내 아쉬웠지만, 이제 정말 떠나도 될 것 같았다. 아무 미련이 없을 거 같았다. 도무지 내가 이곳에 남아 있어야 할 의미를 찾을 수 없었다.

우리는 일찍 자리에서 일어났다. 서로 미래에 대해 어떤 약속도 할 수 없는 분명한 현실 앞에서 계속 마주 앉아 있는 건 막막하기만 할 뿐이었다. 살다 보면 언젠가는 만날 수 있을 거라는 뻔한 거짓 위로마저 기대할 수 없었다.

우리는 바로 앞에 있는 역광장을 가로질러 함께 걸어갔다. 그리고 홍이는 대합실을 통과해 플랫폼을 향해 총총히 사라졌다. 마지막으로 나를 돌아보며 수줍게 미소를 지어 보였지만 예전처럼 손을 흔들지는 않았다.

잘 가라, 내 소꿉친구! 나는 예전에 외가를 떠나올 때 홍이가 그랬던 것처럼 그를 위해 손을 흔들어 주었다. 내게 소중한 또 한 사람을 잃었다는 생각에 가슴속 깊이 슬픔과 허전함이 밀려들었다. 하지만 끝까지 미소를 잃지 않으려고 노력했다. 그것만이 내가 그를 위해 마지막으로 해줄 수 있는 일이었다. 홍이와의 짧은 만남은 이렇게 영원한 이별을 만들었다.

나는 역에서부터 자취방까지 버스를 타지 않고 터덜터덜 하염없이 걸었다. 그렇게 걷다가 내가 사는 동네에 이르러 눈앞에 성당이 나타났다. 늘 무심히 지나치던 곳이었다. 이제부터는 그대로 지나칠 수만은 없을 거 같았다.

성당 문 앞에 멈춰서서 철 대문 사이로 성당 마당을 기웃거렸다. 아름답고도 조촐해 보이는 성당 건물이 내 시선을 잡았다. 성당은 조금 전에 홍이가 사라져간 플랫폼과 겹쳐 보였고, 그 안으로 길이 있다는 생각이 들었다. 동시에 홍이가 건물 안으로 빨려 들어가듯 성당 안으로 사라지는 모습이 그려졌다.

다시 하늘 높이 솟아있는 십자가를 바라보았다. 눈발이 흩날렸다. 십자가와 홍이, 나는 오랫동안 난분분 날리는 눈을 맞으며 서 있었다.

짐을 정리하다 언니의 사진이 한 장 나왔다. 누가 찍어 주었는지 아버지의 파란색 자전거를 타면서 찍은 스냅 사진이었다. 자전거를 타면서도 바지가 아닌 치마 차림이었다. 바람에 치마가 펄럭이기라도 했는지 웃으며 한 손으로 부여잡은 치맛자락 아래로 허벅지가 보일 듯 말 듯 쭉 빠진 종아리를 길게 뻗고 있었다. 멈춰버린 과거의 시간 속에서 웃고 있는 언니가 참으로 낯설었다. 나는 긴 한숨을 내쉬며 사진을 아버지가 만들어 준 청구서 노트 갈피에 끼워 넣었다.

2

아버지는 서울로 올라간 나를 직접 양장점으로 데리고 가서 옷을 맞춰 주었다. 엉덩이 아래까지 내려오는 검정 색깔의 튜닉과 한참 유행하고 있는 판탈롱 바지였다. 나는 그 옷을 입고 청계천에 있는 헌책방을 누볐다. 그리고 마르쿠스 아우렐리우스의 명상록을 찾아냈다.

명상록에는 '외부적인 어떤 것 때문에 고통받는다면, 자신을 괴롭히는 것은 외부적인 것이 아니라 그것에 대한 당신의 판단이라는 사실을 깨달아야 한다.'라는 구절이 있었다. 즉 상처는 받는 사람의 마음가짐에 따라 상처가 될 수도 있고 아닐 수도 있다는 뜻으로 해석되었다.

그렇다면 준희로부터 받는 상처는 그렇다손 쳐도 불가항력적 상황에서 받은 상처, 즉 부모의 이혼으로 받은 상처와 할머니로부터 받은 학대도 내 마음가짐에 따라 상처가 안 될 수도 있다는 얘기인지 나는 혼란스러웠다.

내가 지나치게 예민한 반응을 하고 있다는 말인가, 고통받고 싶지 않다면 순응하라는 말인가? 아니면, 나는 괜찮다, 아무렇지도 않다고 스스로 최면이라도 걸라는 말인가? 나는 고개를 가로저었다. 대범하게 넘길 수 있는 것을 왜 예민하게 받아들여 상처로 만드냐고 꾸짖는 듯한 문구들이 눈에 거슬렸다. 바보가 되든가 아니면 성인이 되라는 말 같았다. 내게는 아무 위로도 주지 못하는, 너무도 동떨어진 말일 뿐이었다.

'나만 밴댕이 소갈딱지라는 얘기군. 평범한 내게는 불 · 가 · 능!'

이렇게 중얼거리면서 책을 탁 소리 나게 덮었다.

나는 다시 청계천의 헌책방을 뒤져 세계문학전집을 한 권 샀다. 그 책 속에 생텍쥐페리의 '어린 왕자'가 실려 있었기 때문이었다. 그리고 나는 이런 구절을 읽었다. '사막이 아름다운 건 어딘가에 우물이 숨어 있기 때문이야.'라는 말, 그런데 눈으로는 찾을 수 없고 마음으로 찾아야 한다는 말이 내 가슴에 들어왔다. 그렇다면 나를 둘러싸고 있는 사막 같은 환경에도 진정 우물은 있는 것일까 생각했다. 그리고 한 가닥 희망을 가져 보았다.

명상록과 어린 왕자 사이에 어떤 연결고리가 있는지 내가 알 필요는 없었다. 다만 내 마음속에 하나의 행동지침이 만들어졌다는 것이 중요할 따름이었다.

'준희의 웬만한 패악질에는 절대로 눈도 깜짝하지 말자. 절대로, 절대로!'

나는 마침내 나를 강하게 할 필요성이 있다는 걸 깨달았다. 그해 봄이 오는 길목에서 옷 속으로 스미는 바람을 맞으며 거무칙칙하고 음습한 분위기 속으로 침잠하기 위해, 홍이의 그림자를 외면하기 위해, 진고개에서 종로까지 매일 왕복했다. 희망과 기대로 차 있어야 할 시간을 나는 속을 까맣게 태우며 보냈다.

그렇게 시작한 대학 생활이 그다지 즐겁지 않은 건 당연했다. 어딘가로 떠나기 위해서 하는 공부는 재미라기보다는 억지였고, 한겨울 언 땅에 구덩이를 파는 것처럼 힘이 들었다.

동아리 활동이나 연인들의 데이트도 별 관심이 없었고 냉소적인 눈으로 바라보게 되었다. 캠퍼스는 늘 밝고 젊은 활기로 넘쳤지만 나는 의욕이 없었다. 학생들은 정부의 정책과 새로운 헌법에 반대해 떼 지어 거리로 뛰쳐나가도 아무런 관심을 보이지 않았다.

내가 서 있고 싶지 않은 땅, 아들을 선호하는 사고로 인해 가정이 파괴되고 유린 되어도 여자는 보호받지 못하는 나라. 나는 불만에 가득 차 이방인처럼 강의실만 지켰다.

패기 넘치고 잘생긴 남학생들이 눈앞에 어릿거려도 나는 전혀 남자에 대한 기대 또한 없었다. 남자에 대해서는 거의 혐오감을 가지고 있었다고 해도 과언이 아니었다. 내가 가까이해서는 안 되고 경계하고 타도해야 할 대상은 남자였다. 딸이라는 이유로 받은 상처를 고스란히 이 땅에 아들로 태어나 온갖 호강을 다 누리고 자란 그들에게 돌려주고 싶었다. 따라서 남자와 함께 하는 연애와 결혼에 대한 꿈과 환상 역시 당연히 없었다.

내가 그런 사고를 갖게 된 건 당연히 내가 자라온 환경 때문이었다. 내 할머니가 그랬듯이 여자인 며느리의 인생을 같은 여자인 시어머니가 망치고, 여자인 어머니들의 남아선호 사고 때문에 같은 여자로 태어난 딸들을 희생시키는 사회 통념과 인습에 대한 일종의 반발이었다.

여자의 적은 여자라는 말처럼 그 악순환의 시작과 끝은 바로 같은 여자인 할머니와 어머니였으니 딸들은 하소연조차 못 하고 고스란히 견뎌낼 수밖에 없었다. 그리고 그 딸들은 자라서 다시 똑같은 가해자의 위치로 돌아가게 되었다. 그런 틀 속에서 자란 남자들은 자연스레 가부장적인 사고를 갖게 되는 거라고 나는 생각했다.

나는 공부벌레가 아니면서도 항상 도서관에서 책을 뒤적이다가 종로의 음악감상실에 들러 음악을 듣곤 했다. 그러다 가끔은 같은 과 여학생들과 함께 찻집에 앉아 남자들에 대한 험담을 쏟아내곤 했다. 짝을 찾기 위해 힘을 쏟는 그들의 환상을 깨주고 싶었다. 하지만 막상 나는 남자에 대해 아는 게 별로 없었다. 거의 숙맥에 가깝다는 걸 속으로 자인하고 있었다.

내가 아는 세상의 남자라고는 소꿉친구 홍이가 전부였다. 그리고 내게 유일한 남자가 되었을지도 모르는 홍이는 나와 같은 서울 하늘 아래 있어도, 이미 내가 닿지 않는 세상으로 멀리 가버린 것이나 다름없었다.

3

그 무렵, 고모네 세 식구도 서울에 올라와 살고 있었다. 기훈 오빠가 나보다 한 해 전에 서울공대에 합격해서 가족이 함께 서울로 올라왔다.

기훈 오빠는 고모의 청사진대로 순서를 밟아 마침내 수재 소리를 들으며 서울대학교에 입학했다. 그것만이 청상과부로 자신만 바라보며 힘겹게 뒷바라지하는 어머니에 대한 보답이라고 여겼다. 그런 아들이 자랑스러운 고모는 동대문 시장의 한복집에서 맡아오는 삯바느질을 힘들다고 생각하지 않았다. 언젠가 아들이 크게 성공해서 자신의 희생에 보답해 주려니 기대했다.

그들은 사는 지역이 달라도 생활은 전혀 변하지 않고 그대로였다. 강변마을에서 읍내를 거처 전에 살던 도시에서의 생활을 그대로 서울로 옮겨 놓은 듯, 단칸 셋방에서 고모는 바느질하고, 도서관에서 돌아온 기훈 오빠는 고모가 바느질하는 옆에 앉아 군소리 없이 공부를 계속했다.

금강이 흐르는 읍내의 여고를 졸업한 명희 언니는 대학에 진학하지 못했다. 고모는 애초에 딸은 고등학교까지만 가르치고 아들은 어떡하든 대학까지 졸업시키겠다는 계획을 세웠다. 그 계획대로 명희 언니는 우수한 학업 성적에도 불구하고 고등학교를 나온 것으로 만족해야 했다.

고모의 사정을 잘 이해하는 명희 언니는 조금도 서운한 내색을 하지 않고 당연한 것으로 받아들였다. 그녀는 집에서 조용히 가사를 돕고 지내다가 서울에 온 후 타자 학원에 등록하고 타자 치는 교습을 받았다. 어디든 취직해서 어려운 살림을 도와야겠다는 생각이었다.

외모가 날렵해 뵈고 성실한 명희 언니를 눈여겨본 학원 원장은 선박회사의 사장 비서 자리를 추천했다. 명희 언니는 제법 큰 선박회사에 입사해 사장의 비서 겸 타자수로 일하게 되었다. 기훈 오빠는 명희 언니가 회사에 취직하자 곧바로 군에 입대했다.

영특하고 차분한 성격의 명희 언니는 한 치의 빈틈도 없이 자신의 업무에 충실했다. 사장은 명희 언니에게 아버지처럼 따뜻하게 마음을 써 주었다. 회사에 취직이 되었어도 형편이 어려워 옷을 맞춰 입지 못하고 매일 같은 옷만 입고 다니는 걸 눈치챈 사장은 옷을 맞춰 입으라고 돈을 주었다.

언니는 그 돈을 선뜻 받기가 마음 내키지 않았지만 그렇다고 비서로서 언제나 같은 옷만 입고 사장을 수행하기는 좀 겸연쩍은 마음이 들었다. 할 수 없이 돈을 받아 옷을 장만했다. 비서가 옷을 바꿔 입었을 뿐인데 회사 분위기가 화사하게 달라졌다. 세상이 변한 것 같았다.

막 스물한 살이 된 명희 언니는 한창 물이 올라 갓 피어난 봄꽃처럼 화사하고 싱그러웠다. 한눈에도 순수한 아름다움이 돋보였다. 그런 명희 언니를 사장은 아끼고 어디든 동행하고 싶어 했다.

외국에 출장 가면 자기 부인의 선물을 사면서 반드시 똑같은 것으로 하나 더 준비해 명희 언니에게 주었다. 가난에서 벗어나 보지 못한 그녀의 눈에 사장의 선물은 평생 만져 볼 수 없는 대단한 물건이었다. 아버지의 사랑을 모르고 자란 명희 언니는 처음으로 아버지에게 관심과 아낌을 받는 기분이 들었다. 그것은 세상에 다시 태어난 듯한 감격이었다. 명희 언니는 금세 가난의 때를 벗고 머리끝에서 발끝까지 완벽하게 바뀌어 어디에 내놓아도 손색이 없을 만큼 세련되고 아름다운 비서의 면모를 갖추었다. 명희 언니는 곧 자신이 모시는 사장을 의지하고 따르게 되었다.

그때 마침 고모가 심한 허리통증으로 자리에서 일어나지 못했다. 언니는 고모를 큰 병원으로 가서 진찰받게 했다. 결과는 심한 척추디스크로 수술을 받아야 한다는 거였다. 오랜 세월 삯바느질로 자식들을 키우느라 몸을 혹사한 탓이었다.

당장 거액의 수술비가 문제였다. 바느질과 명희 언니의 월급으로 겨우 기훈 오빠의 학비를 마련하고 생활비를 충당해온 그들에게 그만한 목돈이 비축되어 있을 리 없었다.

명희 언니는 고민하느라 일하다가도 멍하니 넋 놓고 앉아 자신도 모르게 한숨을 내쉬곤 했다. 사장에게 급한 사정을 이야기하고 치료비를 융통해 주기를 부탁하고 싶었지만 쉽게 입이 떨어지지 않았다. 자신의 형편을 가장 잘 이해하고 도와줄 사람은 사장뿐이라고 여겼다.

늘 자상하게 살펴주는 사장의 눈에 명희 언니의 수심에 가득 찬 얼굴이 들어왔다. 사장은 아버지가 딸의 마음을 살피듯 무슨 어려운 일이 있는지 물었다. 명희 언니는 말을 꺼내지 못하고 망설였지만, 결국은 털어놓지 않을 수 없었다.

사장은 서둘러 고모를 병원으로 모시고 가 수술을 받게 해주었다. 치료비 일체를 대납해 주었음은 물론 치료를 받는 동안 자신의 차량을 제공하는 등 모든 편의를 봐 주었다. 자주 병원에 들러 세심하게 살펴주고 따뜻한 말로 위로해 주었다. 어려운 상황에 놓인 그들에게 사장은 구세주나 다름없었다.

명희 언니는 사장에게 진 빚을 갚을 길이 없었다. 병원비도 상당한 데다 정신적으로 받은 고마움은 더할 나위 없이 크게 느껴졌다. 사장은 거듭 부담 갖지 말라고 다독이기까지 했다. 두 사람은 회사와 병원과 집을 함께 오가는 동안 자연스레 가까워졌다.

고모는 사장 덕에 건강을 회복했다. 하지만 예전처럼 바느질을 계속할 수는 없게 되었다. 무리하면 재발 가능성이 있다고 했다.

명희 언니는 회사 일로 야근을 한다며 집에 들어오지 않는 날이 많아졌다. 고모는 전혀 눈치채지 못했다. 아버지와 막내딸 같은 그들을 조금도 의심해 본 적이 없었다.

그러던 어느 날 무심코 고모의 눈에 딸의 몸매가 들어왔다. 날씬하던 허리가 두루뭉술하고 엉덩이는 펑퍼짐해 보였다. 고개를 갸웃거렸다. 아무리 보아도 처녀의 몸매는 아니었다. 고모는 이상하다 싶어 캐물었다. 더이상 숨길 수 없음을 깨달은 명희 언니는 모든 것을 털어놓았다. 고모는 자신 때문에 딸의 인생을 망쳤다고 가슴을 치며 한탄했다.

"나허고 병원에 가서 애를 지우자. 그리고 그 사람하고 끝내는 겨. 니가 떳떳하지 못하게 사는 꼴을 나는 절대로 못 보니께. 내 눈에 흙이 들어가도 그건 안 되는 일이여."

고모는 아무리 사장이 고맙고 진 빚이 많아도 딸에게 그런 길을 가도록 버려둘 수는 없었다. 천만금이 있어 돈으로 치장하고 벽지로 사용한다 해도 그것만은 절대로 안 되는 일이었다.

자신은 올케를 질투해 동생에게 첩을 들여주는 일에 찬성했고, 조카딸을 셋이나 낳은 올케를 내쫓는 일에 발 벗고 나서서 협력했지만 자기 딸이 그늘에서 떳떳하지 못한 인생을 사는 건 결코 용납할 수 없는 일이었다.

"엄마 나는 그럴 수 없어. 그분과 이대로 살 거야."

명희 언니는 자기 머리를 벽에 마구 부딪치며 도리질을 쳤다. 고모가 말리면 말릴수록 더 악을 쓰고 덤벼들었다.

"그럼 나 죽는 꼴을 볼겨?"

고모는 부엌에서 식칼을 들고 나와 자신의 목에 칼끝을 겨누며 소리쳤다.

"어서 말해! 어떡할 것인지! 대답혀! 나 죽는 걸 볼겨? 그 사람과 헤어질 겨?"

고모는 곧 칼을 자신의 목에 찔러 넣을 기세로 명희 언니를 압박했다. 그럼에도 명희 언니는 쉽사리 고집을 꺾지 않았다.

"자, 이래두 내 말을 안 들을 거여?"

세상의 산전수전 다 겪은 고모는 딸자식의 인생을 위해서라면 당장 이 자리에서 죽는다고 해도 두려울 것이 없었다. 쥐고 있는 칼에 살짝 힘을 주자 칼끝이 고모의 살을 파고들었고 목 한가운데에서 피가 흘렀다.

"엄마! 안 돼! 제발 그러지 말아요, 엄마! 그만둘게. 그만둔다고요!"

마침내 명희 언니는 방바닥에 쓰러지며 통곡했다.

"그렇지만 아이는 지울 수 없어요. 지우기에는 늦었으니까 아이를 낳아 떼어줄게요."

"혁! 그런 겨? 벌써 그렇게 된 겨?"

고모는 그만 손아귀에 힘이 풀려 칼을 방바닥에 떨어뜨렸다. 담판은 고모의 뜻대로 끝났지만, 아무 말도 할 수 없을 만큼 일시에

기가 다 빠져 버렸다. 이런 꼴을 보려고 그 모진 세월 자식들만 바라보며 젊음을 바쳤던가 싶었다.

아이는 결국 지울 수 없었다. 열 달을 채워 낳아 3년을 키워 보내겠다는 말에 고모도 동의할 수밖에 없었다. 고모는 당장 사장에게 달려가 다시 담판을 지었다. 이 관계는 절대로 용인할 수 없을 뿐만 아니라 앞으로 다시는 만나지 못할 테니 그리 알라고 통보하듯 말했다.

사장은 할 말이 없었다. 명희 언니를 아끼고 사랑하는 마음만은 진심이었지만, 그건 세상 누구도 이해하려 하지 않을 게 분명한 불륜이었다. 사장은 그들 모녀가 원하는 대로 해주었다.

회사 내에서도 이 사실을 모를 리 없었다. 사원들은 쉬쉬하면서 퍼뜨리기 마련이었다. 사장은 곧 회사를 정리하고 가족과 함께 미국으로 이민을 떠났다.

아이는 세 살이 될 때까지 명희 언니가 키운 다음 사장의 운전 기사에게 맡겨 키우기로 합의했다. 운전기사는 사장의 먼 친척이었다. 그에게는 아이 양육비로 사장이 따로 가지고 있던 집 한 채를 주었다. 그리고 명희 언니에게는 합의금을 주었다.

아이가 자라는 걸 바라보는 명희 언니의 마음은 말할 수 없이 고통스러웠다. 아이에게는 엄마가 아닌 언니로 인식시켰다. 고모의 생각이었다.

군대 간 기훈 오빠에게는 살림에 보태려고 아이를 임시로 맡아 기르는 위탁가정 일을 하고 있다고 감쪽같이 속였다. 기훈 오빠가 가끔 휴가 나와 이 광경을 보아도 의심이 가지 않을 만큼 철두철미했다.

고모는 절대로 아이에게 정을 주지 못하도록 모녀 사이를 냉정하게 차단했다. 젖을 물리지 못하게 하는 바람에 초유조차 물려보지 못했다. 밤에도 고모가 데리고 잠을 자는 건 물론이고 낮에도 될 수 있으면 자신의 손으로 아이를 돌보았다.

"정들면 떼 주기 힘든 거여!"

고모는 참으로 모질게 두 모녀 사이를 갈라놓았다. 예전에 어머니와 우리 사이를 끊어 놓은 것처럼 이번에는 자신의 딸과 손녀 사이를 끊어 놓았다. 고모가 마음먹은 대로 독하게 처리했다.

마침내 삼 년의 시간이 흘러 명희 언니는 제 속으로 난 자식을 마음 놓고 예쁜 내색 한 번 못하고 아이와 헤어졌다. 아이를 보낸 명희 언니는 두문불출하며 지냈다. 그 뒤로 고모 앞에서 한 번도 아이를 입에 올린 적이 없었다. 순식간에 활 활 타올라 재가 된 명희 언니의 사랑은 과거 속으로 묻히고 뼈를 깎는 이별의 아픔만 남았다.

"지민이라고 했지? 엄마가 키운 그 애. 그 애는 잘 크겠지? 갑자기 지민이 생각이 나네."

피가 당기는지 아무것도 모르는 기훈 오빠는 한 번씩 지나가는 말로 아이 얘기를 꺼내 고모와 명희 언니를 기절하게 만들기도 했다. 하지만 그뿐, 설마 그 사실을 기훈 오빠가 눈치챌 리 없었다. 세상 누구보다 정숙하고 성실하다고 믿고 있는 자기 누나에게 그런 과거가 있다는 상상을 꿈에라도 해 볼 수 있겠는가, 의심의 여지가 없었다. 아이는 서서히 그들의 뇌리에서 멀어져 갔다.

고모는 사장에게서 받은 상당한 금액의 돈으로 집을 사서 수리해

되팔아 차액을 남겼다. 그들의 재산이 늘어갔다. 명희 언니의 잘못된 사랑 덕에 그들은 가난을 벗고 풍족한 생활을 누리게 된 셈이었다.

전혀 생각지도 않은 일이 내게도 일어났다. 그날 나는 같은 과 친구인 수진을 통해 들어온 데이트를 수락하고 말았다. 수진은 나와 리포트 노트를 교환해 보는 친구였다. 공교롭게도 그 사람은 수진이 마음에 들어 했다. 그러니까 수진은 자신을 그 자리에 끼워주어 그 사람과 자연스럽게 엮일 수 있도록 데이트 신청을 받아달라고 통사정했다.

"그 사람을 만나게만 해주면 그 은혜 평생 잊지 않을게."

내가 남자를 만날 생각이 없다는 걸 이미 간파하고 있는 수진은 그렇게 해서라도 그 사람과 만날 수 있기를 바랐던 것이다. 그래서 첫 만남은 세 사람이 함께하게 되었다. 모양새가 많이 어색하지는 않았다. 수진은 그 사람과 나를 소개해 준다는 핑계였고, 그는 고마움의 표시로 밥을 사겠다고 했다.

그는 호수처럼 맑고 큰 눈에 이가 가지런한 남자였다. 첫인상이 좋다고 여겼을 때, 어딘가 낯이 익다는 생각이 들었다. 바로 내가 자주 가는 종로에 있는 음악 다방에서 본 얼굴이었다. 혼자 와서 조용히 앉아 커피를 마시던 모습이 기억에 남았다. 무심코 두어 번 눈길이 갔을 뿐이었다.

이후 수진에게는 미안했지만, 그 사람과 나의 만남은 수진의 계획대로 되지 않았다. 두 번째까지 같이 만나고, 세 번째쯤에서 내가 빠지려고 하자 그가 눈치를 챘다. 그리고 그의 의도대로 수진은 자연스럽게 만남에서 제외되었고, 수진도 어쩔 수 없이 포기하는 눈치였다.

남자를 경계의 대상으로 여기고 냉소적이던 내 생각은 그를 만날 때만은 달라지곤 했다. 강의가 끝나면 그는 먼저 내가 가는 곳으로 가서 기다렸다. 조용히 음악도 듣고 차도 마시면서 명상에 잠길 수 있는 분위기 좋은 곳이었다. 그는 언제나 나를 생각하며 쓴 시를 가지고 와서 읽어 주었다. '미소', '얼룩무늬', '날아라, 새' 등의 제목이었다.

"이상하게 은채 씨를 보면 시가 떠올라요."

모두 내게서 느껴지는 우수의 그림자에서 받은 영감으로 쓴 시라고 했다. 나는 그를 길시인이라고 불렀다. 그의 이름이 길혜성이었다. 시를 듣고 늦게까지 음악을 듣다가 충정로를 걸어서 진고개까지 나를 바래다주곤 했다.

그렇게 한 계절이 지났을 때였다. 아버지가 나를 한의원으로 불렀다. 그가 갑자기 나와 상의도 없이 아버지를 찾아왔었다고 했다.

"너 남자 만나니? 애비가 연애하지 말라고 하지 않더냐? 방금 전에 길혜성이라는 사람이 나를 찾아와서 교제할 수 있도록 허락해 달라고 하더라. 나는 니가 연애하는 거 허락 못 한다. 니언니가 왜 그렇게 됐는지 몰라서 그러니? 너는 공부만 하다가 내가 골라주는 사람과 결혼하거라."

아버지는 내 생각이나 감정 따위는 묻지도 않았다. 무조건 연애는 안 된다는 주장이었다. 나도 그 사람이 아니면 죽을 만큼 좋아하는 건 아니었다. 아직 그가 어떤 사람인지 파악하지도 못한 상태였다. 그의 이름과 국문과 학생이라는 거 외에는 뭘 좋아하는지 어떤 성격인지, 그에게 무슨 버릇이 있는지 세세히 아는 바가 없었다. 또한, 어디가 고향인지 그의 집안이 어떤지, 등 그의 배경에 대해서도 전혀 알지 못했다.

순간 숨이 막혀 죽을 거 같다는 생각이 들었고, 아버지에게 반발심이 일었다. 그동안 참아왔던 말들이 폭발한 것처럼 쏟아져 나왔다.

"언니가 왜 그렇게 되었는데요? 연애해서 그렇게 됐다는 건가요? 언니는 아버지가 학교를 안 보내줘서 죽은 거잖아요? 아버지 때문이었다고요. 아버지가 마약에 취해 언니를 그 지경으로 방치했던 거잖아요!"

내 눈에서 불이 번쩍였다. 아버지가 내 뺨을 때린 거였다. 마약이라는 단어를 뱉어내는 게 아니었다. 마약은 곧 아버지의 치부이자 상처였다. 하지만 순간적인 충격으로 잠시 말을 중단했던 나는 오기가 생겼다. 그래, 맞더라도 할 말은 하자 싶었다. 마치 봇물이 터진 것마냥 나는 그때까지 마음속에 담아만 두었던 말들을 마구 뱉어냈다.

"아버지가 언니와 제게 무슨 짓을 했는지 모르세요? 아버지는 집안을 지옥으로 만들어 놓았어요. 이제 속 시원하세요? 첩한 테서 아들을 낳고 조강지처를 버리니 만사형통해지던가요? 아버지가 엄마를 버리지 않고 똑바로 잘 사셨으면, 언니를 학교에 보냈으면, 공장에 가지도 않았을 것이고 죽지도 않았을 거예요. 집안을 이렇게 만든 장본인은 바로 아버지라구요! 그래도 할 말이 있……"

내 눈에서 다시 불이 번쩍였다. 나는 아주 잠깐 두 손으로 볼을 감싸 쥐고 비틀거리다가 정신을 차렸다. 눈물이 빗물처럼 흘렀다. 그동안의 설움이 한꺼번에 몰려오는 거 같았다. 나는 뛰쳐나오려다 말고 한마디 더 쏘아붙였다. 이왕이면 아버지 가슴에 대못을 박자는 심사였다.

"딸로 태어난 게 죄인가요? 딸자식은 자식이 아닌가요? 저는 딸로 태어나서, 딸이라는 이유로, 어렸을 적에 할머니한테 죽지 않을 만큼 맞았어요. 이제 아버지한테까지 맞았으니, 이렇게 사느니 차라리 언니처럼 죽는 게 나을 거 같아요!"

나는 아버지 곁을 뛰쳐나와 흐느끼며 어둠이 깔린 길을 정처 없이 걸었다. 걷다 보니 시청이 나왔고, 그 근처에 자주 가던 다방이 눈에 띄었다. 나는 그곳으로 들어가서 커피를 앞에 놓고 앉아 있었다.

내가 마치 꿈을 꾸고 있는 것처럼 정신이 아득하고 몸은 무력하게 무너져 내리는 느낌이 들었다. 한참을 멍한 상태로 앉아 생각한 건, 지금 내가 처한 이 상황은 아버지의 단순한 기우나 염려가 아니라는 거였다. 그것은 가정파괴까지 서슴지 않았던 할머니의 남아선호 사고와 차별의 연장일 뿐이라는 생각이었다.

'떠나리라.'

내 마음속에 다시 알 수 없는 미지의 세계가 그려졌다. 그리고 그곳이 어떤 곳인지 모르지만, 나는 그곳을 향해 떠나고 있었다.

열두 시가 다되어 갔던 길을 다시 걸어 집으로 돌아오는데 집 앞의 큰길에서 한의원 건물이 보였다. 그리고 커다란 유리창 속에 서 있는 아버지의 모습이 비쳤다. 언제부터 저렇게 서 있었던 것일까, 아버지는 망부석이 된 것처럼 서서 가로등 불빛 아래 어슴푸레한 이쪽 큰길을 하염없이 바라보고 있었다. 나를 기다리고 있는 것이 틀림없었다.

그 모습에 내 마음이 조금 흔들렸다. 그러나 그대로 외면한 채 천천히 걸어 살림집을 향해 옆의 골목으로 들어섰다.

내 마음속에는 두 갈래의 갈등이 파도치듯 일렁거렸다. 그동안 마음에 맺혔던 말을 쏟아낸 효과인지 돌덩이같이 가슴을 짓누르고 있던 응어리가 조금은 가벼워졌다고 느껴졌다. 그러나 동시에 그만큼의 허무가 밀려와 쌓이는 것 같았다. 이런 허무감을 맛보기 위해서 아버지의 가슴에 대못질하고 결코 되씹고 싶지 않았던 아픔을 내 입으로 뱉어냈나 싶었다.

길혜성과는 그 길로 끝내고 말았다. 과연 그의 이름대로 내 앞에 혜성처럼 나타났다가 혜성처럼 사라진 사람이 되고 말았다. 아버지가 아니라도 경솔한 그의 행동이 마음에 들지 않았다. 어차피 그와 오래 가리라고는 생각하지 않았다. 그 사람한테 내 발목이 잡히는 건 싫었다. 그 사람 때문에 떠나지 못하고 머뭇거리게 되거나 마음 아파할 거라면 차라리 일찍 끝내는 것도 나쁘지 않겠다 싶었다.

아버지는 그날 일에 대해 내게 사과하지 않았고, 나 역시 잘못했다고 빌지 않았다. 하지만 아버지는 그 사람과 헤어진 걸 알고 아버지의 말을 따랐다고 여겨 적이 흡족해하는 눈치였다.

아버지의 한의원은 입소문을 타고 환자들이 줄을 이었다. 아버지 평생에 가장 바쁜 시간을 보내고 있었다고 해도 과언이 아니었다. 계모도 한의원으로 출근하다시피 하며 아버지를 도와 여러 가지 자잘한 일들을 했다.

아버지는 마포에 사 층짜리 빌딩을 사서 아래층에서는 한의원을 하고 위층은 살림을 할 수 있도록 개조해 이사했다.

내 방은 옥상에 따로 만들어진 방이었다. 출입만 아래층으로 통하는 실내 계단을 이용할 뿐, 마치 옥탑방에 세 들어 사는 것처럼 외진 곳이라서 고등학생이 된 준희와의 껄끄러운 관계를 감안하면 내게 딱 맞는 방이었다. 적당히 거리를 두어 준희와 부딪치게 되는 걸 최대한 피할 수 있었다.

아버지는 가끔 내가 옷이나 구두를 맞추러 갈 적에 동행하기를 원했다. 나는 별로 마음 내키지 않았지만, 아버지는 내 마음은 상관하지 않고 따라나서곤 했다. 양화점은 아버지도 구두를 맞춘다는 핑계를 댔고, 양장점은 받을 약값이 있으니 이왕이면 그곳으로 가옷을 맞추라며 데리고 갔다.

아버지는 이렇게 속살이 드러나는 디자인은 안 된다, 저런 유치한 색상도 안 된다, 고상하고 품위 있게 입어야 한다고 미리부터 쓸데없이 간섭하고 싶어 했지만, 막상 옷감을 고르고 디자인을 정할 때면 허망하리만큼 관대하게 나오곤 했다. 연애만 하지 않으면 최신 유행의 미니스커트이건 판탈롱 바지건 다 허용하겠다는 식이었다. 왜 따라왔는지 나는 매번 고개를 갸웃거리게 되었다.

아버지는 어쩌면 내가 중학생이었을 때의 추억이 그리운 건 아닌지 싶었다. 편지로 주고받았던 다정다감한 마음, 내게 시집과 왕찐빵을 사주었던 순간 등, 지금은 되돌릴 수 없는 그 시절의 추억과 감동을 다시 느끼고 싶은 건지도 몰랐다.

아버지가 맞추어 준 옷과 구두로 치장하고 나갈 때면 아버지는 사무실 유리창을 통해 큰길 쪽으로 걸어가는 내 뒷모습을 한참 동안 서서 바라보곤 했다. 그럴 때면 시선이 부담스러워 뒤를 흘끔거리는 내 눈에 아버지는 한없이 외로워 보였다.

이 무렵 어머니는 새마을운동 지도자로 변신해 있었다. 전국에 새마을운동 바람이 불자 동네 사람들은 만장일치로 어머니를 초대 회장으로 세우고 새마을운동을 펼쳐 나갔다. 누구보다 동네 사정을 잘 아는 어머니는 사명감과 책임감으로 동네 유지들의 협력을 구해 일을 척척 진행해 나갔다. 누구 한 사람 불평하는 이가 없었다. 꼬불꼬불하던 길은 곧게 펴고 좁은 도로는 넓히고 해마다 비만 오면 범람해 주변의 논과 밭을 초토화하던 개울 바닥을 깊게 파고 다리를 놓았다. 초가지붕을 기와나 슬레이트로 바꾸고 페인트칠을 했다.

동네가 살기 좋아지고 한층 밝고 아름답게 바뀌었다. 동네 사람들이 입에 침이 마르도록 칭송하는 것은 물론 군 전체에 어머니에 대한 소문이 자자했다.

어머니가 이끈 새마을운동의 성과는 곧 군에서 인정받고, 다시 도道 전체에서 최고라는 평가를 받아 도 대표가 되었다. 전국에서 유일한 새마을운동 여성 지도자였다. 어머니가 새마을운동 전국대회에 나가 발표하는 장면과 청와대에 초청받아 다른 도 대표들과 함께 대통령과 만찬을 하고 사진을 찍는 장면이 텔레비전 뉴스 시간에 방영되었다.

내가 어머니의 얼굴을 텔레비전에서 본 건 마침 가족들과 모여 저녁 식사를 하고 있을 때였다. 드물게 가족들과 함께 있는 자리였다.

짧은 순간이었다. 나처럼 아버지와 계모도 속으로 많이 놀라는 눈치였다. 하지만 아무도 내색하지 않고 말없이 하던 식사를 계속했다. 충청도 어느 산골 마을에서 기적 같은 이야기를 이루어 낸 한 여성 지도자의 소식을 들었을 뿐이었다.

내가 본 어머니의 모습은 아름다웠다. 남자 못지 않는 능력을 발휘해 이루어낸 당당함이 그랬다. 온갖 풍상을 겪고 인내한 사람에게서만 보이는 인생의 계급장 같은 게 어머니에게서도 엿보였다. 사람들과 어울리고 봉사하는 가운데 삶의 진정한 맛과 기쁨을 누리며 사는 어머니가 진짜 멋있어 보였다.

이튿날 나는 공중전화로 어머니에게 안부 전화를 걸었다. 오랜만의 통화였다.

4

아버지는 다시 집을 떠나 있기 시작했다. 태백산, 소백산 등 명산에 있는 사찰에 들어가 며칠씩 머물다 돌아오곤 했다. 그럴 때면 생식을 한다며 쌀가루를 준비해 가져가기도 했는데 일 회 분량씩 저울로 달아 한약첩처럼 종이에 나누어 싸서 가지고 갔다. 아버지가 산에 들어가 무엇을 하는지 가족들은 정확히 알지 못했다.

"공부도 하실 겸 몸과 마음을 깨끗이 한다고 하시더라."

내 물음에 계모가 한 말이었다.

"무슨 공부요?"

"한의학에 관련된 공부라고 하시던데 나야 모르지. 맨날 멋대로 돌아다니는 분인데 그 내용을 알 수 있남?"

나는 고개를 갸웃했다. 계모의 좋은 점 하나는 아버지가 오랫동안 집을 비워도 안달하지 않는다는 점이었다. 그런 점이 아버지를 자유롭게 했는지 몰랐다. 하지만 그 이면에는 아버지의 건강 역시 신경 쓰지 않는다는 의미를 내포하고 있었다.

아버지는 사찰에 다니다 만나는 가난한 환자들을 한의원으로 데리고 왔다. 사찰에서 만난 사람 중에는 병이 깊은데도 돈이 없어 치료를 받지 못하는 환자들이 있었다. 길에서 만나는 사람 중에도 허름한 차림에 병색이 짙은 사람이 있으면 주소를 주고 한번 들르라고 했다.

이런 사람들이 오면 무료로 진찰해 주고 약을 지어 주었다. 그들이 비싼 약을 거저 받기 부담스러워하면 무엇이든 약값으로 대신하게 했다. 가난한 환자들이 손쉽게 들고 오는 건 닭 한 마리이거나 달걀 몇 꾸러미였다.

아버지는 뒤늦게 다른 사람을 위해 봉사하는 삶을 살고 싶었던 가, 내게는 이유 없는 호의는 받지 말라고 가르쳤던 분이 이유 없이 친절을 베풀고 있었다. 비싼 약을 필요에 따라 몇 첩에서 한 재, 두 재까지도 거저 지어 주었다.

아버지가 어머니를 버린 일 외에 살면서 남한테 피해 입히고 산 사람은 아니었지만, 그간에는 생각조차 할 수 없었던 특별한 행동을 했던 건 틀림없었다. 나는 그저 아버지가 이제야 철(?)이 드시나 보다 여겼다. 사람에 따라서는 죽을 때까지도 철들지 않는 사람이 있다는데 그나마 다행이다 싶었다.

내 방이 있는 옥상에는 환자가 약값으로 가져온 닭이 두어 마리씩 다리를 줄에 묶인 채 살고 있었다. 중학생이 된 선채가 자주 옥상에 올라와 닭에게 모이와 물을 주며 좋아했다. 선채는 이렇게 키우는 닭을 잡아먹는 걸 싫어했다.

계모가 닭을 잡아 삼계탕을 만든 적이 있었다. 그러나 선채가 너무 마음 아파하는 바람에 다른 가족들도 삼계탕에 손을 댈 수 없었다. 그 이후로는 닭을 잡지 않고 키우다 누구든 원하는 사람이 생기면 나누어 주었다.

언제부터인가 선채는 옥상에 올라오지 못했다. 대수롭지 않은 감기처럼 시작된 병이 깊어졌다. 모든 장기의 기능이 한꺼번에 급격히 떨어졌다. 한약으로는 치료가 되지 않자 병원에 데려가 진찰을 받았지만, 병명이나 원인을 알지 못했다.

그리고 보니 선채의 병은 사실 태어날 때부터 이미 예고되어 있었던 셈이었다. 그때까지 시한부의 생을 살아온 것이나 다름없었다. 발에 생긴 장애 외에 겉으로는 보이지 않던 이상이 열 살을 넘기면서 장기에도 나타났던 것이다.

아버지는 산에서 돌아와 선채의 치료에 전념했다. 그러나 전혀 차도가 없었다. 식이요법으로 병을 다스린다고 늘 잡곡을 갈아 쑨 심심한 죽만 먹였다. 몇 달째 맛없는 잡곡 죽만 먹던 선채는 자리에 누워 먹고 싶은 음식을 줄줄이 외며 시간을 보냈다.

"떡볶기, 순대, 오뎅, 잡채, 갈비찜, 불고기, 냉면, 된장찌개... 엄마, 이렇게 하면 제가 진짜로 먹는 기분이 들어요."

그 말을 들은 계모는 뜨거운 눈물만 흘렸다. 그럴 때마다 작은 소리로 '모두가 나 때문이다. 내 죄 때문이여.'라고 중얼거리곤 했다.

내 귀에 얼핏 그 말은 자신이 먹은 독성의 한약재 때문이라고 들리기도 했고, 어머니의 눈에 눈물을 냈기 때문에 자신의 눈에서는 피눈물이 흐르게 되었다는 말로 들리기도 했다.

쇠약해질 대로 쇠약해진 선채는 혼자의 힘으로는 화장실 출입도 하지 못했다. 그런 몸으로 학교에 가겠다고 아침이면 책가방이 있는 책상 앞까지 기어가곤 했다. 학교에서 규율을 어겨본 적이 없는 반듯하고 착실한 모범생이었다.

선채는 또래들보다 현저히 몸집이 작고 허약했다. 그럼에도 늘 얼굴이 밝았고 주눅 들지도 않았다. 처음에는 외모를 보고 얕잡아 보던 불량기가 있는 학교의 급우들도 차츰 그 애를 좋게 생각했다. 그 애의 타고난 성품이 워낙 선했다. 아무리 속이 상해도 곧바로 드러내지 않고 상대방이 듣기 좋게 돌려서 말하는 사려 깊은 아이였다. 장애를 가지고 태어나 죽음을 앞두고 있었음에도 건강한 사람을 부러워하거나 아픈 처지를 비관해서 가족들의 마음을 아프게 한 적도 없었다.

"엄마, 그동안 저 때문에 고생만 하시게 해서 죄송해요."

계모가 화장실에 안고 가려고 다가가자 선채가 말했다.

"니가 언제 날 고생시켰다고 그려?"

계모는 어른스럽게 말하는 선채의 말을 듣고 가슴이 미어지는지 컥컥 울음을 삼켰다.

"저를 뉘고 일으키고, 이렇게 저를 안고 화장실도 데려가 주시고 제가 먹을 죽도 날마다 따로 끓여야 하잖아요? 애쓰신 보람도 없이 나빠지기만 해서 정말 죄송해요. 그리고 저 때문에 엄마가 날마다 우시는 게 제일 마음 아파요. 엄마, 전 괜찮으니까 울지 마세요."

계모는 그 말을 듣고 더는 참을 수 없어 왈칵 울음을 토해냈다.

"절대 그런 말 말어. 엄마가 되어 이 정도도 못 한단 말여? 걱정 말어. 엄마는 너만 나을 수 있다면 이보다 더 힘든 일도 얼마든지 할 수 있어."

"엄마, 고마워요."

계모는 선채를 안은 채 흐느껴 울었다. 선채도 엄마 품에서 소리

없이 눈물을 흘렸다. 그것이 그 애가 한 마지막 말이었다. 선채는 곧 의식을 잃었고 하루가 지나 깨어나지 못한 채 세상을 떠났다.

나는 아버지가 그렇게 우시는 걸 처음 보았다. 세상에 없는 효자라고 소문났던 아버지였지만 할머니가 세상을 떴을 때도 그렇게 울지 않았던 걸 나는 기억하고 있었다. 선채는 끝까지 아버지만을 믿고 있었는데 아버지는 자신의 손으로 살리지 못했다는 자책감으로 더 괴로워했다.

"생각해 보면 잘 간 겨. 그 애가 그런 몸에 그 착한 성품으로 이 험한 세상을 어떻게 살았어? 차라리 잘 간 겨."

계모는 견딜 수 없는 단장지애斷腸至愛를 달래려는 듯이 중얼거렸다. 그러더니 갑자기 실성한 사람처럼 넋두리하기 시작했다.

"내 잘못이여. 내가 우리 착한 선채를 낳지 않으려고 독한 약을 달여 먹어서 그렇게 된 거여. 내 죄여, 내가 죽일 년이여."

그때 조금 떨어진 곳에서 듣고 있던 아버지가 벌떡 일어나 계모에게로 걸어왔다.

"그게 무슨 말이지? 다시 말해 봐! 뭘 어쨌다구?"

아버지의 부릅뜬 두 눈이 금세 충혈되어 빨갛게 변했다.

"내가 죄인이여유. 내가 막내한테 큰 죄를 지었어유. 당신은 이혼한 본처에 대한 죄책감으로 방황했고, 나는 지금껏 씨받이 노릇만 했다고 생각했어유. 그래서 그 애를 지우려고 독한 한 약재를 달여 먹었어유. 그것 때문에 우리 막내가 몸에 이상이 생긴 거여유. 내가 병신 만들어서 죽인 거여유."

나는 아연실색 했다. 이제까지 지켜온 비밀을 계모는 자기 입으로 줄줄 털어놓았다. 그러고는 아버지 앞에서 두 손을 싹싹 빌며 울부짖었다. 아버지는 아무 말도 못 하고 두 주먹을 움켜쥔 채 몸을 부르르 떨었다. 그러더니 그대로 무릎을 꿇고 무너지듯이 주저앉았다. 얼굴이 순식간에 하얗게 질렸다.

아버지는 막내아들을 잃은 고통을 견디지 못해 물 한 모금 마시지 못하고 누워있었다. 아버지가 그 사실을 몰랐다는 것은 부모가 함께 자식을 죽인 것과 다름없다고 여기는 거 같았다. 생각할수록 어이없고 불쌍하기 그지없는 일이었다. 그러나 마냥 누워만 있을 수는 없었다. 마지막 가는 길이라도 정성을 다해 위로해 주고 싶었을 것이다. 겨우 몸을 가누고 일어나 장례를 치렀다.

작은 몸에 맞게 관을 주문해서 제작했다. 서울에서 시골까지 차로 운구하고 산 아래 동네에서부터 장지까지는 예쁘게 장식한 꽃상여에 태워 할머니가 있는 선산까지 운반했다.

"나는 어른 장례를 치르는 줄 알았네유. 세상에 어린애를 이렇게 잘해 주면 혼백이 미련이 남아서 떠나질 못허는 거여유. 집안에 화를 불러오는 거여유. 원래 이런 경우는 화장해서 재를 강 같은 데다 뿌려서 흘러가 버리게 허는 것인디. 이미 늦었으니께 시신을 관에서 꺼내 그냥 팍 엎어버리셔유. 뒤돌아보지 말고 가라구 엎어서 묻으셔유. 부모 앞서간 자식은 냉정하게 인연을 끊어야 허는구만유."

매장꾼이 마지막에 시신이 어린애라는 걸 알고는 아버지에게 충고하듯이 말했다.

그러나 아버지는 고개를 저었다. 그 지역의 장례 관습에 따라 관에서 염습한 시신을 꺼내 관은 태우고 시신만을 파놓은 땅속에 넣었다. 최고급 수의를 입힌 선채의 시신 가슴 중앙에는 환생해서 다시 와 못다 한 삶을 살라고 아버지가 붓으로 쓴 還璧이라는 한문 글자가 붙어 있었다.

선채를 묻고 온 그날로 아버지는 자리에 누워 일어나지 못했다. 그리고 보니 아버지는 수척하게 야위어 있었다. 피부가 까맣게 변해 있었다. 막내아들을 생으로 병신을 만들어 죽게 했다는 죄책감과 슬픔 때문에 음식을 입에 대지 못했다. 또한 계모와는 눈도 마주치려고 하지 않았다.

나는 시간이 지나면 좋아지시려니 여겼다. 계모는 용서를 빌고 또 빌었다. 그리고 미음을 만들어 아버지의 입에 떠넣으려고 했다. 그러자 손으로 쳐냈다. 미음 그릇이 저만치 날아가 방바닥에 나뒹굴면서 쏟아졌다.

우리는 모두 안타까운 마음으로 지켜볼 수밖에 없었다. 시간이 지나 아버지가 스스로 자리를 털고 일어나기만 기다렸다. 그러나 아버지는 시간이 지날수록 상태가 점점 더 나빠지는 것 같았다. 심상치 않아 보였다.

"아버지, 병원에 가세요. 병원에 가서서 진찰받으세요."

이제까지 선채가 다리 수술을 한 것을 제외하고 우리 가족은 다른 병원에 가 진료를 받은 적이 거의 없었다. 그러고 보니 감기몸살이나 체기 외에는 가족들이 아팠던 기억도 없었다.

"내 병은 내가 잘 안다. 나는 병원에 갈 자격도 없다."

아버지는 고집을 부렸다. 그 마음을 알 것도 같았다. 선채는 치료 한 번 제대로 받아 보지도 못하고 갔는데 아버지만 살겠다고 다른 병원에 가 누워있을 수 없다는 뜻이었다. 그렇다고 그대로 집에만 있다가는 무슨 일이 날 것만 같았다.

나는 계모와 의논해 병원에 가지 않겠다는 아버지를 억지로 대학병원으로 옮겼다. 그리고 열흘 만에 나온 진단 결과는 뜻밖에도 간암과 위암 말기라고 했다. 간에서 위로 갔는지 위에서 간으로 갔는지 모르겠다는 말을 덧붙였다.

한참 기억을 더듬던 계모가 말했다.

"아편을 맞을 때부터 간이 안 좋다고 약을 잡수시곤 했어. 대수롭지 않은 것 같아서 다 나은 줄만 알았지. 게다가 아편 때문에 간은 신경 쓸 생각도 못했구."

간염이 암으로 진행하는 동안 아버지는 진찰 한 번 받은 적 없이 방치해 두었던 것이다. 그 지경이 되도록 누구도 아버지의 건강에 대해 걱정하고 챙긴 사람이 없었다. 남의 병은 고치면서 자신의 병은 못 고치는 사람, 아버지는 철저하게 혼자였다.

나는 아버지가 그렇게 되도록 방관한 계모가 원망스러웠지만, 나 또한 그 책임에서 벗어날 수 없다는 생각이 들었다. 식구들 모두 아버지에게 관심조차 두지 않았다는 걸 그제야 깨달을 수 있었다.

"왜 다들 나만 빼놓고 모여 앉아 얘기하는 거지?"

언젠가 가족들끼리 모여앉아 웃으며 얘기하고 있을 때였다. 아버지는 가족들 사이로 들어오고 싶은 눈치였다. 그러나 가족들은 늘 밖으로만 돌아 어려운 손님 같던 아버지가 함께 어울리는 모습이 몹시 생소하게 느껴졌다. 아버지와 함께 둘러앉아 웃고 떠들며 얘기한다는 것에 익숙하지 않아 어색하고 불편했다. 그런 까닭에 아버지가 갑자기 가족들 가까이 다가오자 하던 얘기는 뚝 끊어지고 웃던 얼굴들이 굳어졌다. 그러자 아버지는 머쓱한 표정을 지으며 도로 빠져나갔다.

너무 자주 그리고 오랜 시간 비어 있던 아버지의 자리에 대해 가족들은 조금도 아쉬워하지 않았다. 아버지가 빠진 자리가 익숙하고 자연스러웠다.

나는 그런 아버지가 딱하게 보였다. 아버지도 가족들에게 위로받고 싶고 함께 박장대소하며 어울리고 싶은 평범한 가장이었다. 그러나 가족들은 아버지를 까다롭고 독선적인 사람으로만 생각했다. 지나치게 자기주장과 권위를 앞세워 가족들을 피곤하게 만든다고 여겼다. 그러기에 자신의 병도 자신이 알아서 고칠 사람이라고 생각했던 것 같았다. 하지만 아버지도 나약한 한 인간일 뿐이었다.

아버지는 자신의 병을 알고 다가오는 죽음을 받아들이기 위해 안간힘을 썼던 거라고, 나는 그제야 짐작이 갔다. 그것이 아버지가 명산과 사찰로 떠돈 이유였고, 가난한 환자들을 아버지의 한의원으로 데려와 치료해 주게 된 계기가 되었다고.

그런 와중에 선채의 발병은 전혀 뜻밖의 난관이었을 것이고, 본인의 병에 신경 쓸 여력이 없었을 것이다. 그런 것도 모르고 나는 아버지가 뒤늦게 철이 들었다고 생각했었다.

"분명 아버지는 자신의 병을 알고 있었던 거여. 그래서 이 산 저 산 떠돌아다닌 것 같어."

계모가 한숨지으며 말했다.

"네. 아시고 계셨던 거예요. 하지만 아버지는 먼저 선채를 살리려고 하셨던 거 같아요. 그런데 선채를 살리지 못하셨다는 자책 때문에 갑자기 더 악화되신 게 아닐까요?"

선채는 아버지에 대한 믿음을 끝까지 버리지 않았고, 아버지 역시 얼마나 안간힘을 쏟았는지 가족들이 알고 있는 바였다. 병원의 의사들도 막내아들을 잃은 아픔 때문에 병세가 급격히 악화되었을 거라고 추측했다.

"네 엄마를 버리고 싶어서 버린 게 아니었다."

계모가 자리를 비우고 나 혼자 곁을 지키고 있을 때였다. 가만히 나를 바라보던 아버지가 별안간 입을 열었다. 나는 다음 말을 기다렸지만 무슨 말을 더 하려는 듯 하다가 그만두었다.

나는 아버지가 무슨 말을 하고 싶은지 짐작해 보았다. 머릿속에 '모두 다 제 잘못입니다.'라고 할머니 앞에서 조아리던 아버지의 모습이 다시 떠올랐다. 나는 아버지의 말에 침묵했다. 분위기가 어색

했다. 무슨 말이라도 해서 어색함을 걷어내고 싶었지만, 갑자기 할 말이 떠오르지 않았다. 사과하려면 내게 할 일이 아니라 어머니에게 직접 하는 게 옳다는 생각도 들었다.

"미안하다. 네게 손찌검 한 것도 미안하다. 다 내 잘못이었다."

아버지가 그 말을 하는 순간 내 눈에서 갑자기 한강 둑이 무너진 것처럼 눈물이 쏟아져 내렸다. 그대로 아버지에게 엎어져 엉엉 소리 내 울었다. 마치 여섯 살 그 시절로 돌아간 것 같았다. 한참을 울고 났을 때 아버지가 다시 말했다.

"니가 떠나고 싶어 하는 거 안다. 떠나거라. 떠나서 살고 싶은 대로 맘껏 살아라. 약장 맨 아래 칸에 있는 용안육龍眼肉이 들어 있는 곳을 보아라. 거기 들어있는 걸 가지고 가거라."

용안육은 인삼과 함께 내가 약장 앞을 지나다닐 적마다 군것질거리처럼 몰래 하나씩 꺼내 먹던 약재였다. 값이 비쌌던지 아버지는 그 약재를 인삼, 녹용과 함께 따로 넣어두고 썼다. 그 약재는 그냥 먹어도 마치 말린 서양자두처럼 쫄깃하니 달고 맛이 있었다.

아버지는 말을 마치고 눈을 감고 생각에 잠기는 거 같았다. 아버지의 두 눈가가 촉촉이 젖어오는 걸 보았다.

만약 아버지가 내게 '나를 이해하지?'라고 물었다면 절대로 아버지하고 화해하지 못했을 것이다. 나는 아버지를 이해할 수 없었다. 아버지가 언니를 학교에 보내지 않고 방치했을 때부터, 아니 그 전부터, 할머니에게 휘둘려 어머니를 버렸을 때부터, 마약 주사를 맞은 일, 평생 방황하며 산 것까지 모두 이해할 수 없었다.

이튿날 계모의 다급한 전화를 받고 병원에 달려갔을 때 아버지는 혼수상태에 빠져 있었다. 나는 아버지의 손을 잡고 흐느끼며 말했다.

"아버지, 아버지가 평생 죄책감 속에 사신 거 알아요. 이제 죄책감 갖지 마세요."

죄책감 속에 살았다는 것만으로 용서를 받을 수 있는지는 모른다. 용서할 수 있는 당사자도 아니었다. 하지만 내 몫은 있었다. 그리고 아버지가 평생 겪었을 고통을 조금이나마 덜어 드리고 싶었다.

아버지 역시 치료조차 받아 보지 못하고 떠났다. 암이라는 진단이 내려진 지 열흘 만이었고, 선채가 간지 꼭 한 달 반만이었다.

"막내가 아버지의 손을 꼭 잡고 간 거여."

계모가 울면서 중얼거렸다.

할머니가 만든 집안의 비극은 마침내 아버지까지 오십도 안 된 젊은 나이에 쓰러지도록 만들었다. 할머니가 주장한 아들 선호 사고는 결국 할머니 스스로 삼 대 독자인 아버지에게 씌운 굴레가 되었고 가족들 또한 그 굴레에서 벗어날 수 없었다.

새는 길을 묻지 않는다

1

삼우제를 끝내고 집에 돌아온 나는 자리에 누워 앓았다. 아버지를 잃은 허전한 마음을 가눌 길이 없었다. 아버지는 내가 원망하면서도 의지할 수밖에 없었던 유일한 대상이었다. 한겨울 북풍을 막아주던 커다란 바람막이가 사라졌다는 것을 깨달았다. 나는 아무도 없는 허허벌판에 홀로 서 있었다. 나는 늘 사랑에 허기지고 춥기만 했었다. 의지할 엄마가 없는 집안에서는 언제나 냉기가 흘렀다. 그것이 아버지의 책임이라고 원망만 했었지, 자책감으로 비틀거리는 아버지의 마음을 조금이라도 헤아려 보려는 생각은 하지 못했다. 아버지는 아무도 이해해 주지 않는 괴로움 속에서 방황했다. 따지고 보면 아버지도 피해자인 셈이었다. 그런데도 나는 가해자라고 몰아붙이기만 했다.

"아버지는 너를 가장 사랑하셨다."

계모는 몇 번이고 내게 같은 말을 되풀이했다. 나는 계모의 말에 아무 대꾸도 하지 않았다. 내 어머니를 버렸으니 나를 가장 사랑하셨다는 확신 같은 게 있을 리 없었다. 하지만 내가 굳이 간과하고 싶었던 증거가 있는 셈이었다. 마약의 굴레에서 벗어나려고 몸부림치던 아버지가 중학생인 내가 자취하던 방에 찾아와 열흘을 묵으며 홀로 싸우고 갔던 일이 늘 뇌리에서 떠나지 않았다. 그때 나는 아버지를 이해하고 도움을 주기에는 어린 나이였다. 왜 아버지는 마약과의 외로운 싸움을 벌이면서 어린 나를 찾아왔던 것일까, 나는 그 이유를 알지 못했다. 하지만 그 사실만으로도 아버지의 진심을 엿볼 수는 있었다.

한의원 유리창을 통해 큰길 쪽을 하염없이 바라보고 서 있던 아버지의 모습도 떠올랐다. 울며 뛰쳐나간 나를 망부석처럼 서서 기다리던 모습. 그리고 나를 짓누르고 있던 돌덩이가 작아진 만큼 내 가슴 속에 차오르던 허무감.

할머니에게 호되게 매를 맞고 난 날 밤이면 나를 위해 조용히 할머니에게 간언하던 모습도 떠올랐다. 너그럽게 봐 주시라고, 잘못하지 않은 사람을 야단치지 마시고 잘못한 사람을 야단치시라고. 그것은 아버지의 스냅 사진 같은 기억이었다. 아버지는 그런 사람이었고, 나는 아버지의 그 모습이 답답했었다.

아버지는 비록 자신의 잘못으로 인해 벌어진 일이라도 말 못 하는 괴로움을 한 번쯤은 누군가에게 이해받고 싶었을 것이고, 변명이라도 해 보고 싶었을 것이다. 그리고 그 대상이 바로 나였을 거라고 짐작할 수 있었다.

외로움이 몰려왔다. 나는 절대적인 고독 속에 갇혀 버린 것 같았다. 내 주변에는 도움을 줄 수 있는 상대가 전무한 상태였다. 나는 언니가 떠났을 때처럼, 아니 그때보다 더 깊은 절망감에 빠졌다. 도무지 내가 살아야 할 이유를 찾을 수 없었다. 나는 수시로 찾아드는 죽음의 유혹에 맞서 싸우느라 몸부림쳤다. 떠나야겠다는 생각도 목표도 사라져 버렸다.

언제나 외로울 적마다 그랬듯이 소꿉친구 홍이가 떠올랐고 몹시 그리워졌다. 그가 있어야만 살 수 있을 거 같았다. 당장 달려가 손을 잡고 끌어오고 싶었다. 그러나 그가 어디에 있는지 알면서도 손을 뻗어 잡아달라고 청할 수 없었다. 그는 같은 서울 하늘 아래 있었으면서도 가장 멀리 있는 사람이었다.

나는 자리에서 일어나 비틀거리는 걸음으로 무작정 가까운 성당으로 갔다. 언제부터인가 그곳에서 종소리가 들려왔다. 은연중에 향한 발걸음이었지만 내 걸음은 오래전부터 정해져 있었던 것처럼 자연스러웠다. 마치 날 때부터 머릿속에 입력된 듯이 몸에 익은 걸음 같았다.

대성전 안으로 천천히 걸어 들어가 제대 앞자리에 무릎을 꿇고 앉았다. 어떻게 된 일인지 무릎을 꿇고 앉자마자 눈물샘이 터진 듯 주체할 수 없이 눈물이 흘렀다. 한없는 설움이, 그동안 내 가슴 속에 박혀있던 응어리가 녹아 나오는 듯 물기를 쏟아냈다. 뭐가 뭔지 생각할 겨를도 없이 울기만 했다.

얼마나 시간이 흘렀을까, 펑펑 한참을 울고 난 뒤에야 앞쪽 중앙에 걸린 커다란 십자가가 눈에 들어왔다. 너무나 서럽게 울고 난 뒤라 그저 무망중 바라보기만 하다가 한참 만에 겨우 십자가를 향해 물었다.

"제 소꿉친구 홍이의 아버지 하느님, 저는 어디로 가야 합니까?"

신께 묻는 것만이 내가 처한 어둠 속에서 길을 찾는 방법이었다. 그것은 살기 위해 하는 마지막 안간힘과도 같은 거였다.

어쩌면 홍이도 진즉에 자신의 길을 찾기 위해 이렇게 하지 않았을까, 나는 막연히 그런 생각을 했다. 홍이도 할머니까지 잃고 이모의 손에 맡겨졌을 때, 이런 절망감에 휩싸였을 것이라고 상상해 볼 수 있었다.

인간은 절망 속에서 신을 찾게 되고, 신 역시 절망에 처한 사람의 손을 먼저 잡아주는 것이라고. 그러나 신은 침묵했다. 그렇게 대답 없는 신을 한참 동안 바라보다가 힘없는 발길을 돌려 집으로 돌아왔다. 하지만 이튿날도 나는 잠도 자지 않고 먹지도 못한 상태에서 정신은 몽롱하고 기운이 없어 비틀거리는 걸음으로 그곳에 갔다. 전날처럼 눈물을 쏟아냈다. 그다음에는 그저 넋 놓고 앉아 십자가를 바라보다 돌아왔다.

십자가의 예수님은 계속 대답이 없었다. 나는 거의 무의식적으로 날마다 성당에 갔고, 가면 나도 모르게 펑펑 눈물이 쏟아졌다. 그리고 나면 멍하니 앉아서 십자가를 바라보는 일을 계속했다. 한 가지 기능밖에 작동하지 않는 고장 난 기계처럼 반복했다.

마침내 기운이 완전히 소진되고 지쳐서 죽이든 살리든 마음대로 하시라고 나 자신을 신께 그대로 던져 버렸다고나 할까, 정신이 가

물거리는데, 문득 구겨진 양복과 땟국에 절은 셔츠, 그리고 수염이 턱수룩하게 자란 초췌할 대로 초췌해진 아버지가 떠올랐다. 이어 마약의 후유증에서 벗어나기 위해 죽기를 각오하고 홀로 싸우느라 처절하게 몸부림치는 장면이 눈에 보이는 듯했다. 가슴이 몹시 아팠다. 나는 그대로 제대 앞에 쓰러졌다.

병원에서 눈을 떴을 때, 내 옆에 성당의 수녀님이 앉아 있었다. 내가 며칠 동안 잠만 잤다는 얘기였다. 그 후로 나는 빠르게 회복되었고, 내게 일어난 변화를 알았다. 하느님은 목소리를 들려주지 않았지만, 절망으로 캄캄하던 내 마음은 비 온 뒤의 하늘처럼 맑고 개운했다. 평화의 기운이 호수의 물결처럼 내 마음속에서 찰랑거리는 걸 느낄 수 있었다.

나는 마음을 추스르게 되었고, 신께서 인도해 주셨다고 고백했다. 그동안의 모든 과정은 하느님께서 마련해 놓으신 계획이었음을 믿게 되었다. 그리고 이듬해 봄 부활절에 세례를 받았다.

예전의 나는 진정 예수님과 함께 십자가에 못 박혀 죽고 부활한 듯 세상이 새롭게 보였다. 참으로 아름답고 평화로운 시간이 왔다. 떠나는 길은 외부에만 있는 것이 아니라 내 마음에도 있다는 것을 깨달았다. 바로 내 안에 길이 있었다. 이미 홍이가 간 길이기도 했다. 나는 하느님 안에서 홍이와 함께 한곳을 바라보고 싶다는 갈망이 생겼다. 그래서 처음으로 하느님께 기도했다.

'저를 여기까지 인도해 주신 하느님 아버지, 저는 아직 당신을 잘 모릅니다. 그래서 아직은 홍이보다 당신을 덜 사랑합니다. 그러나 인도해 주십시오. 제가 가는 길이 당신께서 마련해 놓

으신 길이게 하시고, 성령께서 함께해 주십시오. 그리고 그 길
끝은 꼭 하느님 아버지께 닿을 수 있게 해주십시오.'

명희 언니의 결혼 소식이 들려왔다. 처녀라고 속이고 만난 상대
는 대학에서 연극영화과를 졸업하고 뚜렷한 직업이 없이 놀고 있
었는데, 아파트 경비원이라도 하라는 고모의 성화에 정말로 아파트
경비 일을 시작했다는 얘기가 들렸다.

기훈 오빠는 군 복무를 마치고 복학해 학업을 이어가고 있었다.
대학교 2학년이 된 민채는 선후배 학생들과 어울려 날마다 거리로
나가 최루탄 가스를 마시며 시위에 가담했다. 대학에 갓 입학했을
때부터 공부는 안 하고 데모만 한다고 만류하는 계모의 말에도 듣
지 않았다. 오히려 그것이 지성인이 가는 길이라고 대답했다. 준희
는 고등학교 3학년이 되었고, 승채도 고등학교에 들어갔다.

나는 대학을 졸업하고 병원에 취업해 근무하면서 수도회에 입회
할 절차를 밟았다. 막 신자가 된 내가 수녀원에 가려면 3년의 준비
기간이 필요했다. 그동안 기도를 하면서 많은 생각을 해 보았지만,
내가 어릴 적부터 가지고 있는 가정에 대한 부정적인 이미지는 쉽
사리 바뀌지 않았다. 만약 누군가에 의해 그 선입견이 바뀔 수 있었
다면 그 상대는 분명 소꿉친구 홍이였을 것이다. 그러나 그는 이미
하느님의 뜻에 응답하고 그 길을 선택한 사람이었다. 그가 가는 길
에 내가 동행할 수 있다면 영원한 소꿉친구로 남는 것도 좋을 거 같
았다.

비록 짧은 기간이지만 내가 월급에서 필요한 용돈을 제외하고 모

두 생활비에 보태라고 내놓는 돈이 계모에게 도움이 되기를 바랐다. 계모는 아버지가 남긴 빌딩을 팔고 아파트로 이사한다고 했다. 내가 떠날 준비를 하고 있다는 언질을 준 적도 없었건만 그곳에 내 공간은 없었다. 마지막 월급으로 백화점에 가 옷을 한 벌 사서 계모에게 선물했다.

"키워주셔서 고맙습니다."

진심에서 우러나온 말이었다.

"그렇게 말해 주어 고맙다. 가서 잘 살아."

계모의 대답은 예상했던 대로 어디로 가냐고 묻지 않았다. 어머니와 가깝게 살려니 여기는 것 같았다. 어쨌든 나는 마음이 가벼워졌다.

동생들에게도 용돈을 나누어 주었다. 준희는 내가 주는 용돈을 받기가 자존심이 상하는지 몇 번을 튕기다가 계모의 말에 선심 쓰듯 받아 넣었다.

이제는 망설일 이유가 없었고 내 마음을 붙잡을 사람은 아무도 없었다. 처음에 가졌던 새로운 삶에 대한 약간의 두려움도 사라지고 담담했다. 미련 한 조각 남아 있지 않아 새처럼 날아가기에 홀가분한 마음이었다.

나는 하느님과 나 자신에게 약속했다. 이제부터는 인간에게 휘둘리지 않고 나의 삶 모두를 하느님께 의탁하고 살기로. 이것은 그분께서 마련해 놓으신 길이고 나도 홍이처럼 응답할 뿐이라고 여겼다. 이미 어릴 적에 홍이와 소꿉친구가 되었을 때부터 그와 함께 내

길은 정해져 있었던 것이라고 믿게 되었다.

2

나는 세속에서의 마지막 하루를 어머니와 지내기 위해 외가가 있는 동네의 서해 바닷가로 향했다. 어머니와 만나기로 약속한 장소가 그곳이었다.

한낮에는 일찍 찾아온 피서 인파로 제법 북적이던 해수욕장은 석양이 지면서 차츰 조용해졌다. 중·고등학생들 몇과 연인으로 보이는 사람들이 손을 잡고 백사장을 거니는 모습이 한가롭게 눈에 들어왔다. 하늘에는 곧 장맛비를 몰고 올 비구름이 모여드는 듯 뭉게뭉게 피어오르는 가운데 서쪽 하늘이 노을로 붉게 타고 있었다. 나는 어머니와 나란히 해수욕장이 내려다보이는 언덕의 민박집 툇마루에 앉아 수평선 너머로 지는 해를 바라보고 있었다.

"정말 곱구먼."

어머니가 꿈결인 듯 중얼거렸다. 그리고 깊은 회한의 숨을 내쉬었다. 어딘가 떠나려는 눈치가 보이는 나를 할 수만 있다면 가까이 잡아 놓고 싶겠지만, 늘 내 앞에서 염치가 없다는 생각을 하는 사람이니 선뜻 그럴 용기도 내지 못하는 것이 분명했다.

"니 아버지가 죽기 전에 왔어. 4년 연속."

한참 동안 노을만 바라보던 어머니가 감정이 없는 메마른 목소리로 말을 꺼냈다. 목소리와는 달리 붉은 노을에 물든 얼굴은 달아오른 듯 불그레 홍조를 띠고 있었다.

"네?"

순간 나는 꿈에서 깨어난 듯 놀라는 소리로 되물었다. 내가 혹시 잘못 들은 건 아닌지 귀를 의심했다. 아니면 다른 의미가 담긴 말인지 몰라 우두망찰 입을 다물지 못하고 어머니의 얼굴을 바라보았다.

"네 아버지가 여기에 왔었다고. 죽으려고 그랬던 거여. 죽을 때는 조강지처를 찾는다고 하잖어?"

어머니는 애써 감정을 억누르려는 듯 목소리를 낮추었다. 나는 어머니의 말이 믿기지 않았다. 아버지가 세상을 떠나기 전에 어머니를 만나러 왔다는 얘기임이 분명했다.

조강지처를 버린 남자들이 생의 종말에는 반드시 조강지처를 찾는다는 말을 들은 적은 있었다. 하지만 아버지가 정말로 어머니를 찾을 것이라고는 전혀 예상하지 못했다. 아버지가 비록 죄책감으로 마약중독이 되어 방황했을지라도 자존심을 죽이고 어머니 앞에 용서를 구했을 거라고는 믿기지 않았다. 나는 오랫동안 입을 다물지 못했다.

다시 생각해 보니 마침 어머니가 살고 있던 집 바로 옆에 아버지의 죽마고우가 살고 계셨으니까 가능한 일이었구나 싶었다. 핑계가 좋았을 것이다. 그제야 나는 고개를 끄덕였다. 아버지의 친구분은 외할머니의 집안사람으로 어머니에게도 외척이 되는 사이였다. 그분을 통해서 아버지는 줄곧 어머니의 소식을 들을 수 있었던 모양이었다. 어머니는 내가 대학에 들어가던 해에 임시로 거처하던 방앗간 집에서 아버지의 친구분이 사는 집 바로 옆으로 이사했다.

얼핏 친구의 집에 왔다가 우연히 옆집에 살고 있는 어머니를 보았다고 여길 수 있었다. 그러나 그다음 해에도 같은 시기인 오월 모내기할 무렵에 왔었고, 줄곧 마지막 해까지 사 년 연속 같은 무렵에 왔었다는 걸 보면 처음부터 우연은 아니었던 듯싶었다. 이혼한 처지에 무슨 의미가 있었으랴마는 어머니의 말에 오월은 바로 두 사람이 결혼했던 달이라고 했다.

첫해는 그 친구 집에 묵으면서 창문을 통해 엄마가 나가고 들어오는 모습을 하염없이 바라보다 돌아갔다고 했다. 아버지의 마음을 아는 그 친구분이 만남을 주선하겠다고 했으나 그때는 거절했다고. 그러나 이듬해에도, 그다음에도 아버지는 똑같은 행동을 했다. 마지막 해에 비로소 결심한 듯 창문을 통해 바라만 보던 방에서 어머니를 만났다고 했다.

"그때 니 아버지가 용서를 빌었어."

어머니는 애써 담담해지려는 듯 목소리를 낮추었다. 나는 믿을 수 없었다.

"그래서요? 용서한다는 말을 하셨어요?"

"못...... 했어."

한참 만에 어머니가 작은 소리로 대답했다. 뭐가 그렇게 힘이 드는지 이마에 촉촉하게 땀이 배어 나왔다. 어머니는 계속해서 말을 이어나갔다. 나는 숨을 죽이고 귀를 기울였다.

"니 언니만 그렇게 되지 않았어도 용서할 수 있었어. 그런디 니 언니가 그렇게 간 걸 생각하니까 도저히 용서가 안 되었어."

아마 나 자신이었어도 그때는 용서할 수 없었으리라, 언니가 세상을 버린 지 얼마나 지났다고, 그 비통함을 어찌 잊을 수 있으랴. 나는 어머니의 심정을 헤아릴 수 있었다. 하지만 그것은 아버지와 어머니에게 주어진 마지막 기회였다.

"글쎄 그렇게 돌아가서 죽었다는 거여. 그렇게 갈 줄 알았으면 그때 용서한다고 말했을 것인디……"

얼마 동안 우리 사이에는 깊은 침묵이 흘렀다. 바닷물 위로 회색빛 어스름이 내리고 있었다. 노을은 더욱 붉은 빛으로 타는 듯 하늘과 바다를 물들였다. 한참 만에 숨을 한 번 크게 쉬고 난 어머니가 처음의 담담했던 어조로 다시 말했다.

"니 아버지 만나면 꼭 물어보고 싶은 말이 있었어. 그런데 끝내 묻지 못하고 말았어."

허공을 응시하고 있는 어머니의 눈에 물기가 어렸다. 나는 그 말이 무엇일지 금세 짐작이 갔다. 어머니는 분명 확인하고 싶었을 것이다.

"엄마, 아버지가 돌아가시기 전에 제게 말씀하셨어요. 니 엄마를 버리고 싶어서 버린 게 아니었다고…… 이제 용서해 드리세요."

어머니는 내 얼굴을 물끄러미 바라보더니 고개를 끄덕였다. 그리고 들릴 듯 말 듯 작은 소리로 숨을 내쉬듯이 말했다. 마치 깊게 서린 한을 뱉어내는 것 같았다.

은채의 고군분투 성장소설 *방아코*

"그려어. 분명 본심은 아니었어."

어쩌면 좋을까? 어머니의 이 한을, 나는 어머니를 꼭 안았다. 그리고 귀에 대고 속삭였다. 아버지도 평생 어머니에 대한 죄책감으로 방황하셨다고. 공허하고 아무 의미가 없는 말임에도 나는 조금이라도 어머니에게 위로가 되길 바라는 간절한 마음이 되었다. 그때 혼수상태인 아버지의 귀에 대고 평생 죄책감에 방황하고 사신 걸 안다고, 이제 더이상 죄책감 같은 거 갖지 마시라고 말했던 것처럼.

바다는 어스레한 박야薄夜에 묻혀가는데 노을은 피를 토하듯 빛을 발하고, 일찍부터 등을 켠 고깃배들이 하나둘씩 눈에 띄었다.

한참 동안 침묵이 흐른 뒤에 어머니는 다시 혼잣말처럼 중얼거렸다.

"너를 느이 아버지한테 데려다주고 돌아와서 세 차례나 머리 깎고 중이 되려고 절에 들어갔었는디, 그때마다 외할아버지께서 찾아오셔서 끌고 내려오는 바람에 포기할 수밖에 없었어."

나는 말 없이 어머니의 말을 듣고 있었다. 어머니는 괴로움에 마음 잡을 길이 없어서 눈이 무릎까지 빠지는 아미산 골짜기에 들어가 종일 생솔가지를 치다가 어둑해져서야 솔가지를 지게에 지고 산에서 내려오곤 했다고.

이제까지 담담하던 어머니의 눈에서 눈물이 흘러내렸다. 그 심정이 오죽했을까, 나는 생솔가지가 찢기는 것처럼 아팠을 어머니의 심정을 이해하게 되었고, 비로소 마음속에 있던 조금이나마 원망스러운 마음을 내려놓을 수 있었다. 그리고 어머니의 어깨를 끌어안고 함께 눈물을 흘렸다. 이 눈물은 내가 세속에서 흘리는 마지막 눈물이 될 것이고, 앞으로는 나의 불우한 어린 시절 때문에 눈물을 흘리는 일은 없을 것이라고 여겼다. 우리 두 사람 사이에 다시 깊은 침묵이 흘렀다.

어머니는 내가 수녀원에 들어간다는 사실을 모르고 있었다. 그냥 잠시 조용한 곳으로 떠나 있을 거라고만 말해 두었다. 아마도 서원식을 할 때쯤에는 알게 되리라.

바다 위로 어둑하게 어스름이 깔리고 주위가 조명으로 반짝거렸다. 하늘은 애달픔인 듯 서러움인 듯 아직도 붉은 기운으로 뒤덮여 있었다. 바다 한가운데로 불을 환하게 밝힌 고깃배들이 모여들고 있었다.

이튿날 나는 외가에 잠깐 들러 인사를 끝내고 길을 나섰다. 평소대로 단정하고 수수한 차림에 작은 가방을 들고 있었다.

어머니와 헤어지려는데 사진 한 장이 생각났다. 고등학교를 졸업하고 서울로 올라갈 때 짐을 정리하다가 발견한 언니의 사진이었다. 아버지의 파란 자전거 위에 앉아서 늘씬한 다리를 드러내고 바람에 날리는 치맛자락을 손으로 움켜잡으며 웃고 있는 모습이었다. 나는 지갑을 열고 사진을 꺼내 어머니에게 주었다. 태우든 간직하든 어머니 마음대로 하라는 뜻이었다. 아버지가 남겨준 약간의 돈은 홍이가 다니던 성당에 기부했다. 내가 아는 가장 가난하고 작은 성당이 그곳이었다. 나는 이제 돈이 필요하지 않았다.

내 행선지도 모르면서 눈물을 훔치는 어머니와 마지막 포옹을 하고 나서 나는 수녀원을 향했다.

'떠나거라.'

아버지의 목소리가 들리는 것 같았다. 이제 아픈 기억들을 떠나보낼 차례였다. 그리고 하느님 안에서, 하느님의 자녀로, 홍이와 영원히 같은 길을 가기를 염원했다.

"엄마가 보고 싶으면 거울을 봐."

어머니의 목소리가 간밤의 파도 소리와 함께 귓전으로 다가와 여운을 남기고 사라졌다.

잠시 걸음을 멈추고 고개를 들어 하늘을 올려다보았다. 한 무리의 새들이 하늘 높이 날아가고 있었다. 어디로 가는 것일까? 날아가는 새는 길을 묻지 않는다. 자신의 기억에 입력된 길을 따라갈 뿐이다. 내가 내 안에 있는 내 길을 찾아가고 있는 것처럼. 나 역시 한 마리 새가 된 것 같았다.

손차양을 만들고 하늘을 올려다보다가 다시 눈이 부시도록 햇살이 낭자한 길을 응시했다. 눈앞에 내가 가야 할 길이 끝없이 펼쳐져 보였다.

산모롱이를 돌자 홍이가 기다리고 있었다. 외가 동네에 있는 가장 작고 가난한 성당에 계신 그의 아버지 신부님을 통해서 연락이 닿았다. 그는 수녀원까지 동행해 주겠다고 이곳까지 와서 기다리고 있었다. 우리는 나란히 걸음을 옮겼다. 이제 영원히 한 곳을 향해 함께 걸으리라 다짐했다. 내 가슴속에 조용히 기쁨과 평화가 차오르는 걸 느꼈다.

"너를 위해 내가 하루도 빼놓지 않고 기도했다는 건 아마 모를 거야. 앞으로도 나는 언제나 너를 위해 기도할 거야. 주님의 길을 잘 따라가도록."

나는 그제야 내가 하느님을 찾고 만나게 된 것이 우연이 아니었음을 알았다. 홍이의 기도 덕택에 나는 죽음의 유혹을 이겨냈으며 성당을 찾아 주님 앞에 무릎 꿇고 도움을 청할 수 있었던 거라고 확신했다.

"고마워. 부제님 기도가 통한 건 확실해."

나는 예전처럼 그의 이름을 쉽게 부를 수 없어서 '부제님'이라고 했다. 그는 곧 사제서품을 앞둔 부제였다. 불현듯 '어린 왕자'의 대사 중에 나오는 '사막'과 '우물'이라는 단어가 떠올랐다. 비로소 사막 한가운데서 우물을 발견한 것 같았다. 나는 마음속으로 다시 기도했다.

'주님, 홍이와 함께 가는 이 길이 당신께 이르게 하소서.'

작가의 말

 김은채 클라라 수녀는 2019년 4월에 부활절을 사흘 앞둔 날, 66세의 나이로 하느님의 품으로 돌아갔다. 그녀는 췌장암 3기 판정을 받고 항암 치료를 거부한 채 헤레나 수녀가 원장으로 있는 강원도의 수녀원으로 왔었다. 수명을 연장하느라 항암제 부작용에 시달리며 시간을 낭비하기보다는 남은 시간을 더 유용하게 쓰고 싶다는 생각이었다. 자연 속에 묻혀 하느님께 기도하고 찬송하며 수녀원 가족들과 조용히 지내기를 원했다. 죽음은 또 다른 탄생이니 끝까지 평상시대로 생활하다가 소풍을 끝내듯 가벼운 마음으로 돌아가고 싶다는 말이었다.

 수녀원 가족들은 그녀를 평범하고 무난한 수도자였다고 기억했다. 특별히 영성이 깊었다고 말할 수는 없어도 평소의 소신대로 자신을 드러내지 않으면서 묵묵히 수도 생활과 간호사로서의 직무에 충실했다는 말이다.

 클라라 수녀는 결손가정 어린이들에게 큰 관심을 기울여서 틈을 내 수도회에서 운영하는 '마리아의 집'이라는 보육 시설을 자주 찾곤 하였다. 주로 부모의 이혼으로 갈 곳이 없어진 아이들과 양육을 맡은 아버지나 어머니가 혼자 힘으로 돌보기가 벅차 일시적으로 맡겨진 아이들이었다. 아이들이 지금은 비록 부모와 떨어져 힘들지라도 꿈과 희망을 잃지 않고 바르게 자라기를 바라는 마음이었다.

 그녀는 극심한 통증에도 끝까지 진통제를 사용하지 않고 견뎌냈다. 예수님께서 겪으신 십자가의 고통에 동참하고자 하는 의지로 말기 암의 고통을 하느님께 봉헌하기 위해서였다.

수녀원장인 헤레나 수녀는 서울에 있는 가톨릭계 대학병원에서 그녀를 만나 함께 간호사로 일하면서 가까운 사이가 되었다. 성격이 비슷한 두 사람은 모자라지도 넘치지도 않게 중도를 지키며 살고자 하는 마음이 같았기에 서로를 잘 이해했다. 그것이 클라라 수녀가 이 수녀원에서 마지막 시간을 보내기를 원했던 이유였다. 아, 헤레나 수녀가 수녀원장으로 온 뒤로 통화 중에 무심코 진달래꽃이 만발했다는 말을 했던가, 어쩜 진달래꽃 때문일지도 모르겠다.

그곳은 해마다 봄이면 온통 진달래꽃으로 둘러싸이곤 했다. 클라라 수녀가 하느님께로 떠나던 날에도 수녀원 뜰에서 내려다보이는 산등성이에는 진달래꽃이 흐드러지게 피어 있었다. 겨우내 고즈넉하던 숲이 분홍색과 연녹색이 어우러져 한 폭의 수채화를 보는 듯 화사했다.

클라라 수녀는 마지막 순간에도 어릴 적에 진달래꽃으로 물든 외갓집 동네의 산에서 소꿉친구와 뛰놀던 기억을 떠올렸을 것이고, 아마도 한순간의 소풍처럼 아름다운 추억으로 담고 갔을 것이다.

그녀의 소꿉친구인 구홍 미카엘 신부가 떠나기 전날 방문해서 봉성체와 병자성사로 마지막을 준비해 주었다.

홍이는 신부가 되어 고향의 작은 성당에 부임한 후 오래된 낡은 성당 건물을 헐고 아름답게 재건축했다. 그리고 클라라 수녀의 어머니가 구흥 신부의 주례로 세례를 받았다. 그때 클라라 수녀도 휴가를 내서 어머니의 세례식에 참석해 축하해 드렸다. 그녀가 수도회에 입회한 후 어머니를 두 번째 만나는 자리였다. 첫 만남은 그녀의 첫 서원식이었다.

클라라 수녀와 구흥 신부는 각기 맡겨진 소임으로 바쁘게 사느라 만나지는 못해도 기도로 서로 격려하며 지냈다. 아름다운 도반道伴이었다. 클라라 수녀의 이복동생인 민채는 대학을 졸업하고 대기업에 근무하면서 결혼해 딸만 둘을 낳았다. 준희는 전문대를 나오고 결혼했으나 슬하에 자식을 두지 못했다. 승채는 의사가 되었다.

이들에게 일어난 가장 놀라운 일은 계모를 비롯해 이복동생들과 결혼한 배우자들까지 모두 하느님께 귀의해 세례를 받고 신자가 되었다는 사실이었다. 클라라 수녀는 하느님께서 자신을 통해 이루신 일에 대해 한없는 감사를 드릴 따름이었다. 미약한 우리 인간은 그분이 하시는 일을 감히 헤아릴 수 없다는 생각이 들었다.

기훈 오빠는 대기업 CEO가 되었고, 명희 언니는 결혼한 후에 뒤늦게 공부하여 대학교수가 되었다. 그리고 그녀의 과거에 대해서 들먹이는 사람은 아무도 없었다. 비밀은 언젠가 반드시 드러난다지만 밝혀지지 않는 비밀도 있다.

우리에게 주어지는 삶의 바탕이 되는 환경과 혜택은 각기 다르다. 요즘은 축복 속에 태어나 온갖 호강을 누리고 자라는 사람도 많지만, 불과 몇십 년 전까지만 해도 거의 너 나 할 것 없이 어려운 환경에서 자랐다. 경제적으로 어려웠던 시대의 물질적인 결핍을 말하려는 건 아니다. 시대적으로나 사회적으로 아이들이 구김살 없이 자라기에는 모든 환경이 열악했다.

불과 얼마 전, 이천 년 대에 들어서기 전까지도 우리 사회의 의식 밑바닥에 깔려 있던 남아선호 사고에 대한 비판과 함께 딸이라는 이유로 피해를 보게 된 어린아이가 고통 속에서 얼마나 힘들게 홀로서기를 해나가는지를 보여주고 싶었다. 그리고 이 글을 통해 상처받은 성장기의 아이들을 위로하고 동시에 희망을 주고 싶었다. 고통을 준 상대를 용서하는 마음도 가질 수 있기를 바랐다.

주인공 은채에게 주어진 환경조건은 좋지 않았다. 어른들의 아들을 선호하는 사고와 편애로 가슴에 응어리가 지도록 상처를 받았다. 그럼에도 원망만 하기보다는 참고 견디며 바르게 자랐다. 그녀는 자신에게 상처를 준 사람들을 용서했다. 용서는 자신의 영혼을 자유롭게 하는 일이며 동시에 상처를 치유하는 일이다.

우리는 이런저런 이유와 좋지 않은 환경으로 상처 입은 아이들을 어렵지 않게 만날 수 있다. 다만 우리 사회가 그들을 편견의 시선으로만 바라보지 말고, 아픔을 이해하고 따뜻하게 보듬어 줄 수 있기를 바라는 마음이다.

이 글은 작가의 어린 시절 사회에 만연해 있던 남아선호 사고를 바탕으로 쓴 허구라는 점을 밝힌다.

2019년 여름, 리치몬드힐에서

김채령

| 소설가 김채형

한국방송통신대학교 국문과를 졸업했으며 현재 캐나다 토론토에 거주하고 있다.

2003년 단편소설 「고양이가 사는 집」으로 〈월간문학〉 신인상을 수상하면서 등단한 후 2013년 소설집 「그 사막에는 야생화가 있다」, 2018년 소설집 「더 이상 밀밭은 없다」를 출간했다. 제5회 해외한국소설문학상을 수상했다. 한국문인협회, 한국소설가협회, 국제PEN한국본부 회원이다.

김채형 장편소설

빙어코

| 초판 1쇄 인쇄일 | 2019년 8월 15일 |
| 초판 1쇄 발행일 | 2019년 8월 20일 |

지은이	김채형
펴낸이	정진이
편집장	김효은
편집/디자인	우정민 우민지
마케팅	정찬용 서소민 장여
영업관리	한선희 최재희
책임편집	정구형
인쇄처	국학인쇄사
펴낸곳	국학자료원 새미(주)
	등록일 2005 03 15 제251002005000008호
	경기도 파주시 소라지로 228-2 송촌동 579-4
	Tel 4424623 Fax 64993082
	www.kookhak.co.kr
	kookhak2001@hanmail.net

| ISBN | 979-11-89817-48-0 *03810 |
| 가격 | 14,000원 |

* 저자와의 협의하에 인지는 생략합니다.
  잘못된 책은 구입하신 곳에서 교환하여 드립니다.
  국학자료원·새미·북치는마을·LIE는 국학자료원 새미(주)의 브랜드입니다.
* 이 도서의 국립중앙도서관 출판예정도서목록CIP은 서지정보유통지원시스템 홈페이지http://seoji.nl.go.kr와 국가자료공동목록시스템http://www.nl.go.kr/kolisnet에서 이용하실 수 있습니다.(CIP제어번호 : CIP2019031296)